선생님의 수첩

권은애 · 노성호 · 박종훈
오현민 · 정미나 · 채희령 외

 박문사

서문
선생님의 수첩

교육 현장에서 20년 넘게 학생들을 가르쳐 온 선생님으로부터 뜨거운 열정을 가지고 교사의 꿈을 키우고 있는 예비교사에 이르기까지 다양한 분들의 글을 이 책에 모았다. 글을 써 주신 분들 중에는 일선 학교에서만이 아니라 사교육 현장에서 학생들을 가르치고 있는 분도 있고, 교단에 대한 오랜 꿈을 저버리지 못하고 뒤늦게 공부를 시작한 분도 있다. 국어선생님만이 아니라 한문선생님도 있고, 철학선생님도 있다. 학창시절에 대한 아름다운 추억을 간직하고 있는 분이 있는가 하면, 다시 떠올리고 싶지 않은 상처를 가지고 있는 분도 있다. 이런 여러분들이 모여서 오늘의 우리 교육에 대하여 이야기하고 함께 고민한 결과가 이 책이다.

교육에 대해서는 누구나 일가견을 가지고 있어 기회만 되면 언제든 장광설을 늘어놓을 수 있는 분들이 많다. 그런 현실에서, 게다가 글쓰기를 직업으로 하는 작가들도 아니면서 이런 책을 내기로 한 데에는

나름의 이유가 있다. 2012학년도 1학기 단국대학교 교육대학원 수업
〈국어논리 및 논술〉의 과제물로 받았던 글들이 그냥 사장시키기에는
너무나 아까워서였고, 더 근원적으로는 사랑과 이해, 배려와 감동이 시
기와 질투, 경쟁과 승패를 우선시하는 교육 현실을 대신해 줄 수 있기
를 바라서였다. 이 책은 교육정책을 입안하는 교육과학기술부 담당자
로부터 일선 학교의 운영자는 물론 교사와 학부모, 학생들에 이르기까
지 모두가 한번쯤 읽어주기를 바란다. 따뜻한 가슴으로 학교의 현실을
잔잔하게 이야기하는 가운데 어렴풋하나마 그래 우리가 바라는 교육
은, 우리가 꿈꾸는 학교는 이런 것이었지 하고 생각하게 할 것이기 때
문이다.

　　우리나라의 교육 현실은 백약이 무효일 정도로 복잡하다고 하지만,
그럴수록 단순하게 생각해 볼 수는 없을까. 사람을 바꾸는 데에는 마음
을 바꾸는 것 이상의 방법이 없을진대, 마음을 열게 하는 데에는 사랑
과 이해, 배려와 감동, 가식을 걷어낸 솔직한 만남과 서로에 대한 인정,
그 이상의 것이 또 있을까? 학생에 대한 존중, 교사에 대한 존경, 인간
과 가치에 대한 진지한 토론과 탐구…. 지난 한 학기 우리의 교육 현실
을 주제로 한 글쓰기와 읽기는 보편적 상식 위에 거대한 감동의 도가니
를 만들어냈다.

　　그래서였을까? 지난 학기 나는 매주 수요일 저녁이 빨리 오기를 기
다렸다. 이 감동적인 글들을 만날 수 있었기 때문이다. 매번 글을 써내
야 했던 분들로서는 지난 한 학기가 그 어느 때보다 힘들었겠지만, 교
육 현장의 생생한 목소리와 눈물겨운 사연을 들을 수 있는 나로서는
무척이나 기다려지는 시간이었고 또 행복한 시간이었다.

그 벅찬 감동과 행복을 독자들과 함께 나눌 수 있게 되어 기쁘고, 우리 교육의 내일을 함께 꿈꿀 수 있게 되어 기쁘다. 이와 같은 선생님들이 계시는 한 우리 학교와 학생들은 건강함을 잃지 않을 것이고, 우리는 밝은 미래를 꿈꿀 수 있을 것이다. 지금도 교단에서 맡은 일을 묵묵히 해 내시는 이 땅의 모든 선생님들께 깊은 감사의 마음과 커다란 응원의 박수를 보낸다.

2012년 10월
법화산 자락에서

윤승준

목차

제3장_잊을 수 없는 선생님

제4장_잊을 수 없는 순간

제5장_나의 국어시간, 나의 수업시간

제6장_학생 인권

제7장_학교 폭력

제8장_우리 학교, 이것만은!

제9장_그래도 우리에게 희망은 있다

교사란?

제1장 교사란?

▶ 교사란 어떤 사람인가?_권은애   ◀ ◀ ◀

　새롭게 3월이 시작되고 새 아이들을 만났습니다. '교사'라는 이름으로 불린지 14년째, 하지만 이 일은 나이가 들고 경력이라는 게 쌓여도 왜 쉬워지지가 않는가 하는 푸념으로 또 새로운 학기를 시작했습니다.

　새로운 아이들을 만나면서 나는 또 새로운 낯가림을 시작합니다. "3월에 애들을 잡지 않으면 1년을 고생한다." 교사들이라면 누구나 알고 있는 말입니다. 하지만, 어느 정도 학생들의 성향을 파악하고서야 다가갈 방향을 찾는 심한 낯가림을 하는 터라, 나의 3월은 누구보다 더 긴장과 스트레스의 연속입니다.

　며칠 전, 청소할 시간만 되면 사라져 버리는 한 녀석에게 "청소 또 안 했지?" 물었더니, 간만에 청소를 한 녀석이 억울한 마음에 대뜸 "무슨 개소리예요?" 하더군요. 이젠 '개소리'까지 하고 살게 되었습니다. 수업 시간에 학생들에게 너무 권위만 내세우는 못난 선생은 되지 말자 싶어 학생들의 잘못도 윽박지르기보다 부드럽게 타이르자 했더니, 수업 시간에 15살짜리들이 열심히 거울을 들여다보며 화장을 하고 있네요. 그래 그 아이에게 얘기했지요. "네 화장이 선생님보다 더 두껍구나."

어떤 교사가 되어야 하는가? 처음 교사가 되었을 땐 나이가 들고 경력이 쌓이면 답을 알 수 있게 될 줄 알았습니다. 하지만, 매번 똑같은 의문만 더 생기게 됩니다. 학생들을 통제하는 엄격한 교사, 수업을 잘하거나 공부를 많이 시켜서 성적을 올리는 능력 있는 교사, 학생들을 이해하고 사랑할 줄 아는 자상한 교사. 어느 하나 쉽게 이룰 수 있는 것도 없었고, 누구 하나 그 방법을 완벽히 알려줄 수 있는 사람도 없었습니다. 그래서 나의 방법도 늘 바뀌고 계속 시행착오만 되풀이합니다.

처음 교사가 되었을 때는 세상 모든 것을 다 얻은 것 같았고, 늘 아이들 생각을 했고 아이들이 미운 짓을 해도 미워하면서 사랑했습니다. 몇 년이 지나고는 아이들을 바라보며 저 아이들이 일주일에 이삼일 정도는 예쁘구나 했지요. 하지만 몇 년 전부터는 아이들과 나는 언제나 대치 상태로 전쟁을 치르는 적군 같습니다. 나는 정말 교사로서의 자격이 없는 사람이어서 이러는 걸까요? 부끄럽지만 다시 맨처음으로 돌아가 고민을 하고 있는 나를 발견하는 것밖에는 아무런 진전이 없습니다.

지난 주에 서울로 전학 간 학생 어머니가 학교로 전화를 하셨답니다. 학교 폭력 사건이라며 학생부장 선생님과 통화한 내용은 작년에 우리 반이었던 그 여학생이 실은 남학생들의 괴롭힘 때문에 전학을 간 것이고, 지금도 조롱하는 내용의 문자가 오니 범인을 밝히고 그 아이를 괴롭힌 남학생들의 사과를 받아야겠다는 것이었습니다. 요즘같이 '학교'

와 '폭력'이라는 단어가 나오면 세상이 뒤집어지는 판국에 심각한 문제
였죠. 부랴부랴 작년 학생들을 불러 모으고 조사를 하던 중에 문자를
보낸 건 남학생이 아니라 그 아이와 가장 친했던 여학생이었고 그 내용
도 단순한 장난이었음을 알게 되었습니다. 남학생들은 그 여학생한테
장난을 친 적도 없는데 자신들이 왜 불려왔는지 모르겠다는 항변을 했
고, 친한 친구들조차 남학생이 괴롭힌다는 얘기는 들어본 적도 없다고
했습니다. 결과를 알려 드리려고 어머니와 통화를 했지만 그 어머니는
내 말을 믿으려 하지 않았고, 그 앞에서 또 나는 죄인이 되었습니다.

'교직이 신성하다.'는 말은 이제 언제 들었는지 기억이 가물가물한
일이 되었고, '전문가'라고 부르기엔 늘 전문성이 부족하다는 부끄러움
이 나를 또 고개 숙이게 만듭니다. '노동자'니까 내 일 하고 보수나 받겠
다고 하기엔 학생들 앞에서 '내가 선생인데' 하는 자존심을 내세우는
스스로가 모순입니다.

나는 교사로서 어떤 사람이고자 하는가? 한 번도 떳떳하게 좋은 교
사인 적은 없었지만 늘 최선을 다하고자 노력한다고, 내 선택이 학생들
에게 상처가 되지 않도록 하려고 매번 고민한다고, 내세울 것이 그 정
도밖에 없다고 스스로를 위한 변명을 합니다.

▸ 사랑한다면… _김소라   ◂ ◂ ◂

작년 가을, 교육학개론 수업시간에 평생을 교육학자로 살아오신 노교수님께서 아이들에게 해 줄 수 있는 가장 좋은 교육은 사랑이라고 말씀하셨다. 그 말이 끝나기 무섭게 강의실 여기저기서 '풋'하고 웃음이 터져 나왔다. 사랑이라니 …. 그 단어는 지금과 같은 교육현실에서 입에 담기에는 너무나 진부하고 또 무능력한 단어가 아닌가. 터져 나온 웃음들은 냉소에 가까웠다.

교사로 재직하고 있는 친구들을 만나면 입이 떡 벌어지는 얘기를 많이 들려준다. 초등학교 5학년 학생이 수업시간에 경찰을 부르고, 또 어떤 고등학생은 말끝마다 '경찰을 부르겠다. 선생님 감옥에 가게 해 주겠다.'고 한단다. 학부모한테 상담을 하면 자기 자식만 감싸고 돌며 대화가 되지 않는다고 고충을 털어놓았다. 앞으로 교사가 되려는 나에게 그들은 학생들과 학부모들에게 잘해줬다가 나중에 뒤통수 맞는 경우가 많으니 항상 거리를 두고 대하되, 혹 교사를 우습게 아는 학생이 있으면 투명인간 취급을 하라고 진심어린 충고도 빼놓지 않았다. 아직 교사가 되기도 전에 내 마음은 아이들에 대한 불신과 의심, 만만히 보이지 않겠다는 다짐으로 사뭇 비장하기까지 하다.

생각해보면 내 학창시절에는 행복한 기억이 별로 없다. 고등학교 1학년 때부터 아침 7시부터 밤 11시까지 교실에 갇혀 있어야 했고, 등굣길에는 죄인마냥 복장검사, 두발검사를 받아야 했다. 선생님들은 자기분에 못 이겨 아이들에게 매를 가하고 성적을 가지고 차별하는 것을 당연시했다. 학창시절 선생님을 불신하던 내가 이제 교사가 되고자 하면서 학생을 불신하고 있으니 참 씁쓸한 노릇이다.

'교사관'에 대해 써오라는 과제를 앞두고 노교수님께서 말씀하신 사랑이란 과연 무엇일까 곰곰이 생각해보았다. 내가 선생님들을 불신했던 마음, 그리고 이제 학생들을 불신하려는 내 마음의 밑바닥에 힘없이 찌그러져 있는 그것. 그것은 어쩌면 학창시절 그토록 선생님에게 받고 싶었던 따뜻한 봄 햇살 같은, 세상에 네 편이 있다고 다정하게 손잡아주길 원했던 그 아름다운 감정이 아닐까.

문득 교사가 되기도 전에 사랑을 못 줄 이유를 먼저 헤아려 보는 내가 부끄러워진다. 학생이 먼저 내 마음에 들 만한 태도와 언행을 보여야만 비로소 줄 수 있는 것, 그건 사랑이 아닐 것이다. 사랑은 조건을 따지는 순간 그 강력한 힘을 잃어버리기 때문이다.

교사도 불완전한 인간일 뿐이다. 요즘같이 영악하고 되바라진 아이들에게 무조건적인 사랑이라니, 예수나 부처 코스프레를 하라는 소리냐고 코웃음 칠 수도 있다. 하지만 내가 학생이었을 때를 되돌아보면, 미적분을 술술 풀어주는 선생님보다, 난해한 영문법 문제를 턱 해결해주는 선생님보다는 내 이야기를 공감해주고 자상하게 말 한마디 건네주는 선생님이 절실히 필요했었다. 그러므로 나는 '사랑'을 느끼게 해주는 교사가 되고 싶다. 능력 있는 교사, 신념을 가지고 반 아이들을 이끌어가는 통솔력 있는 교사가 되기 위해 노력하겠지만 무엇보다 사랑이 우선이라는 것을 항상 마음에 품고 가는 그런 교사가 되고 싶다.

'능력과 신념, 그것보다 중요한 것은 사랑이다.' 이 글귀를 일기장 한켠에 써두어야겠다. 그리고 훗날 내가 가르치는 아이들에게 상처받았을 때, 아이들이 미워지고 악마같이 느껴질 때, 그럼에도 불구하고 이 '사랑'이라는 단어를 조용히 꺼내보아야겠다.

‣ 봄바람 타고 온 News_노성호

요 며칠 뉴스를 보지 못해서 그랬던지 내 머릿속은 세상사에 관한 소식들에 빳빳이 메마른 스펀지 마냥 되어 버렸다. 그래서 주변에서 전해주는 세상 이야기들은 그렇게 흥미진진할 수 없고, 귀를 통해 머릿속에 쏙쏙 스며든다. 때로는 얼토당토않은 이야기들이 한몫 거들기도 했지만, 그 부질없는 뉴스들도 토픽을 장식할만한 뉴스이긴 했다.

혹 지난 밤 뉴스에 이런 기사를 접한 분 계신가? 아들 딸 낳고 오순도순 도란도란 재미있게 살아가는 한 가족이 있었는데, 그만 생활고에 허덕인 나머지 모두 비관하여 15층 아파트 옥상에서 투신 자살했다는 소식 말이다. 그런데 놀랍게도 그 가족은 죽지 않고 모두 살아남았다고 한다. 이유인 즉, 아버지는 제비족이었고, 아들은 비행 청소년이었으며, 딸은 날라리였단다. 그럼 그 어머니는? 그렇다. 들 떨어진 사람이었던 것이다. 이렇듯 그동안 각자가 살아왔던 나름대로의 방식이 있었기 때문에 죽으려 해도 죽지 못하는 가족이 있었다는 뉴스(?)를 전해 준 고마운 친구. 웃다가 돌아가실 지경이었다.

한참 동안 배꼽을 부여잡고 있었는데, 갑자기 글을 쓸 수 있겠다는 확신이 들었다. 더 엄밀히 말하자면, 숙제를 할 수 있겠구나 싶었다. 학교만 가면 늘 만나게 되는 나의 제비족들과 비행 청소년들, 날라리 녀석들, 그리고 들 떨어진 어린 새끼들이 생각났기 때문이었다. 게다가 그들 사이에서 힘들어 하고 고민하며, 때로는 깊은 좌절감에 왜 교사가 되었나 회의하기까지 했던 내 자신을 발견했던 이유였다.

교사는 'Educare'를 몸소 실천하는 이다. 즉 학생들 안에 잠들어 있는 능력들을 깨워서 말 그대로 '밖으로 끄집어내어 주는' 역할을 수행하는 이가 교사인 것이다. 그것이 바로 교육이고 내가 해 나아가야 할 소명(召命)인데, 그러한 '소명감' 없이 '사명감'에만 불타 있으니 항상 속만 끓이게 하는 그 아이들이 제비족이나 비행 청소년, 날라리, 그것도 모자라 덜 떨어진 고물들로만 보였던 것은 아니었는지? 그들이 각자 지니고 있는 잠재력을 찾아주기보다는 나의 같잖은 지식들만을 전달하며 '교육'이 아니라 획일적으로 '사육'해 왔던 것은 아니었는지?

사실 그들은 무한한 가능성과 잠재력으로 똘똘 뭉쳐진 귀하디귀한 보석과 같은 존재들이다. 지금은 딱딱하고 볼품없는 껍데기 속에 감춰져 있어서 진면목을 찾아보기 힘들겠지만, 결국엔 휘황찬란한 빛을 내뿜으며 세상에 등장할 값진 진주들이다. 그러나 이러한 사실들을 무시하고 때로는 망각하면서 그들을 15층 옥상으로 내 몰고만 있었던 교사는 아니었는지! 막상 내 자신이 그렇게 벼랑 끝으로 내몰린다면 난 그대로 죽고 말 것이다. 하지만 그들은 어떠한가? 실패하고 쓰러지다 못해 세상을 비관하며 옥상에서 투신한다 해도 죽지 않고 살아남은 그 가족들처럼 굳건히 살아나서 다시 삶을 이어갈 불사조들이 아닌가?

메마른 가지에 움이 트고, 꽃망울들이 물기를 머금어가는 계절이 왔다. 그렇게 나의 새로운 아이들이 내 곁을 찾아왔고, 나는 하루가 다르게 커가며 빛을 달리하고 있는 그 아이들을 바라보며 오늘을 살아가고 있다. 나는 그 아이들이 꿈을 꾸게 해 주고 싶다. 나른한 오후의 siesta에서 얻는 춘몽(春夢)이 아닌 그들 안에 잠들어 있는 그들만의 진정한 Dream을 말이다. 그래서 그들이 보다 큰 사람이 되고, 더욱더 찬란한 빛을 내뿜는 귀한 보석들이 될 수 있도록 도울 것이다. 곧 새로운 뉴스를 들려줄 것이다.

▶ 이름을 불러주세요!_박다희

대학을 졸업하고 5년 만에 늦깎이 대학원생이 되었다. 첫 수업 시간에 교수님께서 출석을 부르셨다. 내 순서가 되자 "박다희" 이렇게 내 이름이 불렸다. 잘못한 것도 없는데 왜 그리도 긴장되고 떨리던지, 마치 초등학교에 처음 입학했던 그 시절처럼 나도 모르게 자세가 바로 펴지고 정신이 빠짝 들었다. "네." 하고 수줍게 대답을 하고 나서 회사원이었던 내가 다시 학생이 된 것을 실감했다. 그리고 그 순간 초등학교 시절 새 학기 풍경이 데자뷰처럼 눈앞에 펼쳐졌다.

선생님을 떠올리면 가장 먼저 생각나는 내 기억 속 장면은 학기 초 출석부를 보며 학생들의 이름을 하나하나 호명하시던 선생님들의 모습이다. 내 이름을 부르시며 "소설 주인공 이름 같은데" 하며 칭찬을 한마디 해주시면 나는 정말 소설 속 주인공이 된 양 어깨가 으쓱해졌었다. 그때 처음으로 나는 '내 이름이 예쁘구나' 하는 생각을 하게 되었고 이후로 내 이름을 더욱 소중히 여기게 되었다.

나에게 있어 선생님은 내 이름에 특별함을 부여하며 나를 인식하게 해준 존재였다. "내가 그의 이름을 불러 주기 전에는 그는 다만 하나의 몸짓에 지나지 않았다. 내가 그의 이름을 불러 주었을 때 그는 나에게로 와서 꽃이 되었다."라는 시구처럼 그냥 많은 학생들 중 하나였던 내가 선생님의 말 한마디로 이름이 예쁜 아이가 될 수 있었다.

그 이후로도 선생님의 한마디 한마디에 나는 웅변을 잘하는 아이도 되었다가, 청소를 잘하는 아이도 되었다가, 그림을 잘 그리는 아이도 되었다. 이처럼 많은 나의 모습을 끌어내주고 알게 해준 분들이 바로 선생님이었다.

교육대학원에 들어오면서 교사관에 대한 고민을 많이 하였지만 겪어보지 않은 교사란 직업에 대해 명확한 교사관을 확립하는 것은 여간 어려운 일이 아니었다. 누군가 물어 볼 때는 학생들을 진심으로 사랑하는 교사가 되리라 말은 했었지만 그 사랑이라는 것이 너무나 포괄적이지 않은가.

나의 기억 속에 아직까지 강하게 남아있는 내 이름을 불러주던 선생님들처럼 나도 학생 한명 한명의 이름을 불러주며 그 아이들이 가지고 있는 무수히 많은 가능성에도 이름을 붙여 불러 줄 수 있는 선생님이 되고 싶다.

오늘도 교수님께서 이름을 불러주시면 나는 또 어떤 나를 발견할 수 있을까? 이름이 불리게 될 순간을 기대하며 또 다시 콩딱콩딱 가슴이 뛴다.

▶ 교사의 몫_박미경　　　◀ ◀ ◀

IT세대는 어떤 명제에 대한 깊은 성찰보다는 즉각적인 판단에 길들여져 있다. 자신의 힘으로 지식을 탐구하기보다는 기계가 제공하는 단편적 정보에 의존하여 정신적 피폐함에서 벗어나지 못하는 아이들이 부지기수다. 창밖에 새파란 목초가 싱그럽게 자라고 있는 것도 모르고 어두컴컴한 방구석에서 시든 목초를 부여잡고 있는 어리석은 양들과 같다. 무엇이 옳고 그른가 하는 가치 판단이 있어야 하는데 주체의식이 결여되어 트렌드를 쫓거나 당장의 기분에 취해 일시적인 안일만 추구한다. 자신이 진정 좋아하는 게 뭔지, 자신이 진정 원하는 삶이 무엇인지 모르는 채 말이다.

사람은 어떤 것에 가치를 두느냐에 따라 인생의 향방이 결정된다. 생김새가 다르듯이 저마다 삶의 유형, 인간의 유형이 다르고, 저마다 제각기 다른 인생관, 가치관을 갖고 있다. 무뇌아처럼 그냥 흘러가는 대로 살아서는 안 되고, 각기 나름의 생각과 기술을 가지고 있어야 한다.

자아 존중감, 자아 정체감이 형성되는 사춘기에 접어든 아이들에게는 무턱대고 공부만 하라고 할 것이 아니라 자기 자신을 점검해 보고 무엇에 가치를 두고 사는 게 좋을지 올바른 가치관을 마련할 수 있도록 해주어야 할 것이다. 그런 가치관과 자아정체감이 형성되는 시기에 결정적 역할을 하는 것이 교사이다. 교사와의 관계에 의해 아이들의 삶은 형태와 색깔이 달라질 수 있다. 마치 산소라는 원자가 수소와 만나면 물이 되고 탄소와 만나면 이산화탄소가 되는 것처럼, 금붙이와 쇠붙이가 접촉하면 내부에서 미묘한 변화가 일어나는 것처럼 말이다.

인간은 긴 생육과정에서 교사, 부모, 형제, 친구, 영웅 또는 위인전이나 영화의 주인공과 자신을 동일시하며 인격을 형성해 간다. 교사는 아이들의 인생에 포지티브적 영향을 미치든 네가티브적인 영향을 미치든 지대한 영향을 미친다. 아이들의 자아 존중감을 손상시키기도 하고, 박지성과 히딩크의 만남처럼 인생의 터닝 포인트가 되어 주기도 한다. 따라서 교사는 아이들 삶의 기폭제가 되어야 할 것이다. 아직은 작은 불씨에 불과하지만 온 광야를 불태울 수 있는 저력이, 비전이 그들 안에 살아 숨쉬고 있다는 것을 일깨워야 한다. 특히, 국어교사는 문학 속에 나오는 인물과 그들의 삶을 통해 삶에 대한 안목과 통찰력을 키워줄 수 있고 이를 바탕으로 깊이 있게 사색하는 능력을 길러줄 수 있다는 특권을 갖고 있다. 단순히 백과사전적 지식만 전달하기보다는 문학작품 속에 등장하는 인물과 그들의 삶을 통해 아이들의 마음을 보듬어 주는 것, 그것이 정녕 국어 교사의 몫이다.

인생을 살다 보면 귀인을 만나기도 한다. 그렇다. 교사는 학생들에게 그렇게 귀인 같은 존재이어야 하는 것이다. 바람직한 삶의 자세를 사유할 수 있는 능력과 자아 존중감, 절제력, 끈기 … 등 마음의 힘을 기를 수 있도록 도와 줘야 할 것이다. 우리 아이들이 인생을 마냥 허비하고 '인생 결국 이런 거였구나' 하고 훗날 낙담하거나 회한의 눈물을 흘리지 않도록 자존감을 북돋워주고 열정을 불러 일으켜 줘야 할 것이다. 교사는 매너리즘과 권태에서 빠져나와 교육자로서 끊임없는 자기갱신을 모색하며 학생들에게 다가가야 할 것이다.

▸ 앞사람은 뒷사람의 거울이 되고_박연심정 ◂ ◂ ◂

교직관이라는 과제를 접하고 나니 참 부끄럽고 할 말이 없다. 지금까지 교직생활을 하면서 이렇다 할 교육철학이라고 생각해 본 적이 없기 때문이다. 지금 생각하면 교직에 처음 발을 들여놓을 때에는 다른 직업보다는 안정적이고 아이들 앞에서 접장 노릇을 할 수 있다는 매력이 큰 부분을 차지했었던 것 같다. 교사 초년시절 수업을 할 때 목소리만 크게 질러 학생을 장악하려고 했고 요령이 없어 몸만 고달프지 학생들이 수업내용을 이해하는지는 염두에 두지 못했다.

차츰 시간이 지나면서 나는 누군가의 모습을 흉내 내며 닮아가고 있다는 것을 조금씩 느꼈다. 선배교사의 조언과 모습을 참고하고 나의 학창시절에 인상 깊게 남아있는 선생님들의 모습을 거울 삼아 학생들을 지도하고 있는 나를 조금씩 발견하게 되었다.

초등학교 때의 일이다. 나는 운동을 좋아해서 학교 육상선수로 활동하였는데, 조금은 산만하여 공부로는 별로 인정을 받지 못했던 것 같다. 초등학교 6학년 학기 초 담임선생님과 상담을 하면서 선생님께서는 내 성적을 보시고 충분히 잘할 수 있는데 노력을 하지 않아 성적이 잘 나오지 않는다고 하시면서 특별지도를 해 주시고 관심을 많이 가져 주셨다. 그 결과 학습 향상 면에서는 학급에서 1등을 차지하게 되고 졸업식 때는 그 공이 인정받아 수상까지 하게 되었다. 선생님의 관심과 격려 덕분이었다.

그리고 중학교 3학년 때, 담임선생님께서는 나에게 남다른 관심을 보이시며 학교생활을 적극적으로 할 것을 권유하셨다. 한번은 학급에서 집안이 경제적으로 여유가 있다고 생각되는 학생들(나를 포함한)에게 보이스카웃을 하라고 권유를 하셨다. 부모님께서는 활동하려면 활동복도 준비해야 하고 활동비도 만만치 않으니 하지 말라고 하셨다. 담임선생님께 못한다는 말을 하기가 어려워서 대충 선생님께 집에 말씀을 못 드렸다고 하였더니 순식간에 손바닥이 뺨으로 날아왔다. 태어나서 맛본 가장 강한 위력이었다. 순간 황당함과 담임선생님에 대한 분노가 치밀었다. 선생님이 생각하는 것같이 집안이 여유 있는 것도 아닌데 …. 나중에 소문으로 들으니 학교에서 학급 당 할당 인원이 있었다고 했다. 담임선생님이 원망스러웠다. 담임선생님이 나를 조금만 더 이해해 주셨다면 …. 그래도 선생님이 뵙고 싶다. try선생님!*

　선생님에 대한 또 다른 기억 하나는 고등학교 3학년 때였다. 반 배정을 할 때 학생들이 가장 기대하는 것은 담임선생님이 어느 분이신가 하는 것일 것이다. 우리 담임선생님은 작은 체구에 아주 무서운 분이셨다. 나중에 안 사실인데 선생님은 학교에 다니실 때 기계체조를 하시다 척추를 다쳐 성장이 멈췄다고 하셨다. 다른 반에서는 엄하고 버릇없는 학생을 용서하지 않으셨지만 우리 반에 들어오시면 살면서 경험한 이야기나 우리들에게 격려가 될만한 말씀을 많이 해 주셨다. 한번은 나에게 문제지 값을 거두는 임무를 주셨는데, 옆자리 짝이 '짤짤이'라는 놀음을 하다가 돈을 다 잃어버리고 나에게 거둔 돈을 빌려주면 돈을 금방 따서 갚겠다고 해 빌려주었다. 그러나 그 친구는 빌려준 돈 마저 모두 잃어버렸다. 그 와중에 갑자기 담임선생님께서 문제지 값을 가져오라고 하셨다. 당황한 나는 빈손으로 가서 다 거두지 못했다고 하였다. 선생님께서는 황당해 하시면서 다 거두면 가지고 오라고 하셨다. 혹시나 거둔 돈이라도 내놓으라고 하시면 곤란한 처지였다. 아무래도 빨리 선생님께 드려야 할 것 같아서 점심시간에 학교 담을 넘어 내가 다니던 독서실 아주머니에게 빌려 선생님에 드리긴 했다. 돈을 거둔지 한참이 되었는데 돈이 없다고 하였으니, 의심이 되었을 텐데 선생님은 그냥 한번 믿어 주신 것 같다. 학생이 잘못을 하더라도 한번쯤은 믿어주고 기다려 주는 것 ….

　이와 같은 은사님의 기억들을 통해 학생들을 지도하는 것이 나의 교직관이 되지 않았나 생각된다.**

---

* 'try'는 선생님께서 우리에게 늘 'try!'라고 외치셨기 때문에 붙은 별명임.
** 그때 돈을 빌려간 친구는 시골에서 기차 통학을 했는데 다음날 집에서 쌀을 훔쳐들고 나와 시내 쌀가게에 팔아 돈을 갚았다.

▸ 꿈을 만드는 사람_박종훈　　◂ ◂ ◂

　오늘 아침 교문 생활지도를 하면서 1500여명의 학생이 등교하는 모습을 보았습니다. 유쾌해 보이지는 않았습니다. 학교에 오는 것은 궁극적으로 희망을 얻기 위해 오는 것입니다. 그러나 통계청 자료에 의하면 2010년 한 해 무려 202명의 초·중·고 학생들이 자살을 했고, 학교를 그만둔 학생은 하루 평균 152명이나 되었다고 합니다. 일 년에 6만명이나 되는 학생이 학교를 외면하고 떠났습니다. 또한 2011년 7월 서울시 교육청 조사에 따르면 학교를 떠나지는 않았지만 떠나고 싶어서 중퇴를 고려하는 학생이 서울의 경우 10명 중 3명이라고 합니다.

　우리 교육의 가장 큰 문제는 사(私)교육이 아니라 사(死)교육이라고 할 만 합니다. 학교와 가정이 학생 스스로의 긍정적 변화를 이끌지 못하면 가까운 미래에 심각한 국가 위기로 다가올 것입니다. 학교 생활에 적응하지 못한 학생들은 사회에서도 적응하지 못하게 될 확률이 매우 높을 것으로 생각되기 때문입니다. 사춘기의 위기가 미래 삶의 위기로 발전하고, 사회 부적응 성인이 늘어난다면 참으로 슬픈 사회가 될 것입니다.

　교사에 대한 인식과 상황은 어떠한가요? 2008년 한국교총 통계에 의하면 학생·학부모에 의한 교원 폭행 건수가 2002년에 비해 무려 2배 이상 증가했다고 합니다. 최근에는 빈도만 급증한 게 아니라 양상도 훨씬 나빠지고 있습니다. 교사의 지시를 무시하는 정도가 아니라 교사를 노골적으로 희롱하거나 심지어 초등학생마저 교사에게 폭행을 가하는 경우가 발생하고 있습니다. 다음날 학교 가는 게 기대되지 않는다는 교사들의 절망적 하소연이 여기저기서 들려오기 시작했습니다. 대책이 없어 보이기에 희망이 느껴지지 않는 모양입니다. 위기 학생의 문제는 바로 교사의 위기로 이어지고, 교사의 위기는 다시 학생의 위기를 초래하게 합니다.

교육에 대한 실망은 교육자에 대한 실망으로 연결되고, 학교에 대한 사회적 기대는 절망으로 바뀌고 있습니다. 교육계의 비리와 정치적 이념의 갈등은 깊어만 가고, 교사의 권위는 한없이 추락하고, 교사는 좌절하고 …. 이런 혼란한 시기에 교사는 어떤 희망을 가지고 무엇을 어떻게 준비해야 할까요?

"학생들은 수업을 받는 것이 아니고 교사를 받아들인다."라는 말이 있고, "교사는 교육의 알파이며 오메가다."라는 말도 있습니다. 학생은 외형적으로 부모를 많이 닮지만 내면은 교사의 영향이 절대적이라는 뜻이겠지요. 이제 교사가 먼저 변화해야 하고 스스로 희망이 되는 꿈을 꾸어야 할 것입니다. 아침마다 학생이 등교하는 것은 희망을 얻고자 오는 것입니다. 교사가 스트레스에 파묻혀 절망에 빠져 있다면 학생들은 학교에서 희망을 발견하기 어려울 것입니다. 교사는 절망이 아니라 희망을 가슴에 품고 있어야 합니다. 여러 가지 교육 정책도 교사 스스로 희망의 원천이 될 수 있도록 도와주는 방향으로 바뀌어야 합니다. 그리고 교사들은 처음 교사가 되었을 때 순수했던 기억을 다시금 생각하고, 되고 싶었던 유능한 교사의 모습을 더 늦기 전에 실천해야 할 것입니다. 학생을 어떻게 변화시킬 것인지 고민하기에 앞서 교사로서 학생에 대한 잘못된 인식과 선입견을 버리고, 학생들을 있는 모습 그대로 볼 수 있는 능력을 키워야 할 것입니다. 늘 마음 속에 "나는 학생들에게 소중한 사람이다."라고 의식하고 생활해야 할 것입니다.

교직 생활도 20년이 넘었습니다. 그동안 학생들에게 잘못한 일들이 너무도 많아 헤아릴 수도 없습니다. 교사는 한 사람의 인생을 바꿀 수 있는 소중한 존재이면서 반대로 깊은 상처도 줄 수 있는 사람입니다. 과거 나의 학교생활을 떠올려 보면, 교사는 학생들의 긍정적 변화를 이끌어내고 학생 스스로 자신의 미래에 대해 희망을 가질 수 있도록 도와주는 사람이라고 생각합니다. 전문지식, 뛰어난 교수 기술 등 교사가 갖추어야 할 능력과 덕목은 무수히 많지만, 나는 먼저 쉬운 것부터 하도록 할 것입니다. 아침 일찍 일어나 피곤한 몸으로 등교하는 학생들에게 따뜻한 미소로 인사를 건네고, 격려하고 공감하며 편안히 기댈 수 있는 언덕이 될 것입니다. 그리고 인내할 것입니다. 작은 것부터, 오늘부터 실행해볼 것입니다.

교사는 오로지 소중한 가치를 추구해야 합니다. 사회가 변하고 가치관이 바뀌니 교사 스스로 자신의 존재를 쉽게 생각하는 것 같습니다. 교사로서의 삶, 말은 쉽지만 참으로 실천하기 어려운 고행의 길입니다. 그러나 학생들에게 매우 소중한 존재, 바로 이것이 교사의 본래 모습이며, 내 인생의 소중한 희망을 성취하는 일이라 생각합니다.

▶ 나의 교사관_서정호 ◀ ◀ ◀

언어는 특정 민족의 문화현상을 담고 있는 그릇에 비유할 수 있다. 언어는 인간의 생각과 사유를 생산·전달하고, 보존·축적하는 기능을 가지고 있다. 특정 사회의 문화는 언어라는 매개체를 통하여 발전하고 진화한다. 언어는 사회적인 삶에 연속성을 공급하는 자양분이 되고 새로운 문화를 창조하는 거대한 저수지와 같다. 우수한 문화일수록 언어에 내포되어 있는 의미가 명확하고 논리성을 가지고 있으며 언어의 구조를 배우는 것은 곧 특정 민족의 문화현상을 습득하는 것과 동일하다.

그래서 언어를 가르치는 전문적인 교사가 된다는 것은 언어를 통하여 특정 민족의 문화현상과 역사성을 이해시키고 생각하는 방식과 표현하는 방법을 배양시켜 문화의 연속적인 발전과 성장을 지속하게 하는 전문인이 된다는 것을 의미한다고 볼 수 있다. 더욱이 오늘날과 같이 정보기술지식사회에서 브레인파워가 중요시되는 콘텐츠의 시대에는 언어가 문화를 창조하고 사고력을 개발하는 데 가장 중요한 기능을 수행한다고 볼 수 있다. 국어교사는 단순히 국어를 가르치는 자가 아니라 새로운 문화를 창조하는 첨병의 역할을 하는 전문인인 것이다.

민족성이나 정체성은 언어라는 매체를 통하여 전달되고 유지·보존된다고 볼 수 있다. 언어가 없는 민족이 더 우수한 문화와 접하는 순간 송두리째 자신의 정체성을 상실하고 다른 민족에게 예속되는 현상을 우리는 역사를 통하여 배워 왔다. 일제가 우리 민족의 혼과 문화를 말살하기 위하여 제일 처음 시도한 식민지 정책이 언어정책이었다. 즉 한글을 사용할 수 없도록 함으로써 우리 민족의 정체성을 거세하려고 하였고 일본 문화에 대한 정신적·심리적 복속을 획책하였다고 볼 수 있다. 따라서 국어를 가르치는 전문인이 된다는 것은 우리 민족의 혼과 정신을 전달 보존 및 유지하게 하고 애국심을 길러주는 중요한 역할을 수행하는 사람이 되는 것이라고 볼 수 있다.

인간은 자신의 삶에 대하여 다른 사람과 차별되기를 원한다고 생각한다. 자신의 탄생 혹은 존재 이유를 사회에서 자신이 담당하는 역할과 연결지으며, 어떤 누구보다도 특정 분야에 더 뛰어난 재능을 타고났기 때문에 자신이 선택한 직업을 통해 이 사회에서 더 많은 역할과 기능을 수행하고 사회적인 행복을 증진시킴으로써 자긍심이나 혹은 자존심을 가질 수 있다고 생각한다. 언어는 그 어떤 분야보다 복잡하고 정교하며 재능을 필요로 하는 분야라고 생각한다. 나의 재능으로 사회 발전에 이바지하기 위하여 어렵더라도 국어교사의 길을 택하였고, 국어교사로서 우수한 인재를 양성하여 우리 민족의 저력을 발휘할 수 있도록 하는 사회적 책무를 다하고 싶다.

▸ '수처작주(隨處作主)면 입처개진(立處皆眞)'이라… _성창국 ◂ ◂ ◂

1996년 봄으로 기억된다. 좁은 공간에 빽빽이 앉아 교단에 서 있는 나를 바라보는 55명의 시선이 지금도 눈앞에 생생하다.

첫경험! 떨리는 마음과 동시에 들뜬 설렘의 짜릿함 때문에라도 그 첫 날의 기억은 교사의 꿈을 가지고 교단에 선 이라면 그 누구도 잊지 못할 것이다.

'나를 바라보고 있는 이 아이들은 지금 무엇을 생각하고 있나?', '행여, 내가 실수를 하면 웃음거리가 될텐데 그 땐 어쩌지?', '내 옷차림은 어색하지 않은가?' … 이러한 여러 생각에 하지 않을 수 있었던 실수를 더욱 저지를 수밖에 없었던 교단의 첫수업에 대한 기억이 아직도 가끔씩은 엷은 미소를 짓게 한다.

　아련한 기억으로 남아있는 내 교사생활의 시작도 이젠 벌써 강산이 두 번째 바뀌어 가고 있다. 지금 생각해보면 그 당시에는 페스탈로찌가 살아 돌아온다고 해도 부끄럽지 않았을 젊고 맑은 영혼이었다. 지금은 내가 도대체 어디로 가고 있는 건지 도무지 행방이 묘연할 때가 자주 있다. 보기만 해도 마냥 행복했고 하나부터 열까지 모두 챙겨주고 싶어 했으며, 심지어 가출한 아이를 찾아 전국을 헤매던 그 열정들이 지금은 어느새 긴 한숨과 찌푸린 인상들로 얼룩져간다. 연일 보도되는 교권 추락에 대한 얘기들과 달라져 가는 아이들의 세태 등이 교사로서의 마음을 흔들고 있다는 생각을 근래에는 더욱 자주 한다. 어느 순간부턴가 교단에 선 내가 잔득 찌푸린 얼굴로 여기저기 지적을 해대면, 아이들도 나와 비슷한 잔뜩 찌푸린 인상으로 내 눈길을 외면하곤 했다. 이런 순간이 잦아지면서 아이들이 점점 나와 하나둘씩 멀어져 가는 듯한 소외감을 느낄 때가 많아졌다. 처음에는 내가 생활지도 담당교사라서 그렇겠거니 생각도 했지만, 결국 수없이 반복되는 지적에 내 자신의 성격까지 변해 있다는 것을 어느 순간 느끼게 되었고, 아이들은 내가 바라는 변화에는 조금도 다가오지 않음을 깨달았다. '아! 아이들 문제가 아니었구나.' 라고. 문득 떠오르는 사실 하나가 어느 날 내 머리를 스쳤다. '내가 변해야겠구나!', 내가 먼저 공격적으로 말을 꺼내면 아이들도 늘 반격할 태세를 갖추고 대답을 하고 있었다는 사실을 알게 된 것이다. 접근 방법부터가 잘못 되어 있었던 것이다. 대개 영아들을 교육시킬 때도 부모가 늘 먼저 아이를 이해해주며 대화를 시도하면 인성적으로 바르게 키울 수 있다는 얘기를 많이 들었었는데, 우리 학교의 아이들에게도 마음을 다치게 할 말을 하지 않는다면 아이들도 조심스럽게 마음을 열게 될 것이라는 아주 중요한 사실을 알게 된 것이다.

아이들이 달라져 간다. 두려움과 비난의 시선이 다시금 점점 존경과 친숙함으로 바뀌어 돌아오는 것을 느낀다. 내 마음에서 멀어져만 가던 아이들과 학교가 다시금 내 첫수업의 열정과 같은 희망으로 바뀌어 흔들리던 교사로서의 내 마음이 차츰 회복되는 것을 느낀다.

교사로서, 스승으로서 나는 최선을 다했었는지 의문스럽다. 단순히 직업인으로서의 교사가 아닌 내 집의 주인처럼 살려고 했었는지, 자식 처럼 우리 아이들을 대하려 했었는지, 전장의 병사들이 다시금 전력을 가다듬듯 내 스스로를 다져보며 오래전 한 선사가 말한 말을 되새겨 본다. '수처작주(隨處作主)면 입처개진(立處皆眞)이라.', '가는 곳마다 주인이 되면 서 있는 곳마다 참되다.'라고.

▸ 마음에 품은 희망의 씨앗에
물을 주는 사람_성희영   ◂ ◂ ◂

고등학생들이 가장 선호하는 직업이 무엇인가라는 헤드라인 뉴스를 접하게 되었다. 관심을 갖고 내용을 읽어 보니 1위에 '교사'가 당당히 올라 있는 것이 아닌가. 그 기사를 보면서 얼마 전 직업만족도를 조사 해서 발표한 기사가 뇌리를 스쳤다. "교사의 직업 만족도 90위". 이 둘 사이에 존재하는 괴리감이 한동안 나를 혼란스럽게 했다. 스스로 자신 의 직업에 불만족한 상태로 살아가고 있는 현실의 교사를, 미래의 교사 가 될 아이들이 바라보고 꿈을 키워가고 있다는 사실이 나 자신을 돌아

보게 하였다. 미래의 교사들은 교사라는 직업에 따른 안정성 등의 조건을 보고 교사를 동경하는 걸까. 그들은 그들만의 세계에서 가장 강력한 힘을 가진 자로 존재하는 자들에 대한 막연한 동경일까. 꼭 그렇지만은 않다는 생각을 하게 된다. "군사부일체"라는 말이 무색해진 현실이지만, 그래도 학생들에게 있어서 교사란 좋아하든 싫어하든, 존경하든 증오하든, 가장 많은 영향을 주는 사람이기 때문일 것이다.

그러나 막상 내가 교사라는 직업을 선택하고, 교사의 길을 걷기 시작하고부터는 하루하루가 고민과 갈등의 연속이었다. 나의 가르침과 달리 사고를 치고, 불손한 행동을 하며, 때론 스승과의 기싸움을 즐기는 학생들까지 만나다보면 내가 가는 이 길이 그토록 원하던 교사의 길이 맞는 건지, 계속 이 길을 걸어가야 하는지 끊임없이 고민을 하고 갈등을 했다. 그럼에도 불구하고 내가 교사의 길을 계속 가며, 이 길을 놓을 수 없고, 오늘도 걸어가고 있으며, 이 길이 아니면 안 된다는 생각을 하는 이유는 무엇일까.

"아이들은 저마다 꽃이다. 화원 속 값비싼 풍설란이나 봄철 민둥산 이름 없는 들꽃이나, 품격과 조화와 아름다움에 있어서 저마다 그 자신이 최고인, 그렇게 아이들은 꽃이다, 생명이다."

달력 귀퉁이에 적혀 있던 글귀이다. 꽃은 피기 전 어떤 모습을 지니고 있는지 알 수 없다. 그러나 그 안에는 자신만의 향기와 모양을 갖고 있다. 정현종은 시 〈모든 순간이 꽃봉오리인 것을〉에서 "모든 순간이 다아 / 꽃봉오리인 것을 / 내 열심에 따라 / 피어날 꽃봉오리인 것을"이라고 노래하였다. 아이들은 아직 피지 않은 꽃봉오리이다. 본인의 노력에 따라 꽃을 피우겠지만, 교사는 아름답게 꽃피우도록 물을 주는 사람이 아닐까.

오늘도 아이들과 지지고 볶는다. 정신없이 하루가 지나간다. 매일매일 새로운 일이 생긴다. 그리고 그 안에서 우리의 아이들이 아주 조금씩 자라가고 있음을 본다. 아이들의 몸짓이 서툴지라도, 생각이 미약할지라도 자신만의 삶을 살아내고 있는 아이들이 커가고 있다. 그러면서 또 하나의 꽃이 되어 가고 있다. 그것 하나만으로도 가슴이 벅찰 때가 있다. 가슴 벅참의 감동이 있기 때문에 포기하지 않고 교사의 길을 계속 가고자 하는 것이다.

교사는 학생들에게 희망을 갖게 한다. 현재는 우리 눈에 보이지 않을지라도, 눈앞에 나타나지 않을지라도, 꿈을 마음에 품게 해 준다. 그것은 교사라는 사람이 가진 큰 힘이라고 생각한다. 오늘도 나는 아이들의 마음에 품은 희망의 씨앗에 물을 주는, 그런 교사가 되고 싶다고 소망한다.

▸ 장점 collector_신선영　　◂ ◂ ◂

초등학교 시절 나는 짙은 녹색의 칠판에 흰색 분필로 글씨 쓰는 것을 무척이나 좋아하던 아이였다. 청소를 하다가 혹은 칠판을 지우다가 부러진 분필이나 떨어진 분필을 발견하면 모아서 집으로 가져오기도 하고 때론 새 분필 몇 개를 몰래 챙겨 집으로 가져오기도 하였다. 그 당시 우리 집에는 못 쓰는 문짝이 하나 있었는데, 그 문짝은 분필로 쓰면 휴지로 지울 수 있는 재질로 되어 있어 분필만 있다면 학교에서 누릴 수 있었던 즐거움을 집에서도 누릴 수 있었다.

어릴 적 동네에는 또래 친구들이 많아서 고무줄놀이, 구슬치기, 사방치기, 소꿉놀이, 망치기 등 다양한 놀이를 하며 놀았는데, 그 중 우리들이 아니 정확히 말하면 내가 가장 좋아했던 놀이는 학교놀이였다. 학교놀이는 친구들끼리 돌아가며 선생님, 학생 역할을 하는 것이었는데 대부분은 그 문짝에 글씨 쓰는 것이 재미있어서 참여했던 것 같다.

단순한 재미에서 시작된 이 놀이는, '내가 진짜 선생님이 된다면 어떤 모습일까?'에 대해 상상하게 만들었고, 이러한 상상은 시간이 흐르면서 내 삶의 방향을 결정짓는 중요한 요소가 되었다. 비록 구체적인 계획을 가지고 결정지었던 미래는 아니었지만 어느 순간 나의 꿈은 선생님이 되는 것에 초점이 맞추어져 있었다. 그러던 중 우피 골드버그가 나오는 〈시스터 액트2〉라는 영화를 접하게 되면서 내가 바라는 선생님의 모습을 찾을 수 있었다.

영화의 내용은 신부님과 수녀님이 교사로 재직 중인 학교가 문제아들로 인해 문을 닫게 될 위기에 놓이면서 수녀님들이, 어떻게 하면 아이들의 꿈이 자랄 수 있는 터전인 학교를 지킬 수 있을까 생각하다가 아이들의 장점, 노래를 잘한다는 장점을 발견해 합창대회에 참가시키면서 학교를 위기에서 구한다는 것이다.

이 영화를 보면서 문득 생각했다. 저렇게 아이들의 장점을 먼저 볼 줄 아는 선생님이 되어야겠다고 말이다. 누군가의 장점을 찾는 일은 매우 어려운 일일 것이다. 더구나 한두 명도 아닌 수십 명의 아이들의 장점을 찾아낸다는 것은 어찌 보면 불가능한 일일 수도 있다. 또한 교권이 땅에 떨어지고, 학교 선생님의 말보다는 학원 선생님들의 말이 더 영향력을 발휘하는 요즘 같은 시대에 장점을 찾아 아이들에게 도움을 준다는 것은 더더욱 불가능한 일일 수도 있다. 그러나 난, 불가능한 일이라도 최소한 시도는 해봐야 한다고 생각한다. 비록 영화이기는 하지만, 위기에 빠진 학교를 구할 수 있었던 것은 학생에 대한 선생님들의 관심이었다. 집에서조차 버림받다시피 한 아이들에게 관심을 갖고 장점을 발견해 끝까지 이끌어 준 건 선생님이었다. 이렇게 본다면 힘들더라도 제자의 장점을 발견하기 위해 노력하는 것이 선생님의 역할이 아닌가 한다.

친구들은 항상 나에게 현실감각이 떨어진다고 말한다. 영화나 드라마에서 가능한 일을 현실에서도 할 수 있다는 착각에서 벗어나야 한다고 말한다. 요즘 학교가 어떤 상황인데 그런 말도 안 되는 생각을 하고 있느냐며 충고를 한다. 한 동안 나는 그런 친구들의 말에 심각하게 고민을 했다. '내가 너무 착각 속에 사는 것은 아닐까?' 하고.

얼마 전 남자의 자격이라는 TV프로그램에서 '청춘에게 고함'이라는 주제의 강연이 있었는데, 거기에서 개그맨 김국진은 '착각이 나를 바꿨다'라는 내용의 강연을 해 많은 박수를 받았다. 지금의 위치까지 오를 수 있었던 원동력은 다름 아닌 '착각'이었다는 것이다. 이 강연을 보고 난 용기를 얻었다. 영화 · 드라마에서나 가능한 일이 현실에서도 일어날 수 있을지 모른다는 나의 착각이, 나를 내가 꿈꾸는 선생님의 길로 인도할 것만 같다.

학생들의 장점을 찾으려고 노력하는 선생님! 정말, 진정한 착각일지도 모르겠다. 하지만 학생들에게 관심을 갖고 끊임없이 대화하며 소통하기 위해 노력한다면 불가능이 현실이 될 수도 있지 않을까? 선생님이 되어 실제 현장에서 많은 혼란과 회의감에 사로잡히게 될 날이 오더라도 아직은 환상과 착각 속에서 살고 싶다.

『연금술사』라는 책을 보면, 본인이 무언가를 간절히 원할 때 온 우주는 본인의 소망이 실현될 수 있도록 도와준다는 내용이 나온다. 내가 간절히 바라고 노력해, 온 우주가 나를 도와 너무도 바라던 선생님이 된다면 학생 자신도 발견하지 못한 장점을 찾아줄 수 있는 그런 선생님이 되고 싶다.

▸ 바른 일탈을 꿈꾸게 하는 교사_장소형

'바르다'라는 말에는 여러 가지 뜻이 있겠지만, 나는 이 '바르다'라는 말을 참 좋아한다. 아마도 5형제 중 장남이셨던 아버지의 장녀로 태어나 조부모님과 함께 살았던 유년시절의 기억이 나를 그렇게 만든 것 같다. 그 시절 나에게 가장 큰 칭찬은 '바른 행실', '바른 태도', '바르다'였으니까.

그렇게 '바른' 내가 부모님의 뜻을 따르지 않고 고집을 부렸던 것은 고등학교 때의 일이다. 동아리 활동으로 방송부를 하면서 글을 쓰는 것의 재미를 느끼게 되고, 이제 누군가의 기준이 아닌, '나 자신의 기준'으로 어떤 일을 한다는 것이 좋았다. 카메라를 들고 서울 시내를 누비며 촬영을 하는 것도, 밤을 새면서 단편 영화를 편집하는 것도 재밌었다. 부모님은 공부하는데 방해가 될 것 같으니 방송부 생활을 그만 두는 것이 좋겠다고 말씀하셨다. 17살 여고생이 그렇게 돌아다니니 당연히 걱정도 되셨을 것이다. 나는 공부와 방송부 활동 모두 잘 해낼 테니 지켜봐 주셨으면 좋겠다고 진지하게 설득하였다. 부모님은 그런 나를 보시며 적잖이 당황하신 것 같았다. 단 한 번도 어른의 말은 어기려 들지 않았던 아이가 그렇게 단호한 태도를 보였으니 말이다. 부모님은 결국 허락하셨고, 나는 그렇게 고등학교 시절을 아주 열심히, 뜨겁게 보냈다.

돌이켜 생각하면 이 때의 경험은 내 삶에서 중요한 양분이 되었다. 내가 하고 싶은 일과 해야 하는 일 사이의 균형을 유지하는 것, 그리고 내가 선택한 일을 책임지고 수행하는 것. 그것은 교과서에서는 배울 수 없는 가르침이었다.

사교육 현장에서 아이들을 만나다보면 마음이 답답해질 때가 많다. 정해진 길과 주어진 과정을 아무 생각 없이 마냥 걷고 있는 아이들이 태반이다. 자신의 적성과 꿈은 뒤로 한 채 당장의 성적표에 목을 맨다. 성적에 맞춰 대학교에 진학하고 그 성적을 만들어내지 못해 목을 맨다.

아이들이 자신만의 길을 찾고 그것을 향해 전력질주 하려면 반드시 그 전에 자신이 원하는 것이 무엇인지 알아내는 과정이 필요하다. 그리고 이 때 필요한 것이 바로 '바른 일탈'이다. 나는 아이들에게 바른 일탈을 꿈꾸게 하는 교사가 되고 싶다. 아이들이 자신만의 바른 길을 찾을 수 있도록, 때로는 공부를 잠시 내려놓고 자신이 원하는 것을 알아낼 수 있도록 조언할 수 있는 교사가 되고 싶다.

▶ 내가 보는 '전형'이라는 인물_정미나 ◀ ◀ ◀

총각 물리 선생님의 결혼식에 참석해서 펑펑 울었다는 다른 반 친구 이야기를 들은 적이 있다. 학창시절 좋아했던 선생님에 대한 아련한 기억, 이런 기억은 누구나 한번쯤 경험하거나 공유하고 있을 것이다. 그리고 이런 일은 10년 전 과거뿐만 아니라 20년 전, 30년 전, 그리고 앞으로 10년 후에도 일어날 그런 일들이다. 그들에게 선생님이란 존재는 우상 혹은 스타 같은 이가 아니었을까.

내게는 그 반대의 기억도 있다. 학생들이 문제만 잘못 풀어도, 조금만 떠들어도 주먹으로 머리를 세게 내리치시는 선생님에게 화가 나서, 학생들이 수업거부까지 일삼던 기억. 그 시절 나는 학생들이 책상을 사물함 쪽까지 밀어붙였던 탓에 교탁 앞이 허허 벌판이 된 채로 수업을 하시던 선생님에 대한 기억이 있다. 그 중 몇몇은 혹시라도 미워하는 선생님의 질문에 답을 할라치면 눈치를 주던 녀석들도 있었다.

이렇게 내 기억 속에서 선생님이란 우상과 미움의 존재를 극단으로 오간다. 어떤 기억은 내게도 직접적인 경험으로 자리잡고 있다. 내 재능을 발견해주고 편집부의 우편함에 "요새 무슨 힘든 일이 있냐."며 격려의 편지를 써놓으신 은사님도 있고, 여성편력에 학생들 사진 찍기를 좋아하는 괴상한 선생님에 대한 기억도 있다. 그렇지만 늘 생각해보면 이런 선생님에 대한 인상은 다른 어떤 이들의 인상보다 강력하게 남는다. 가끔 고향에 내려가서 길가다 우연히 선생님들을 마주치노라면 그때의 기억과 인상은 몇 년이 지나도 잊히지가 않는 것이다.

다른 이들에게도 그랬겠지만, 유독 내게 이렇게 강한 인상을 남기는 대상이 선생님이었던 이유는 무엇이었을까. 5살 때 동생의 꿈은 "커피"

가 되는 것이었다. 아마 그 시절 동생은 단순히 엄마가 좋아하고 늘 옆에 챙겨 다니는 그 무엇이 되고 싶었을 것이다. 그렇지만 내 꿈은 "선생님"이었다. 엄마 곁에서 떨어지기 싫어 유치원도 제대로 못가고 울기만 했던 내게서 어떻게 그런 꿈이 생겼는지는 지금도 의문이지만, 나는 명확히 "선생님"이 되고 싶었고 그때의 기억은 아직도 있다.

인생을 살아오면서, 다양한 사람을 만나고 풍부한 경험을 해도 내 꿈은 시기만 달리 할 뿐 똑같은 길을 걸었다. 유치원 때는 유치원 선생님이, 초등학교엔 초등학교 선생님이, 중고등학교 때는 중고등학교 선생님이 되는 것이었다. 어떤 이는 텔레비전을 보면서 스타를 꿈꾸고 어떤 이는 음악을 들으면서 작곡가를 꿈꾸듯이 내게는 선생님을 보면서 선생님을 꿈꾸는 것이 당연한 일이었던 것이다. 왜 그랬을까? 분명 학창시절 그들은 좋은 기억 속에서만 존재하는 것도 아니었으며, 인생의 전환점을 만들었던 훌륭한 분도 있지만, 인격적으로 존중하지 않던 사람도 있었는데.

지금 생각해보면 그것은 내 인생의 인간의 '전형'이라는 대상이 선생님이라는 분이었기 때문이 아니었을까 생각해본다. 가장 많이 접하면서 그리고 가장 많이 보고 느끼게 했던 것들이 다른 이들과는 달리 내게는 '선생님'에 대한 인상이었고 기억이었으며, 그들을 통해서 세상을 보고 느꼈던 것이다. 앞으로 내게서 가장 많이 쓰일 캐릭터는 선생님이라는 대상 속에서의 인격이며, 그들에게서 보고 배웠던 창이 앞으로의 삶에 많은 영향을 줄 거라는 걸, 그때도 나는 알았던 것이다.

내일도, 모레도 나는 무수한 선생님들에게 기쁨을 느끼고 실망을 하고, 좋아도 하고 미워도 할 것이다. 그렇지만 내가 그들에게서 받는 영향은 여전히 피해갈 수 없을 것 같다. 선생님은 지금도 여전히 내가 보는 인간 세상의 응축된 공간 같은 분이니까.

‣ '선생'은 진정한 '='의 의미를 아는 사람_채희령 ◂ ◂ ◂

2008년 7월, 어제나 오늘이나 별 다를 것 없는 그저 그런 무덥고 무의미한 여름방학. 그 무렵, 고작 21살의 대학교 3학년이었던 나는 내 자신이 그렇게 한심하고 싫을 수가 없었다. 친구들이 안부를 물으면 "집에서 쌀만 축내며 지내~"라고 할 정도였으니. 자격증이며 알바자리며 '할 일'을 이리저리 알아보다가 시급 치고는 꽤 쏠쏠하다는 생각에 학원 강사 면접을 보게 되었다. 오랜 기간 품어왔던 나의 꿈은 이렇게 싱겁게 시작되었다.

2011년 12월, 겨울방학 직전의 기말고사 기간. 어느새 나는 '나름' 동네에서는 인정을 받는 능숙한 4년차의 국어강사가 되어 있었다. 시험 대비 수업의 특성 상, 소수의 학생은 과외처럼 수업을 받게 된다. 1:多에서 1:1로 수업 구도가 바뀌면, 나도 모르게 조금은 진지해진다. 그 날은 박재삼의 '추억에서'라는 시를 할 차례였다. "진주장터 생어물전에는~" 하고 1행을 읽어주다가 "자, '진주장터'는 설명 필요 없고, 바로 뒤에 나오는 시어 '생어물전'은 어떤 의미일까?"라고 기계적인 질문을 던졌다. 18살의 통실한 소년은 "시 처음에 나온 생어물전이 어떤 의미인지 한 번에 알 수 있어요? 생선가게는 무조건 가난을 상징하는 건가요?"

라고 반문을 했다. 어라, 내가 기대한 답이 바로 그건데? '가난하고 힘겨운 삶'이라고 대답하고 넘어가면 되는데? 2초에 10번 정도 눈을 깜빡이다가, 너는 이미 이 시를 배웠으니 시의 전체 분위기를 안다는 전제하에 질문한 거라느니, 생선가게에 있는 모든 생선을 다 팔아도 백만장자는 될 수 없지 않겠냐느니, 이래도 가난을 유추할 수 없냐느니, 되도 않는 말을 횡설수설하다가 결국 깔깔 웃어버리고 "그래 맞아, 네 말이!" 하고 다음 행으로 넘어갔다. 모든 수업을 마치고 자정이 다 된 시간에 집에 오는 길에서도 내내 상기된 얼굴은 가라앉지 않고 머리는 멍하고 가슴은 궁궁대며 뛰었다.

나의 꿈이 아주 우연히 싱겁게 시작되었듯, 나의 반성도 아주 평범한 일상에서 시작되었다. 18살 소년의 그 맑은 질문에 비해 나의 생각은 얼마만큼 탁했는지. 그리고 절절하게 깨닫게 되었다. 작은 동네에서도, 조금의 인정도 못 받는, 전혀 능숙하지 못한, 국어강사 흉내도 못 내는, 암기 대신 시켜주고 돈만 많이 받는, 시험대비용 기계가 바로 '나'라는 것을. '생어물전=가난'이면 그게 문학인가, 수학이지.

2012년 3월, 교생실습을 앞두고 정든 학원을 그만두기 2주 전. 생어물전 사건 이후로 무던히 바뀌려 노력하고 다잡으면서 겨울방학을 보낸 시점이다. 그동안 내 마음 속 밑바닥에, '선생과 제자'는 '위와 아래' 혹은 '갑과 을'이라는 못된 전제가 선 굵게 깔려 있었다는 것을 힘들지만 인정하게 되었다. 그리고 내가 그렇게도 힘들어했던 이유는 '先生'이라는 우월감을 내려놓지 못했기 때문이었다. 학원 수업이든 과외 수업이든 아이들이 자연스럽게 "선생님 선생님~"하고 불러주니까 내적으로 채워지지도 다듬어지지도 않은 채 그저 '선생님 놀이'에만 재미를 붙이며 성취감을 맛보고 지내왔다. 선생, 먼저 태어난 것, 더 많이 보고 듣고 배우고 경험한 것. 그것은 먼저 마음을 열고 먼저 손을 내밀어서 신뢰를 준다는 것 외에 별 다른 큰 힘이 없다는 걸 이제야 알았다.

집중과 이해를 동시에 일으키는 폭풍 카리스마, 친정처럼 푸근하고 자상한 상담, 무심하게 내뱉은 한 마디로 모두를 기절시키는 유머. 그동안 내가 키워드로 삼고 있는 나만의 이상적인 교사상이었다. 내가 아무리 풍부하고 깊은 국어 지식이 있다고 해도, 아무리 절절하게 애원하고 타일러도, 아무리 최신 유행어를 빠짐없이 꿰고 있다고 해도, 아이들이 나를 받아주지 않고 거부한다면 아무런 소용이 없다는 것을 알았다. 좀 늦었지만 이제라도 마음가짐을 고쳐 잡으려 한다. 하루에도 몇 번씩 곱씹고 되새기고 잊지 않으려 노력하는 중이다. 국어를 사랑하고, 문학을 사랑하고, 아이들을 사랑하고, 무엇보다도 아이들에게 국어와 문학을 가르치는 순간을 가슴 벅차게 사랑하는 나이기에 '학교'라는 공간에서 더 많이 아프고 나누며 아이들과 같아지고 싶다.

잊을 수 없는 학생

제2장 잊을 수 없는 학생

▸ **봄**_노성호   ◂ ◂ ◂

  눈이 시리도록 아름다웠던 2011년 4월 첫 주 토요일. 그날은 저희 아버지께서 회갑을 맞으시는 날이었습니다. 그날을 맞이하기까지 아버지의 회갑일을 고대하면서 준비했던 나날들이 참으로 많았는데, 그 모든 시간들이 어느덧 지나고 드디어 그날이 다가온 것입니다. 아침 일찍부터 서둘러 치장을 하고, 식전 마지막 준비를 위해 제일 먼저 식장으로 향한 저는 마치 그날이 저의 회갑일이기라도 한 듯 마냥 신나 콧노래만 흥얼거릴 뿐이었습니다. 아버지를 위한 날 아버지의 장남은 그랬습니다.

  눈부신 아침 햇살처럼 어머니도 그렇게 다시 빛나는 모습으로 일어나시길 간절히 바랐던 토요일 아침이었습니다. 그때 저는 고속도로 위에 있었습니다. 눈이 시려서 눈물이 나는 것인지, 아니면 이별을 직감

한 눈물이 흘렀던 것인지 모르겠지만, 하염없이 흐르는 눈물을 닦으며 고속도로 위를 달리고 있었습니다. 정말이지 그 어느 때보다 쌩쌩 속도를 내어 달리는 차에 몸을 싣고 싶었습니다. 하지만 주말을 맞아 나들이를 떠나는 사람들이 많아서였던지 고속도로는 인산인해(人山人海)가 아닌 차산차해(車山車海), 거대한 주차장 그 자체가 되어 있었습니다. 오랜 기간 암 투병을 하시던 어머니의 임종은 고향에서 맞을 수 있도록 했으면 좋겠다는 뜻이 받아들여져 오랜 기간 병석에 누워 계시던 어머니를 모시고 송탄으로 내려오는 길이었습니다. 현대아산병원을 떠난 앰블런스는 버스전용차로를 이용해 속도를 내면서 달릴 수 있었습니다. 하지만 저는 거기에 탈 수 없었고, 잠시 후면 영영 떨어져 있어야만 하는 어머니와 이별한 채 답답한 고속도로 위를 느릿느릿 기어가고만 있었습니다. 어머니를 위해 절대로 마련되지 말아야 할 그날, 어머니의 장남인 저는 그렇게 차 안에 갇혀 있을 수밖에 없었습니다.

"신부님, 지금 가고 있는데요. 고속도로가 너무 막히네요. 11시 미사에 참석하려고 7시부터 서둘렀는데, 아직 수원도 못 갔어요. 미사에 늦으면 안 되는데."

"괜찮아요. 미사 못 하셔도 좋으니까 조심히 내려오세요. 오늘 주말이라 길이 많이 막히나 보네요. 천천히 잘 오세요. 기다리고 있을게요."

"준희야, 어디 쯤 오니? 우리는 거의 다 와 가는데."

"모르겠어요. 길이 너무 막혀요. 엄마는 어떠세요?"

"큰일 날 뻔했는데, 다시 안정을 좀 찾으셨어."

식장에 도착하니 먼저 와 계신 분들이 몇 분 보였습니다. 어찌나 반갑고 감사하던지 두 손을 마주 잡으면서 반갑게 인사도 나누고 축하도

받으면서 화기애애한 분위기 속에 젖어들기 시작했습니다. 그리고 마무리 준비를 하기 시작했습니다. 식장 한 구석에 방명록도 마련해 놓고, 선물로 배달 온 화환들도 아름답게 갖추어 놓았으며, 그동안 준비해 왔던 것들이 순조롭게 진행될 수 있도록 꼼꼼하게 점검도 했습니다. 그 사이 일가 친척들과 많은 지인들께서 자리를 채워주셨고, 그날의 주인공이신 아버지께서도 한복을 곱게 차려입으시고 식장에 도착하셨습니다. 모두들 정숙한 분위기로 아버지를 위한 성스럽고 장엄한 예식의 시작을 기다리고 있었고, 드디어 11시가 되었습니다. 평생에 단 한 번뿐인 축하의 자리는 그렇게 성대한 막을 올리게 되었습니다.

송탄에 있는 집 근처 병원에 도착하니 먼저 와 계신 큰어머니가 보였습니다. 너무도 답답한 길을 달려온 탓에 큰어머니가 반가울 새도 없이 정신줄을 놓아가며 어머니 생각만 하고 있었습니다. 그런데 큰어머니께서는 어머니의 상태가 생각보다 좋지 않다고 하시면서 급하게 저를 다그쳐 가며 어머니께서 계신 응급실로 향하셨습니다. 평소 같으면 한 시간도 안 되어 도착할 거리를 세 시간 넘게 걸려 도착했는데, 어머니께서는 이미 그 사이에 숨이 두세 번 멈췄다고 합니다. 그런데도 끝까지 정신을 잃지 않으려 애쓰시면서 저를 기다리셨던 모양입니다. 정신없이 어머니께 달려가 보니 어머니께서는 아침에 서울에서 뵈었을 때보다 더 야위어 계신 것 같았습니다. 입고 계신 환자복이 더 커 보일 정도였으니까요. "준희 왔어, 엄마!" 하고 어머니를 불렀습니다. 평생에 단 한 번 뿐일 테지만, 결코 오지 않았으면 좋겠는 이별의 순간이 그렇게 다가오고 있었습니다.

저는 그 어느 때보다 더 정성스럽게 미사를 봉헌했습니다. 마치 오늘의 미사가 제 생의 첫 미사인 것처럼, 오늘 봉헌하는 아버지를 위한 회갑 미사가 제 생의 마지막 미사인 것처럼 집중하고 또 집중하면서 거룩한 미사가 될 수 있도록 마음을 모았습니다. 중간 중간 아버지를 바라보기도 했는데, 흐뭇해하시는 그 모습에 제 마음도 덩달아 흐뭇해졌고, 그 곁에 함께 앉아 계셨던 어머니도 참 아름다워 보이셨습니다. 그 자리에 참석했던 모든 이들도 자리를 떠날 줄 모르고 함께 미사를 봉헌해 주었습니다. 축하의 노래와 연주 소리가 성당 안을 가득 채웠고, 우레와 같은 박수 소리가 메아리쳤습니다. 축하식도, 피로연도 모두 다 성황리에 거행되었습니다.

저는 그 어느 때보다 더 밝고 명랑한 모습으로 어머니를 바라보았습니다. 울고 있는 모습을 보여드리고 싶지 않았습니다. 흐르는 눈물과 북받쳐 오르는 울음을 꾹꾹 눌러가면서 어머니의 손을 잡고 미소를 지어 보여 드렸습니다. 그 자리에 함께 계셨던 아버지도, 큰어머니도, 다른 분들도 자리를 지키시면서 애써 울음을 참고 계셨습니다. 어머니께서는 힘에 겨우셨던지 두 눈을 꼭 감고 계셨습니다. 하지만 잠시 후 두 눈을 크게 뜨시면서 저를 바라보시더니 너무도 해맑은 미소를 보여 주셨습니다. 그리고 이어 아버지를 바라보시더니 똑같이 환한 미소를 지으시는 것이었습니다. 그리고는 눈을 감으셨는데, 동시에 '삐~' 하는 기계음이 들렸습니다.

손님들 맞이하랴 식사 끝마치고 가시는 분들 배웅하랴 정신이 하나도 없었습니다. 축하드린다는 인사도 받고, 와 주셔서 감사하다는 인사도 드리면서 힘든 것도 모른 채 밖에서 사람들을 만나며 즐거운 하루를 보냈습니다. 고속도로가 막혀서 그제야 도착하시는 분들도 반갑게 맞이하면서 너무도 행복한 시간을 그들과 함께 했습니다.

너무도 슬펐습니다. 어머니께서 돌아가셨다는 것이 믿기지 않았습니다. 그래도 현실을 받아들여야 하기에 정신을 차리고 친구들에게 문자를 보냈습니다. "엄마 돌아가셨다." 선생님께도 연락을 드렸습니다. 그리고 연락을 드려야겠다고 생각한 분이 한 분 더 계셨습니다. 바로 신부님이었습니다. 하지만 바로 연락을 드릴 수는 없었습니다. 그날이 신부님 아버지의 회갑날이라는 것을 알고 있었기 때문이었습니다.

다음날 아침. 아버지 회갑을 축하하는 어제의 술자리가 너무 흥겨웠던 까닭에 머리도 아프고 속도 별로였는데, 기분까지 참으로 어수선한 아침이었습니다. 그래도 정신을 차려가면서 컨디션을 끌어 올려야겠다고 생각하고 있을 즈음 낯선 번호로 문자 메시지 한 건이 들어오는 것이었습니다.

"신부님, 안녕하세요? 3학년 이준희 학생이 부탁을 해서 연락드립니다. 어제 이준희 학생 어머니께서 돌아가셨습니다. 빈소는 중앙 장례식장에 마련되어 있고, 장례미사는 서정동 성당에서 월요일 아침 6:30에 있습니다."

이게 무슨 마른하늘에 날벼락 떨어지는 소리랍니까? 평소에는 전혀 어머니의 건강에 대해 걱정하거나 그림자를 드리우지 않았던 녀석인데 얼마나 마음이 아팠을까요? 준희를 챙겨주지 못했던 제가 한없이 부끄럽고 죄스럽기까지 했습니다. 그렇게 밝고 명랑하기만 하던 녀석이 얼마나 힘들었을까요? 게다가 저의 기분까지도 배려하다니요.

그렇게 신부님께 연락드리는 일을 미루고 있었는데, 어느덧 주일 아침이 되어 버렸습니다. 연락을 드려야지 하면서도 어머니를 장례식장에 모시고 하느라 정신이 없어서 시간 내기가 정말 어려웠습니다. 그러던 중에 마침 어머니 친구분을 만나게 되었고, 그 아주머니께 부탁을 드려 신부님께 연락 좀 해 주시길 청했습니다.

당장 장례식장으로 달려가고 싶었지만, 여러 가지 이유 때문에 그날은 갈 수가 없었습니다. 그래서 월요일 아침에 일찍 서둘러 채비를 하고 성당으로 갔습니다. 준희 어머니 가시는 마지막 길이 편해지길 청하면서 장례미사를 봉헌해 드리기 위해서였습니다. 그리고 늦었지만 우리 준희를 위로해 주러 반드시 가야만 했습니다.

어머니 가시는 마지막 길이 편해질 수 있도록 청하면서 미사를 봉헌하기 전에 고해성사를 받았습니다. 평소 어머니께 잘 해 드리지 못했던 일들이 자꾸만 떠올라 죄스런 마음이 가시질 않았습니다. 그래도 신부님은 저를 용서하시면서 평화를 빌어주시더군요. 어머니의 영혼을 위해 함께 기도하자 하시면서요. 분명히 어머니는 좋은 곳으로 가셨을 거라는 말씀도 해 주셨던 것 같습니다. 그리고는 고해소를 나오는데 신부님께서 저를 맞아주셨습니다. 갑자기 참았던 눈물이 울컥 쏟아졌습니다. 신부님은 저를 안아주셨고, 그렇게 우리 둘은 잠시 부둥켜안고서 있었습니다.

성당에 들어가 주변을 두리번거리는데 어찌된 일인지 준희는 보이지 않았습니다. 그러다가 고해소 쪽으로 향하게 되었는데, 마침 거기서 준희가 나오고 있었습니다. 순간 저도 모르게 준희에게로 달려가 녀석을 확 끌어안고 말았습니다. 그리고 등을 쓰다듬어 주었습니다. 그렇게 한참을 끌어안고 있다가 녀석을 쳐다봤는데, 얼마나 울었던지 눈가가 완전히 젖어 있었고, 눈은 빨갛게 부어 있었습니다.

어머니를 염하던 때가 아직도 생생합니다. 죽은 사람의 몸이 그렇게 차가울 수 있다는 것은 그때 처음 알았습니다. 마치 냉동실에 얼려뒀던 캔 음료수를 손에 들었을 때의 느낌이랄까요? 어머니가 그랬습니다. 그리고 온 몸에 힘이 하나도 없다는 말도 그때 깨닫게 되었습니다. 제가 어머니의 머리를 붙잡고 있었는데, 목에 힘이 하나도 안 들어가서 그랬던지 염하는 아저씨가 어머니 몸을 조금만 움직여도 어머니 고개가 막 흔들리더군요. 어제 밤 꿈에도 어머니가 나오셨습니다. 이제는 따뜻하고 햇살 좋은 곳에서 편히 쉬시길 바랄 뿐입니다. 어머니가 너무 보고 싶네요.

준희 어머니께서 하늘나라로 떠나신 그날도 눈이 시리도록 아름다웠습니다. 따뜻한 날 화사한 햇살과 함께 가시는 그 길이 외롭거나 슬프지 않기를 간절히 기도했습니다. 그리고 준희와도 다정하게 인사를 나누면서 학교에서 만나자고 했습니다. 우리는 함께 미소를 지었습니다. 그리고 약속대로 다시 만났습니다.

▸ 기억이라는 예의_박다희 ◂ ◂ ◂

그 선생의 기억

내가 첫 교사로 부임하던 해에 만났던 한 여학생이 생각난다. 유난히 딱 부러진 성격으로 풋내기 교사였던 나의 실수를 콕콕 집어내던 녀석. 새로운 선생님이니 모르는 것이 많을 거라며 학교 구석구석을 안내해 주던 오지랖도 넓던 녀석이다.

꼬박꼬박 말대꾸를 할 땐 얄밉기도 했지만 그 속이 깊어서 늘 선생님을 챙겨주던 녀석 때문에 나의 초임 교사시절은 즐거운 기억으로 남아 있다. 멋진 여기자가 되고 싶다고 말하던 당찬 녀석이었는데, 지금은 어디서 어떻게 살고 있을지 한 번도 연락이 없어서 가끔 그 아이가 궁금하다.

그 학생의 기억

내가 선생님이 된다면 꼭 롤 모델로 삼고 싶었던 단 한분이 떠올랐다. 초등학교 6학년 담임선생님이다. 신임교사로 첫 발령을 받고 우리 학교로 오신 서른도 넘지 않으신 젊은 나이의 남자선생님이셨다. 늘 새로운 무언가를 체험시켜 주고 싶어 하셨던 선생님은 여러 가지 특별 활동들도 직접 꾸려가셨고, 우리 농산물 먹는 날, 인스턴트 안 먹는 날, 편지 보내는 날 등등 새로운 시도들로 많은 추억을 남겨 주셨다. 그렇게 아이들을 사랑하며 아이들과 가까이 지내려고 노력하는 풋내기 선생님께 나는 너무나 버릇없는 학생이었다. 선생님과 격의 없이 친하기는 했지만 선생님이 실수하시는 것을 보면 콕 집어내서 민망하게 만들고, 꼬박꼬박 말대꾸를 해 댔던 것 같다. 그러나 선생님은 그런 나에게 질책을 하기는커녕 "그런 딱 부러짐이 너의 꿈인 기자가 되기에 아주 많은 도움이 될 거야."라고 말씀해 주시며 버릇없는 제자를 꾸짖기보다는 좋은 부분으로 발전시킬 수 있도록 도와 주셨다.

졸업식 날 선생님이 반 아이들 하나하나에게 편지가 적힌 책갈피를 손수 만들어서 주셨는데, 살면서 가끔 꿈이 흔들리고 자신이 없을 때 선생님의 격려와 충고가 담긴 그 책갈피를 보면 힘이 났다. 그렇게 나에게는 너무나 특별했던 선생님이셨는데 졸업 후 단 한 번도 찾아뵐질

못한 나는 여전히 버릇없는 제자다. 어릴 적에는 생각을 못했었고 지금에 와서는 그때의 꿈대로 살아가지 못하고 있는 내 모습이 부끄럽고 죄송스런 생각이 들어서 용기가 나질 않았다. 그래도 내가 이렇게 선생님을 기억하고 마음에 담고 있다면 그것이 선생님의 사랑에 대한 자그마한 보답이 아닐까 하는 생각을 해본다.

기억에 남는 학생에 대한 글을 써오라는 과제가 나에게는 너무나 어려웠다. 아직 선생님이 아닌 나는 선생님이라는 이름으로 학생들을 대한 경험이 많지 않고 있다고 해도 짧은 순간들이어서 그 기억 자체도 흐릿하기 때문이다. 기억을 헤집고 들어가 뭐라도 꺼낼 수 있으면 좋으련만 없는 것을 있다고 하고 글을 지어낼 수는 없지 않은가.

기억해 준다는 것은 만남과 인연에 대한 최소한의 예다. 선생님의 버릇없던 말괄량이 첫 제자인 나를 선생님은 14년 세월이 지난 지금 기억하실지 모르겠지만 기억하신다면 좋은 향기를 품은 기억이기를 바래본다.

앞으로 내가 선생님이 되면 만나게 될 무수한 아이들에게 무수한 선생님 중의 하나가 아니라 기억에 남는 선생님이 되도록 노력하고, 나 또한 아이들을 무수히 많은 아이들로 묶어서 기억하기보단 아이들 하나하나를 가슴에 담고 싶다. 기억이라는 작은 보답을 서로에게 나누어 줄 수 있는 아름다운 만남들이 우리의 학교에서 나를 기다리고 있을 거라고 믿는다.

▸일곱 난쟁이의 추억_박미경　　◂ ◂ ◂

　내가 본격적으로 가르치는 일에 입문하게 된 것은 스물네 살 어느 늦은 가을, 대학교 근처에 있는 외국어학원에 이력서를 내고부터이다. 그 무렵, 섣부른 외국어 실력으로 번역가가 되겠다는 야심 찬 생각을 하고 있었기에 학원에 다니며 일본어를 공부하고 있었다. 그런데 강사가 바뀔 때마다 '저 사람보다 내가 더 잘 가르칠 수 있는데.' 하는 되지 못한 생각을 매번 하게 되었다. '인생은 도전하는데 의미가 있어. 어차피 저지르는 자의 것이야.' 하는 그런 나의 강한 신념이 발동해서 '밑져야 본전이지' 하는 뚝심으로 학원에 이력서를 내었다. 이력서를 내고 며칠을 기다려도 연락이 없길래 안 됐나 보다 하고 아이들 그림 가르치는 아르바이트를 시작했다. 그런데 그림 아르바이트를 시작한 지 얼마 지나지 않아 학원에서 연락이 왔다. 내게 인계해 줄 선생님 남편이 삼성연구소에 다니는데 회사가 천안으로 내려가게 되었다고, 이사 가려면 아직 두어 달 남짓 시간의 여유가 있어서 연락을 늦게 했다고. 그래 봤자 한 일주일에서 열흘의 시간이 지난 후였나 그랬다. 그렇게 해서 난, 일본어를 가르치게 된 것이다.

　간간이 일어일문학과 학생, 일본에 관심 있어 하는 중고생, 민속촌에서 일하는 아주머니들이 있었긴 하나 학생의 90%는 대부분 삼성맨들이었다. 가르치는 일을 처음 하는데다 성인들을 가르치는 일이라 처음엔 너무 긴장됐다. 하지만 '기회가 왔을 때 움켜잡을 줄 알아야 해' 하는 생각에 난, 서점에서 유머 책을 구입해 외웠다가 수업시간에 활용하기도 하고 학생들의 흥미를 돋우기 위해 노래를 가르쳐 주기도 하고 교훈이 될 만한 간단한 일본 속담 등도 준비 해 수업 끝날 때마다 매일 한 문장씩 얘기해주곤 했다. 그렇게 턱없이 부족한 나의 강의가 시작된 지 얼마 지나지 않아 두 명의 여학생과 7명의 남학생들이 수강을 하게 되었다. 7명의 학생들 역시, 삼성맨들로 연령대가 3,40대인 같은 부서 직장동료들이었다. 그 때부터 그 학생들과 나의 오랜 인연은 시작되었다.

우리 반 반장 허상은 분위기 메이커였다. 수업 전, 항상 "차렷, 선생님께 경례." 우렁찬 인사와 함께 활기참을 불어넣어 주었고 수업이 좀 지루하다고 생각되거나 분위기가 다운될라치면 농담을 던져서 학생들을 한 바탕 웃게 해 주곤 했다. 스승의 날엔 장미꽃을 슬그머니 교탁 위에 올려놓기도 했다. 그렇게 7명의 학생들은 비록 자신들보다 나이 어린 초보강사지만 깍듯하게 선생님으로서 대접해 주었다. 그런 7명의 학생들 덕분에 난 힘을 얻어 가르치는 일에 보람을 얻게 되었고 더욱 일에 매진 할 수 있게 되었다.

그 후 1년도 채 지나지 않아 우리 학원은 학생들로 북새통을 이루게 되어 새로 지은 빌딩으로 이사를 가게 되었다. 난, 당시 파격적인 대우를 받으며 승승장구했고 삼성반도체 출강도 나가게 되었다. 가르치는 일에 이제 막 1년 남짓 새끼강사 주제에 정상의 궤도에 올랐다고 허황된 착각을 하기도 했다. 그도 그럴 것이 한 타임당 일한 대가로 받는 강의료가 일반 직장 여성들의 월급과 맞먹을 정도였으니 착각도 할 만했다. '인생 덤벼' 하는 오기 아닌 오기를 부리며 살다가 '아, 인생 이런 거였어. 간단하네.' 하고 인생을 만만하게 보게 된 철없기 그지없던 시절이기도 하다.

결혼 할 무렵, 학생들이 축하한다고 선물을 건네주었다. 화장품과 자신들을 일곱 난쟁이들로 기억해 달라며 해맑은 미소로 나란히 앉아 있는 일곱 난쟁이 모형 스탠드. 선생님과 함께여서 행복했다고 ….

내 인생에서 가장 아름다웠던 시절, 그 때의 그 기억이 어쩜 날 여기까지 오게 했다고 해도 과언은 아니리라.

※ 이제야 하는 말이지만 돌이켜 생각해 보면 섣부른 지식으로 젊음과 패기만으로 학생들을 상대로 사기를 친 건 아닌가 하는 생각이 든다. 그 때 이후 세월이 훌쩍 지나버린 지금. 난, 여전히 가르치는 일을 모색하고 있다. 가짜 말고 진짜가 되고 싶어서 ….

‣ 나의 첫 담임 때_박연심정   ◂ ◂ ◂

누구나 첫 만남은 설레고 가장 기억에 남을 것이다. 학교에 부임하고 첫 담임을 맡았을 때의 일이다. 뒤돌아보면 오랜 교직생활에서 가장 많이 기억이 남는 것은 학급이었고 동시에 부끄러운 일도 많았던 것 같다. 새내기 학생을 상담해야 하는 새내기 담임이 상담을 어떻게 하는지 선배교사들로부터 훈수를 받고 그것을 실전에 적응시킨다고 해서 제대로 된 상담이 될리도 없었을 것이다.

첫 담임은 중학교 1학년 학급이었다. 하루는 한 학생이 친구가 괴롭힌다고 신고를 했다. 자기의 말을 무시하고 다른 친구들과 함께 자기를 따돌리며 괴롭힌다는 것이다. 당연히 가해학생을 불러 잘못된 행동을 지적하고 재발이 되지 않도록 엄중히 경고를 했다. 그러나 그 학생의 태도는 변하지 않았고 이로 인해 피해학생 부모가 찾아와 저간의 일들을 이야기하며 상대 학생을 보고는 욕을 하는 것이었다. 일단은 제지하고 잘 지도하겠다고 말하고 귀가시켰다. 가만히 생각하니 서로 간에 처음 있는 일이 아니라는 느낌이 들어 가해학생에게 무슨 사연인지 물어보니 말인 즉 사건의 발단은 초등학교 6학년으로 거슬러 올라갔다. 어느 날 두 친구가 서로 다투었는데 그 다음 날 하굣길에 피해학생의 아버지가 교문 앞에 찾아와 왜 내 아들을 괴롭히느냐며 자신의 뺨을 때렸다는 것이다. 그리고는 자기는 아버지가 안 계신데 일방적으로 어른에게 맞은 것이 분하고 억울하여 그 친구만 보면 분노가 치밀었다고 한다. 그리고 이야기는 여기서 끝난 것이 아니라 그 친구의 어머니가 자기 어머니를 지칭하며 목욕탕에서 때밀이 하는 주제에 아이를 제대로 돌봤겠냐며 자기 어머니를 험담하는 것을 듣고 차마 그 이야기를 어머니께 하지 못하고 어린 마음에 분노를 키워왔던 것이었다. 그러나 그 친구를 또 때리면 친구 아버지가 와서 또 때릴까봐 두려웠고 친구 어머니가 자기 어머니를 험담할 것이 뻔했기 때문에 우회적으로 친구를 괴롭혀 왔다고 한다. 일련의 이야기를 듣고 어린 마음에 얼마나 큰 상처를 안고 살아왔나 생각이 들었고, 그 학생을 나무라고 벌 주고 한 내 자신이 부끄럽기 짝이 없었다.

그 일이 있고 난 다음부터 나는 그 학생의 편이 되어주기로 했다. 만나면 눈을 맞추며 웃어 주었다. 잘못을 하더라도 격려를 해주었다. 그 친구에게 필요한 것은 지식이 아니라 사랑과 관심이었다. 차츰 그 학생의 굳었던 얼굴이 조금씩 펴졌고 자기 마음속에 있는 이야기를 꺼내기도 했다. 나는 '그 학생에게 많은 것을 바라지 말아야겠다. 지금까지 억눌렸던 분노를 풀어주고 나이에 맞는 표정과 행동으로 자라도록 도와주어야겠다.'라고 생각했다. 2, 3학년에 진급하고도 복도에서 마주치면 먼저 웃어주며 잘 지내는지 물어보곤 했다. 그리고 담임선생님들께도 부탁했다. 많이 사랑해달라고.

졸업하고 가끔 오토바이를 타고 다니는 것을 보고 걱정을 많이 했지만 밝은 표정으로 먼저 인사를 하며 열심히 하겠다는 말에 걱정은 조금 던 것 같았다. 사실 학교 다닐 때 모범생이던 학생이 졸업하고 길거리에서 만나면 모른척하고 지나가는 것보다는 만나면 웃어주는 그 제자가 얼마나 기특한가?

그 이후 그 친구의 소식을 다시 접한 건 어느 고등학교의 진학설명 홍보책자에서였다. 그 학교는 학력인증 학교였는데 졸업생 진학률 홍보 면에 그 친구가 맨 윗줄에 있는 것이 아닌가! 그 학교를 졸업하고 2년제 대학에 진학했다는 내용이었다. 참으로 반갑고 고마운 소식이었다. 중도에 학업을 포기하지 않고 잘 살아줘서 ….

▶ 한문 선생니~~~임_박종훈 ◀ ◀ ◀

개나리꽃, 목련꽃, 벚꽃 온갖 꽃들이 만발한 요즘. 교사이기 이전에 인간으로서 가져야 할 여러 덕목을 가르쳐준 한 학생이 생각난다.

13년 전 이른 봄. 나는 분당구 수내동 중앙고등학교 뒤편 전셋집에서 자취를 하고 있었다. 어느 일요일 아침, 붉은색 100리터짜리 분리수거용 봉투 2장에 이삿짐을 넣고 비틀거리며 한 학생이 찾아왔다. 학생은 내 이름을 부르며 조용한 골목을 뒤지고 있었던 것이다.

박종훈 한문 선생니~~~님. 일요일 아침이라 목소리는 더욱 또렷하게 들렸다. 반사적으로 일어나 창문을 열어보니 2학년 5반 ○○○이었다. 얼마 전 성남 중앙시장 골목에서 만났는데 여관방을 얻어 혼자 지 냈다고 했다. 부모님은 여러 가지 문제로 충청남도 논산으로 이사를 했고, 학생은 전학을 안 가겠다고 우겨 성남에 혼자 남아서 학교를 다 니고 있었다. 우리 집에 와서 살아도 된다고 지나가는 말처럼 하고 해 어졌던 학생이었다. 막상 학생이 찾아오니 정신이 아찔했다. 허겁지겁 방으로 데리고 들어와 라면을 끓여 먹이고, 난 집을 나와 동네 공원에 서 한참 동안 배회하며 이런저런 고민을 했다. 얼마 뒤 들어와 보니 옷가지들을 방 가득 풀어놓고, 내 이불을 덮고 곤하게 자고 있었다. 잠 자는 모습을 보니 여러 가지 생각이 교차했다.

자유스러웠던 나의 사생활은 순간 사라지고 학생과의 1년 8개월에 걸친 동거가 시작되었다. 학생과 나는 시간이 지날수록 생활습관에서 많은 차이점을 노출하기 시작했다. 아침을 반드시 먹는 나와 다르게 아침은 안 먹고 학교에서 빵으로 해결하고, 잘 씻지도 않고 방 청소도 안 하고, 집에 오면 독서하는 나와는 다르게 TV를 끼고 살았다. 일주일 이 지나고 한 달이 지나가자 나의 인내심에 한계가 오기 시작했다. 어 느 금요일 오후 그동안의 불만을 아이에게 폭탄 터트리듯 내뱉고 집을 나와 버렸다. 저녁 늦게 집에 들어가니 불은 꺼져있고, 방은 깨끗하게 정리 되어 있었다. 그리고 책상 위에 편지가 놓여 있었는데 남학생답지 않게 예쁜 꽃 편지지에 또박또박 써내려간 장문의 편지였다. 그 동안 일에 대한 잘못을 이야기했고, 고맙다는 내용과 나의 나쁜 점도 구구절 절 써놓았다. 그런데 밤이 깊어가도 아이는 소식이 없었다. 밤새도록 아이는 집에 오지 않았다. 내일 학교도 가야 하는데 …. 처음에는 들어 오겠지 하다가 점점 화가 나기 시작했다. 그리고 얼마 후엔 걱정이 되기 시작했다. 별 생각이 다 들었다. 들어오면 용서해 주어야지 … 그리고 다시 화가 나고 …. 아침에 출근해 보니 아이는 교실에 있었다. 아무렇지도 않은 듯 아이를 데리고 퇴근한 다음 함께 목욕탕으로 갔다. 그날 저녁은 삼겹살을 구워 먹고 대화를 하기 시작했다. 밤새도록 이야기를 했던 기억이 난다. 서로의 단점과 장점을 이야기하는데 나의 단점을 이야기할 땐 얼굴이 뜨거워지기도 했다. 그리고 각자 해야 할 일과 앞으로의 계획을 정하고 크게 써서 벽에 걸어 놓았다. 여름 방학이 시작되자 각자의 집으로 떠났고, 개학을 앞두고 만나게 되면 무척 반가웠다. 겨울 방학이 시작되기 전 우리는 경기도 광주로 이사를 했는데 봉고 트럭을 빌려 둘이서 이삿짐을 날랐다. 우리 생활은 여전히 다투기도 하고 TV보며 낄낄 거리기도 하였으며, 매일 아침마다 깨워야 했다 …. 겨울이 지나고 아이는 3학년이 되었고 난 대학원을 다니며 서로 바쁘게 지냈다. 아이는 수도권에 있는 대학에 진학하였고, 공군에 입대하여 제대한 후 작은 회사에 취직했다. 양복만 입고 출근하는 회사라 고통스럽다며 메시지를 보내온다. 그 녀석이 제일 좋아하는 패션은 운동복인데 ….

이제 다시 봄이 되어 목련꽃, 개나리꽃, 벚꽃이 앞 다투어 피기 시작했다. 교사로서 가장 중요한 것은 무엇일까? 지금 난 제대로 하고 있는가? 아직도 화두를 풀지 못하고 있다. 13년 전 아이가 가르쳐준 것, 그것은 슬픔과 고통 그리고 기쁨까지도 공감해줄 수 있는 마음과 기다려주는 인내심, 그리고 진심에서 나오는 관심과 격려였다. 점점 더워지는 날씨 … 교정에 핀 봄꽃 같이 환하게 하루를 시작해 본다. 까칠했던 내 성격에 마구마구 사포질을 해주었던 아이. 나의 동거인이자 친구였으며 나의 스승이었다.

▶ 잊을 수 없는 학생_성창국   ◀ ◀ ◀

불과 한 달 전 일이다. 수업 후 내 자리로 돌아왔을 때, 짧은 머리에 깡마른 체격의 무척이나 낯익은 얼굴을 한 친구가 반갑게 인사를 하며 나를 맞이했다.

"선생님! 안녕하셨습니까?"

"어? 이게 누구야?"

현섭이었다. 짧은 순간이었지만 많은 기억들이 내 해마를 뒤흔들고 지나갔다. 이 친구로 말할 것 같으면, 흔히 말하는 소위 반항아? 문제아? 좀처럼 의사소통이 쉽지 않았던, 모든 교사들에게 적대감을 가지고 생활을 했고, 문제아로 낙인 찍혀 고등학교 3년을 겨우 생활하며 가까스로 졸업을 했던 그런 친구였다.

2007년 3월 현섭이가 입학하던 해 나는 1학년 담임으로 그를 처음 만났다. 어느 누가 보아도 더러운 인상에 신경 거슬리게 하는 말투며 정말 다루기 힘들고 매일 문제를 한 가지 이상을 일으키던 학생이었다. 담임인 나는 그 때마다 어머니를 모셔야 했고, 관련 선생님들을 찾아가 '제가 부덕한 탓입니다.', '잘 지도하겠습니다.' 하며 굽신거리기 일쑤였다. 생각만 해도 치가 떨리고 그다지 기억하고 싶지 않은 그런 인물 중 한 명이었다. 그런데 그 친구가 지금 서글서글한 웃음이 가득한 얼굴을 한 채 나를 바라보고서 있다. 내가 알고 있던 그 현섭이가 아닌 듯하여 다시 한번 되물었다.

"너 현섭이 맞냐?"

"네."

분명히 현섭이었다. 나의 또 다른 물음에 그가 대답한다.

"어떻게 지냈냐?"

"지난 주에 군에서 제대했습니다."

군대도 다녀왔단다. 너무 신기한 나머지 군대에서 생활이 힘들지는 않았는지, 맞지는 않았는지 등등 여러 질문이 한꺼번에 쏟아져 나왔다. 많이 힘들었고 매도 많이 맞았다고 한다. '그럴 수밖에…'

여하튼 옛 스승이라고 찾아준 것이 고마워 커피 한 잔을 타주며 앞으로 어떻게 살아갈 건지 또다시 질문들을 건넸더니 뜻밖에도 예전의 현섭이가 아닌, 정말 다른 세상의 현섭이가 날 만나러 온 듯 확고한 자신감으로 자신의 비전을 펼쳐 보이는 것이었다. 순간, 내 작품이라 하기엔 정말이지 너무 근사하다는 생각을 했다.

이렇게 이런저런 생각과 대화를 나누다 보니 또 다른 기억 하나가 떠오르기 시작했다. 처음 만났던 그 해 여름 우리 반은 1박2일로 내가 근무하고 있던 야영장에 야영을 갔다. 높은 곳에 설치한 로프 위에서 안전장치에만 의존한 채 정해진 위치로 혼자 이동하는 프로그램을 진행하고 있을 때의 일이다. 현섭이 차례다! 물론, 어떻게 해서든지 체험하지 않고 그냥 넘어가려는 수작이 우선되었다. 그러나 현섭이는 어느 순간부터인진 몰라도 우여곡절 끝에 그 높은 로프 위에 메달려 내게 소리치고 있었다. "샘! 나 좀 내려주세요! 예?"라고 울먹이며 애원하고 있던 현섭이의 모습이 생생하게 기억에서 살아나고 있었다. '아, 그랬었지?' 프로그램을 끝내고 무사히 땅에 안착했을 때 현섭이의 입에서 방언처럼 터져 나왔던 말이 불현듯 떠올랐다. "샘! 두 발로 이렇게 편하게 걸을 수 있다는 것이 이렇게도 좋은 일인 줄 정말 몰랐어요." 스스로 깨닫게 하는 교육이 진정한 참된 교육임을 알게 해 준 그 장본인이 바로 지금 내 앞에 서 있는 이 친구였던 것이다.

한 학생에 대한 한 때의 고정관념이 그가 가지고 있는 진정성마저 묻어 버릴 수 있다는 사실을 알게 해 준 이 친구가 난 늘 그리웠는지도 모른다. 자기 자신을 온전한 삶 속으로 이끌고 갈 수 있는 힘을 스스로가 충분히 가지고 있었다는 걸 여실히 보여준 이 친구를 난 절대로 잊을 수 없을 것이다.

▶ 기억에서 빛나고 있는 아이_성희영   ◀ ◀ ◀

잊을 수 없는 제자라?

이야기를 꺼내기도 민망할 만큼 많은 학생을 기억하지 못합니다. 3월달에 아이들과 만나 그 다음 해 2월달에 헤어질 때까지 최선을 다하다가 아이들과 헤어지고 나면, 언제 그런 일이 있었냐는 듯 모두 잊어버리고 맙니다. -더욱이 기억력마저 나쁜 저는 말 다했죠.- 기쁜 일, 슬픈 일, 화났던 일, 실망한 일, 감동한 일, 그 모든 것들은 과거에 묻어두고, 3월에 맞이하는 새로운 아이들과의 만남에 충실하려고 합니다.

그런 사람이기에 '잊을 수 없는 제자'라는 주제를 받아들고는 몇 주 동안 고민했습니다. 도무지 생각나지 않는 중에 딱 1명의 아이가 자꾸 떠오르는데, 그 아이 이야기를 해도 좋을지 망설여졌습니다. 그러나 자꾸 맴도는 그 아이에 대한 이야기를 조심스레 꺼내려고 합니다.

2006년 2월, 1학년 2반 담임을 맡게 되었습니다. 그 해부터 1학년은 통합학급으로 운영된다고 했습니다. 통합학급이란 특수교육 대상 학생과 일반 학생이 함께 교육 받는 것을 말합니다. 제가 맡은 반에 지체장애 1급 학생이 온다고 해서 휠체어를 타고 다닐 수 있도록 교실의 위치도 1층으로 바꾸었습니다.

3월 2일, 처음 만난 날. 병욱이는 독특한 모양의 휠체어를 타고 왔습니다. 병욱이를 위해서 약간 높게 특별 제작한 휠체어. 병욱이를 본 순간 놀랐습니다. 제가 예상했던 것보다 상태가 심각해 보였습니다. 병욱이는 어머니 뱃속에 있는 동안 불행한 사건으로 인해 전신이 다 움직이지 못하게 되었습니다. 그런 병욱이는 자신의 몸을 지탱하기가 힘들어 휠체어에 몸을 묶어 놓고 있었습니다.

어머니는 입학식날 저에게 병욱이를 맡겨 죄송하단 말씀만 하셨습니다. 병욱이가 다른 아이들만큼 건강하지 못한 것이 당신의 탓처럼 느껴져 안쓰럽고 미안해 아이가 원하는 것을 해 주고 싶어서 일반학교에 오게 되었다고 말씀하셨습니다. 다른 친구들에게 혹 폐가 되지 않을까 1년 내내 노심초사하시던 어머님이 생각납니다.

어머니의 '죄송하다'는 말씀과 달리 병욱이는 잘 웃고, 긍정적인 아이였습니다. 수업시간에도 얼마나 열정적으로 참여하려고 노력하는지. 자기 나름 예습도 해 오고, 한 마디를 하려면 한참이 걸리는데도 한 번이라도 발표를 하기 위해서 힘들게 힘들게 말을 꺼냈습니다. 어떤 날은 다른 아이들 모두 대답을 못 하고 있을 때 자신이 공부한 내용을 이야기할 때도 있었습니다. 그런 모습을 보시는 교과 선생님들께서는 병욱이가 최선을 다해 수업에 참여하는 모습을 보면서 감동을 받곤 하셨습니다. 또 체육시간에 병욱이는 도움반 교실에서 쉬는 것이 아니라 스탠드 옆에서 아이들이 뛰는 모습을 보면서 자신이 뛰는 것인양 즐겁다고 웃어댔습니다.

또 병욱이는 최대한 학교를 빠지는 일이 없도록 하기 위해서 열이 펄펄 끓어도 학교를 나왔다 병원을 갔습니다. 일반학교에 오기 위해서 힘든 배변훈련도 견뎌냈습니다. 아침에 등교해서 하교할 때까지 화장실을 갈 수 없으니 속이 불편하고 힘들 법도 한데 한번도 힘들다는 얘기를 안 했습니다. 할 수 있다고, 아이들과 수업을 들을 수 있어서 행복하다고 했습니다.

하루는 병욱이 어머님께 가슴 떨리는 이야기를 들었습니다. 몇몇 아이들이-도우미로 붙여줬던 아이까지- 병욱이에게 챙겨주는 척하며 "너, 일어나서 걸을 수 있잖아, 일어나 봐." "내려와 봐."라며 귓속말을 했다는 것입니다. 다른 것도 아니고 몸이 불편한 것으로 아이들이 친구의 마음에 상처를 줬다는 사실에 마음이 너무 아팠습니다. 놀린 아이들을 불러서 사실 확인을 하고는 운동장 20바퀴를 돌라고 했습니다. 운동장을 돌면서 자신들이 병욱이에게 상처 준 것에 대해 반성하길 바랐습니다. 또, 뛸 수 있는 두 다리가 있음을, 건강하게 뛰는 장기들이 있음을 감사하면서 말이죠. 특히 병욱이의 도우미였던 아이는 절반쯤 뛰고서는 하수구에 구토를 하기 시작했습니다. 구토가 멈추고는 울면서 나머지 바퀴를 다 돌았습니다. 아이들은 병욱이에게 진심으로 용서를 구했고, 사이좋게 잘 지내게 되었습니다. 그 이후 아이들이 병욱이를 놀리는 일은 없었습니다.

두려운 마음으로 통합학급을 맡은 저에게 편견과 고정관념들을 사라지게 만든 병욱이, 제게는 잊을 수 없는 학생입니다.

▸ L양과의 추억_신선영   ◂ ◂ ◂

'기억에 남는 학생'이라 ….

이번 과제를 준비하면서 '내가 지금껏 헛된 삶을 산 것은 아닐까?' 라는 생각으로 머릿속이 복잡했었다. 학원 선생을 하고, 과외 선생을 한 지가 거의 7년이 되었는데 '기억에 남는 학생'이라는 주제에 바로 생각나는 학생이 없다니…. 내 삶이 부끄럽기까지 했다.

그러나 내가 내린 결론은, 내 삶은 부끄러운 삶이 아니라 복이 넘치는 삶이었다는 것이다. 비록 한 명의 아이가 생각나진 않지만 그동안 나와 함께 공부했던 많은 아이들의 얼굴이 떠올랐다. 긴 시간 동안 사교육 현장에 있으면서, 난 아이들과 사이가 나빴던 적이 별로 없는 것 같다. 이건 내 성격이 좋아서가 아니라 내가 만난 학생들이 착하고 올바른 학생이었기 때문이다. 이런 학생들을 만나 속 끓이지 않고 지금껏 버텨온 것은 정말 신이 내린 축복이 아닐 수 없다.

이렇게 생각을 끝맺음 하려고 하는 찰나, 한 학생이 스치고 지나간다. 지금은 근무하고 있지 않지만, 전에 근무했던 학원은 넉넉하지 않은 집안 형편으로 힘들게 공부하는 아이들이 대부분이었다. 그렇지만 밝은 성격들로 인해 항상 학원 분위기는 활기가 넘쳤다. 일이 힘들고, 시험 기간엔 화장실 갈 시간이 없을 정도로 바빴던 시간이었지만 함께 할 수 있는 아이들이 있어 행복했다.

L양은 그런 행복함이 가득 찼던 시기에 내 맘에 비수를 꽂고 간 아이

였다. 그리 좋은 기억이 아니므로 실명을 거론하지 않는다.

우리 학원은 새로운 학생이 들어오지도, 다니던 학생이 그만 두지도 않는 고인 물 같은 독특한 학원이었다. 그래서 가족 같은 분위기에 활기찬 분위기가 지속될 수 있었던 것 같다. L양은 그런 고인 물에 들어온 새 물고기였다. 그러다 보니 L양은 다른 아이들과 잘 어울리지 못하고 혼자 지내는 시간이 많았다. 학원은 놀러오는 곳이 아니므로 부모의 입장에선 더 없이 좋은 환경이었겠지만 내 입장에선 그 모습이 너무나 안쓰러웠다. 그래서 말도 더 많이 걸고, 공부는 잘 하고 있는지 신경도 더 많이 써줬다. 평소 말이 없고 숫기도 없던 L양은 그런 나의 노력을 알았는지 언제부턴가 자신의 고민에 대해 상담을 하기도 했고, 학교에서 있었던 일들을 들려주기도 하는 등 적극적인 모습을 보여 주었다. 난 그 모습이 고마워 L양에게 더욱더 성심을 다했던 것 같다.

L양은 집안 형편이 그리 좋지 않다고 했다. 그래서 용돈도 많이 받지 못해 학교가 끝나고 나면 친구들과 맛있는 것도 사먹지 못해 속상하단 이야기를 자주 했다. 그래서 난 L양이 배고프다고 하면 학교 앞에서 파는 집 떡볶이를 사주기도 하고, 춥다고 하면 따뜻한 두유를 사주기도 했다. 그렇게 우리 둘의 사이는 더욱 가까워졌고 시험 기간엔 따로 만나 공부를 가르쳐 주기도 했다. 따로 공부를 할 땐 마땅한 장소가 없어 패스트푸드점에서 햄버거를 먹으며 공부를 하기도 했다.

이것이 습관이 되어서인지 시험 기간엔 으레 패스트푸드점에서 공부를 하게 됐는데, 하루는 친구와 만날 일이 있어 친구더러 그곳으로 오라고 했다. 공부가 다 끝난 후 친구는 "네가 말한 학생이 저 아이 맞아?"하고 물었고 난 그렇다고 대답해 주었다. 그런데 친구는 의아스럽다는 표정을 지었다. 친구의 말인 즉, 가난한 학생이 머리부터 발끝까지 메이커 제품이 아닌 것이 없더란다. 메이커 제품에 대해 무지한 나로서는 그 말을 믿을 수가 없었고 대수롭지 않게 여기고 넘어갔다.

그로부터 몇 달 후, 학원 선생님들끼리 담소를 나누고 있었는데 한 선생님이 자신의 아파트 단지에서 L양을 보았다는 것이다. 난 L양이 그 아파트에 산다는 건 익히 알고 있어 그냥 넘기며 들었는데 L양이 차에서 내린 동이 로얄층이 있는 동이라는 것이다. 알고 봤더니 L양은 굉장히 부잣집 자식이었으며, 유독 그 아이만 이상하게 돈이 없는 척을 한다는 것이다. 난 뒤통수를 한 대 맞은 것 같았고 아무 생각이 나질 않았다. 세상에 돈이 없는 사람이 돈 있는 척 허세를 부린다는 얘긴 들어봤지만 돈이 있는데 없는 척 한다는 건 그때 처음 알았던 것 같다. 그 뒤 이 사태를 어떻게 수습해야 할 지 난감했었는데 정말 신기하게도 L양이 전학을 가게 되어 학원을 그만두게 되었다.

지금 생각하면 내가 그때 왜 그렇게 어리석었는지 한심스럽다. 하지만 나에게 새로운 깨달음을 준 'L양과의 추억'이 고맙기도 하다. 그 뒤로는 학생들을 꼼꼼히 살피게 되었고, 대화를 나눌 때에도 덮어놓고 믿어주기보다는 한 번 더 생각하고 믿는 습관을 가질 수 있도록 해 주었기 때문이다. L양이 지금은 어디서 무얼 하고 있는지 알 수 없지만 그때의 나쁜 습관을 고쳤기를 바란다.

› 긍정적 믿음의 중요성을
일깨워준 녀석_오현민

20대 후반부터 시작된 나의 교직 생활, 어느덧 10년 가까운 세월이 흘렀고 대부분의 시간을 학급 담임으로 지내왔다. 그간 수백 명의 학생들과 아침 일찍부터 밤늦게까지 함께 생활하며 지내왔으니, 가족으로 치자면 난 얼마나 많은 가족들과 함께 살아왔던가?

신학기, 여름방학, 2학기, 겨울방학 …. 모르는 사람들은 학교 선생님 처럼 편안 직업이 어디 있느냐고 하겠지만 교사로서의 삶은 그렇게 호락호락하지 않은 것이 현실이다. 하루에도 처리해야 할 업무가 계속해서 쌓여 있고, 그 와중에도 수업을 위해 교재 연구 및 자료 개발을 해야 한다. 담임이라도 맡게 되면 40명 가까이 되는 학생들과 매일 함께 하며 생활지도 및 각종 상담 등을 쉴 새 없이 해야 한다. 중간고사 기말고사 때에는 오류 없는 문항 출제를 위해 머리털이 빠지는 스트레스에 시달리는 것이 중등 교사의 현실이다. 이렇게 본다면 교사라는 것이 참 행복하지 않은 직업일 수도 있다는 생각이 드나, 그래도 교사 하길 잘했다는 생각은 언제나 내 곁에 우리 아이들의 순수한 미소와 눈망울이 있기 때문이고, 졸업 이후라도 생각나서 찾아 왔다는 녀석들의 때 묻지 않은 마음 때문일 것이다.

2010년 고3 이과반 담임을 맡게 되었다. 2학년 때까지 학교에서 내로라하는 문제아 집단의 수장 격으로 군림하던 녀석이 있었는데, 느닷없이 반장을 해보겠다는 의도를 나에게 내비쳤다. 통상 반장은 담임의 학급 운영에 든실한 조력자 역할을 해 주어야 하기 때문에, 반장 자질이 있는 소위 모범생 학생들을 염두에 두며 선거를 진행하는 것이 관례이다. 그런데 녀석은 2학년 때까지 모든 선생님들에게 좋지 않은 방향으로 찍힌 데다가 반장으로서의 자질도 심히 우려되는 심각한 수준이어서 솔직한 심정으로는 반장을 하지 못하도록 하고 싶었다. 하지만 이번을 계기로 변화된 모습으로 나아간다면 기회가 될 수도 있지 않겠냐는 생각을 해 보았고, 설사 반장 업무를 잘 수행하지 못한다손 치더라도, 내가 그만큼 신경 써서 반을 관리하면 될 것 아니냐는 나름의 생각에서 녀석의 반장 후보를 승낙해 주었다.

　　결국 녀석은 3-8반의 반장이 되었고, 그때부터 녀석은 자기 안의 또 다른 자신의 모습을 보여주기라도 하듯 하루아침에 그간의 자신을 일거에 버리고, 말 그대로 반장으로서 모범이 되는 언행을 실천해 보였다. 교실 바닥 청소 시 나서서 팔다리 걷고 탈진상태가 되도록 수세미질을 하였고, 그로 인해 우리반은 1년 동안 윤기가 넘쳐흐르는 쾌적한 환경을 유지할 수 있었다. 녀석은 아이들을 위해 자신의 용돈을 털어 개인 휴지통을 비치하며, 교실 쓰레기를 줄이는 데 앞장서는 모습을 보이기도 하였다. 반장으로서 아이들에게 군림하지 않고 항상 그들과 함께 호흡하며 학급 발전을 위해 할 수 있는 것들을 고민하며 실천에 옮기는 모습은 담임이 가르쳐 준 것이 아니라 본인이 반장이 되어 보여 준 새로운 모습이어서 더욱 대견스럽게 느껴졌다. 학생들과 선생님들도 이런 녀석의 모습에 처음에는 당황했으나 녀석의 한결같은 모습을 보며 감동을 받고 마음의 문을 열게 되었다. 작년에 녀석의 행동에 골머리를 앓았던 한 선생님께서 어떻게 녀석이 이렇게 하루아침에 변하게 되었냐며 내게 노하우를 물어 왔을 때 다소 우쭐한 느낌은 있었으나, 내가 한 것은 아무것도 없었다. 모든 것은 녀석이 바꾼 것이다. 다

만 나는 녀석을 많이 칭찬해 주었고 북돋아 주며 멍석을 깔아주는 역할
만 했을 뿐이라고 말해 주었다.

녀석의 생활 습관 변화는 곧바로 학업에 대한 열정으로 이어졌다.
하지만 뒤늦게 철든 것에 대한 대가를 치러야 하는 것인가? 녀석은 올
해 삼수의 길로 접어들었다. 작년 누구보다도 열심히 재수에 임했으나
원하는 대학에 진학하지 못하고 다시 공부를 시작하였다. 얼마 전 동료
교사와 소주 한 잔 하며 학생들 이야기를 하다가 녀석이 문득 보고 싶
어졌다. 다소 취기가 오른 상태에서 녀석에게 전화를 걸었다. 삼수하는
모습을 보이는 게 부끄러웠는지 녀석의 전화 발신음은 꽤 오랫동안 울
렸고 한참 만에 다소 긴장된 목소리로 "안녕하세요. 선생님"이라고 먼
저 대답을 한다. 다짜고짜 "삼수냐?"라고 물었고, 녀석은 겸연쩍은 웃음
을 띠며 "네."라고 대답한다. "도대체 네 의지를 따라올 수 있는 사람은
누구냐? 나도 재수까지만 하고 이루지 못한 목표를 접었었는데, 하여간
너는 대단한 녀석이다."라고 말했다. 녀석은 잠깐 말을 잇지 못하는 사
이를 두고 뭔가 울컥했는지 떨리는 목소리로 "감사합니다. 선생님. 감
사합니다."라는 말을 되풀이하였다. 취기가 오른 때문이었나. 나 역시
그런 제자의 말에 울컥하는 마음이 들었고 이 상태로 녀석에게 약한
모습을 보여주어서는 안 되겠다 싶어, "학교 한번 와라. 학교 오는 거
쪽팔리는 거 아니니까. 학교 한번 와라."라고 말하며 황급하게 전화를
끊었다.

혹독한 사회에 첫 발을 내딛기 전 스스로를 단련하며 나아가는 녀석
을 보며 진정한 자기주도적 인간으로 다시 태어나기를 기대해 본다.

▸ 누군가의 그늘_장소형

지난 겨울방학, 교육봉사를 하기 위해 한 중학교에서 2주 동안 멘토링 수업을 했다. 생활환경이 어려워 사교육을 받지 못하는 아이들이고, 무엇보다 공부에 대한 흥미가 없으니 아이들이 결석만 하지 않도록 지도해 달라던 교장선생님의 당부 말씀이 있었다.

내가 맡은 아이들은 그 당시 중3 진학을 눈앞에 둔 여학생 세 명이었는데, 그 중 한 명이 수업시간마다 나를 참 곤욕스럽게 만들었다.

"아시아시미시미시아시…"

혼자서 이런 이상한 말을 중얼거린다거나 갑자기 벌떡 일어나 교실을 왔다갔다 하거나 심지어 노래를 부르고 소리를 질렀다. 나는 '어차피 한 달만 보면 되니까 너무 야단치지 말고 좋게 좋게 넘어가자.'라는 생각으로, 또 한편으로는 '얘가 ADHD인가?'라는 걱정을 하며 그 아이를 어르고 달래며 일주일을 보냈다.

그리고 2주차 월요일, 사건이 터졌다. 수업을 시작한지 10분여 지났을까? 예의 그 아이는 또 다시 자기만의 주술같은 중얼거림을 시작하는 것이었다.

"아시아시미시미시…"

나는 이번엔 관심을 가져주지 말고 그냥 무관심으로 일관해보자는 결심을 하고 수업을 진행했다. 내가 반응을 보이지 않자 그 녀석은 행동이 과격해지며 옆의 친구들을 건드리기 시작했다. 친구들에게도 소득이 없자 교실을 돌아다니던 아이가 마침내 내 앞으로 오더니 소리를 지르며 바닥을 뒹굴기 시작했다. 먼지 가득한 교실 바닥을 구르며 소리를 지르는 그 애를 보는데, 정말 너무나 당황스러웠다.

"○○아, 일어나야지. 선생님 앞에서 이게 뭐하는 짓이야. 다섯 살 먹은 애가 아니잖아." 하며 아이를 일으켜 세우는데, 그 때 발을 구르던 그 애가 내 정강이를 콱 하고 차 버렸다. "아!" 하는 소리가 절로 나올만큼 너무 아팠다. 그런데 아픈 것보단 너무 화가 났다. 이게 말로만 듣던 학생의 교사 폭행인가? 내가 여기에서 이 아이한테 왜 맞고 있어야 하나? 하는 생각에 속에선 열불이 치솟았다. 간신히 화를 참으며 수업을 하는데, 그 아이도 나에게 미안했는지 더 이상의 이상행동은 보이지 않았다.

집에 가서 다리를 보니 멍이 들어 있었다. 오 마이 갓. 이런 일은 정말 처음이었다. 사교육 현장에서 아이들을 꽤 만나왔고, 말썽을 부리는 아이-흔히 일진이라 불리는-도 어렵지 않게 대해왔던 나인데, 이런 일까지 당해야 하다니. 그래도 아이에게 화를 터뜨리지 않고, 끝까지 수업을 진행한 내가 대견했다. 내일 출근하면 반드시 ○○이네 부모님께 항의 말씀을 드리리라. 아이가 ADHD인게 분명한데, 부모님은 그걸 모르실 수가 있나, 신경 좀 써 달라, 꼭 그렇게 말하겠노라고 결심하며 잠들었다. 그리고 다음 날, 교장선생님이 나를 호출하셨다.

"선생님 많이 놀라셨죠? 미리 말씀드렸어야 했는데, ○○이는 사실 시설에 맡겨진 아이예요."

"아…"

아, 그것은 내가 전혀 예상하지 못했던 시나리오였다.

"시설 아이들은 부모로부터 이미 한번 버림받은 경험이 있기 때문에 기본적으로 어른을 믿지 않아요. 선생님도 물론이구요. 애정을 한 번 받았다고 느끼면 자꾸 확인하고 싶어해요. 그런 이유로 거짓말도 많이 하구요."

"… 그렇군요."

몇 마디 말씀을 더 나누고 교무실을 나오는데 멍한 느낌이었다. 생각해보니 그 동안 그 아이가 했던 말이나 행동이 이해가 되기도 했다. 그 아이는 나에게 다가오고 싶은 것이었다. 잘한다고 칭찬해주는 나의 말 한마디가 고팠던 것이다.

멘토링 수업이 끝난지 6개월 여가 지났지만, 며칠 전에도 그 아이에게서 연락이 왔다. 선생님 덕분에 중간고사 시험을 너무 잘 봤다고. 기말고사도 잘 볼테니 꼭 방학 때 다시 와 달라고. 나는 그동안 아이들을 어떤 기준과 잣대로 보았던 것일까. 나의 좁은 시야로 아이들을 쉽게 판단하고 선입견에 사로잡혔던 것은 아닐까.

○○이를 만난 이후로 나는 내가 그동안 머릿속으로만 생각하고 그려온 '학교 선생님'의 의미를 재정립하게 되었다. 여러 환경의, 여러 아이들이 모여 있는 곳이 바로 학교다. 어떤 아이들은 경제적으로는 넉넉하지만 마음이 가난할 수도 있을 것이고, 어떤 아이들은 둘 다 갖지 못할 수도 있을 것이다. 자기만의 그늘을 감추고 있는 아이들도 있을 것이고, 그것을 드러내는 아이들도 있겠지. 내가 그 모든 아이들의 울타리는 되어 줄 수 없을망정, 적어도 그 아이들이 쉴 수 있는 그늘은 되자. 내가 먼저 다가가 모든 것을 품어줄 수 없다면, 적어도 아이들이 다가왔을 때 열려있는 선생님이 되자. 누군가의 그늘을 품어주는, 누군가의 그늘이 되자. 그런 선생님이 되자고.

‣ 내 기억에 남는 학생?_정미나　◂ ◂ ◂

　사람은 어디까지 성장할 수 있을까. 혹은 사람이 변하기 이전에 가장 순수했던 시절은 어디까지일까.

　커가면서 인간에 대한 실망이 깊어지면서, 위와 같은 생각은 점점 커져만 간다. 이는 비단 다른 인간을 책망하기만 하자는 것은 아니다. 나 역시 인간이므로 실망과 동시에 같은 모습을 보이고 있는 비순수성이 싫은 것이다. 그래서 내가 속한 이 세계, 이 사람들에게 실망하면 이들의 가장 순수했던 시절을 기대해보곤 한다. 게다가 요즈음 교육봉사 활동을 하면서는 더더욱. 저 귀여운 초등학생 중에는 내가 기대하는 인간상, 순수함의 존재들이 그대로 남아있겠지 하는 발칙한 상상을 해본다.

　초등학생들은 나와 궁합이 잘 맞아서 오히려 나는 초등학교 선생님이 되었으면 좋지 않았을까 한다. 나를 잘 따르기도 하고, 내가 보고 싶은 모습들만 잘 보여주기 때문이다. 이 친구들의 손을 잡고 하교하는데 그 중 한 명이 "선생님 고등학교 오빠들은 왜 이렇게 욕을 쓰는 걸까요. 아. 이 세상에 욕이 없어졌으면 좋겠어요."라고 말하는데 얼마나 귀엽고 기특하던지. 이것이 내가 꿈꾸는 학생들의 모습이 아닐까 했다. 그래서 내 기억에 남는 학생은 아직 순수성을 지닌 이 예쁜 꼬마애라고 정의할 수 있으면 좋을 텐데.

　순수성을 지닌 학생들도 그네들의 세계에서는 자신만의 대화법과 법도가 있다. 선생님에게 한없이 착한 친구도 그 또래와는 어울리지 못하는 고집이 있다든지 혹은 무법자적 면모가 존재한다. 내게 '세상에 욕이 없어졌으면 좋겠다.'던 친구도 다른 친구들과 놀고 있으면 자기 맘대로 떼를 쓴다든지, 욕 대신 '니가 뭘 알아?, 너는 좀 빠져'와 같은 말을 한다. 욕이 없었으면 좋겠다던 아이가 그보다 더한 비난을 서슴없이 내뱉는다.

내게는 한없이 다정한 여자 친구도 그들 세계에서는 독재자이다. 친구들이랑 다 같이 게임을 하고 있으면 '네가 아는 건 틀린 거야!' 하면서 고래고래 소리를 지르고, 심지어는 자기와 친한 친구가 유리하도록 게임을 조작하기도 한다. 누군가가 떠들고 있으면 '너 복도에 나가서 떠들어.'라고 말하고 자신보다 더 게임을 주동하는 친구가 있을라치면 몸싸움을 해 가며 그 친구를 밀어내기도 한다.

이렇게 보면 가장 기억에 남는 학생을 누구를 언급해야 할지 모호해진다. 내게는 귀엽고 한없이 사랑스러운 학생이라도 자신들의 세계에서는 어떤 모습인지 알 수가 없다. 순수성을 기대하고 다가간 아이들도 자신들의 세계에서는 독재자요, 무법자요, 말 속에 칼이 있다. 아이들을 잘 알지도 못하면서, 어른들이 기대하는 자신들이 보고 싶은 모습에서의 '내 기억에 남는 학생'을 과연 맘대로 정의할 수 있는 것일까.

지금도 무자비하고 비균형적인 변화를 일삼고 있는 아이들에게, 그들을 내 기억과 기대만으로 담아두는 것이 맞는 것인지, 그네들이 어떤 표정과 행동을 하든 못 박은 이미지 속에서 감싸 안아도 되는지 알 수 없다. 그래서 지금 나는 '기억에 남는 학생'이 누구냐는 물음에 과감히 '없다'라고 말하려는 것이다. 아이들을 잘 알지도 못하면서, 어른들이 기대하는 모습에서의 '내 기억에 남는 학생'을 맘대로 정의할 순 없는 노릇이다. 대신 한 발짝 물러나, 세상에 수없이 존재하는 '알아야 할 학생'을 위해 자리를 비워둘 순 있지 않을까. 내게도 '기억에 남는 학생'

이 생긴다면 그것은 내 기준으로 어떠한 존재가 아니라 그 본연의 모습이 전부 구현된 누군가여야 하는 것이다.

▸ 세상에서 가장 예쁜 미움, 질투_채희령 ◂ ◂ ◂

고등학교에 입학하고 처음으로 새로운 교실로 등교하던 날. 대부분의 아이들은 서로 눈동자를 굴리며 '누구한테 말을 걸까'하며 탐색을 하며 어색하게 앉아있었다. 수업이야 칠판만 보고 들으면 되지만, 급식은 도저히 혼자 먹을 수 없다는 생각에 나는 짝꿍과 앞, 뒤에 앉아있던 친구들에게 점심을 같이 먹자고 제안을 했다. 그 중에는 나와 묘하게 닮은 아이가 있었다. 이름은 최소영. 그렇게 우리는 고등학생이 된 첫날, 점심을 함께 먹으며 단짝이 되었다.

나와 소영이는 선생님들께서도 '쌍댕이'라고 부르실 정도로 외모가 정말 많이 닮았다. 이목구비를 자세히 뜯어보면 물론 다르지만, 헤어스타일이나 키, 몸집 등 분위기나 스타일이 똑 닮았다. 그래서 더 잘 통하고 친해졌는지도 모른다.

우리는 단짝답게 모든 것을 함께 했다. 학교에서는 항상 자리를 바꾸어 옆에 앉았고, 소풍이든 수학여행이든 당연히 버스 옆자리에 앉았으며, 시시콜콜 일거수일투족을 서로에게 보고하고 상담하며 마음을 나누고 우정을 다졌다. 미팅이라고 해야 하나 소개팅이라고 해야 하나,

우리는 그 어린 나이에 반 친구들을 모아서 다른 학교 남학생들과 만남을 가지기도 했다. 학교 밖에서도 그렇게 우린 붙어 다녔다.

2학년으로 올라갈 때에는 문과와 이과로 반이 갈리고, 문과에서는 사회과목과 제2외국어 선택으로 반이 갈렸다. "법과사회 재밌을 거 같아. 법과사회로 하자. 난 독어도 하고 싶은데 네가 불어 선택하면 나도 불어할래." 이렇게 우리는 전략적으로 같은 반이 되도록 입을 맞추어 과목을 선택했다. 1학년 때는 소영이가 공부를 월등히 잘하는 편이었다. 그에 비해 나는 수학과목에서 점수를 많이 깎여서 다른 과목을 아무리 잘해도 반 석차는 늘 소영이에게 3-4등 뒤졌다. 그러나 반전의 순간은 2학년이 되어서 왔다. 수학을 잘하던 상위권의 친구들이 이과로 싹 빠지니, 우리반에서 소영이는 1등 아니면 2등이었고, 나는 바로 뒤인 3등이었다. 코드며 성격이 짝짝 맞는 가장 친한 친구가 바로 내 앞 등수라니. 부글부글 질투심과 경쟁심이 불타올랐다. 어쩌면 따라잡을 수 있을 것도 같고, 또 따라잡고만 싶어졌다. 확실히 학년이 올라가니 공부 욕구도 비례해서 상승했던 것 같다.

서로 좋은 얘기만 해주고 챙겨주던 닭살 돋는 관계에서 점점 친해지며 우리는 편해지다 못해 과격한 사이가 되었다. 시험기간에는 공부하다 말고 꼭 서로 전화를 했다. "오늘 우리집에 친척들 잔뜩 오셔서 난리도 아니야. 공부는 다 했어 정말."이라고 찡찡거리면, 소영이는 "난 여태 자다가 이제 일어났어. 교과서 한 번도 안 펴봤어."라고 대답을 했다. 하지만 다음 날, 학교에 가면 둘 다 눈동자는 충혈되어 있고 얼굴은 누렇게 떠 있었다. 쳇, 악착같이 밤을 새워 공부해놓고 서로에게 거짓말을? 그 순간, 서로에게 들킨 것을 너무도 잘 알았기 때문에 찌릿 째려

보고 각자 자기 자리에 앉았다. 감독으로 들어오신 선생님께서 답안지와 시험지를 나눠주시면, 나는 뒷자리에 앉은 소영이에게 답안지를 주며 "연필로 마킹해~"라고 덕담을 해주고, 소영이는 "응 너는 주관식 밀려서 써~"하고 대답을 해주었다. 시험을 마치고, 채점까지 끝나면 동시에 서로의 얼굴을 보았다. "야 몇 개 틀렸냐?"하고 누군가가 먼저 물었을 때 씨익 웃으면 백점인 것이고, 무표정으로 망쳤다고 분위기 잡으면 1-2문제 틀린 것이다. 이제와 생각해도 정말 얄밉고 재수없는 '쌍뺑이' 였다 우린. 그래도 시험이 끝난 마지막 날엔 교복을 입은 채로 명동에 나가서 피자도 먹고 쇼핑도 하고 다시 죽고 못 사는 단짝으로 돌아왔다. 그렇게 아옹다옹하며 공부도 놀기도 열심히 하며 지냈다.

2학년 2학기 막바지 쯤, 반에서 한 명씩 하와이 연수를 보내주는 프로그램 선발이 있었다. 반에서 1등이었던 아이는 이미 1학년 때 다녀와서 제외였고, 당연히 소영이가 가는 줄로 알았는데, 나에게도 갈 수 있는 희망이 생겼다. 내신 총점은 소영이가 더 높은데, 영어 점수는 둘이 비슷하고 또 나는 임원경력이나 수상경력이 많아서 가능성이 있을 것 같다는 담임선생님의 말씀 덕분이었다. 18살에 하와이라니. 며칠을 결과 발표만 기다리며 가슴 졸이고 있었는데, 결국 나는 탈락하고 소영이가 가게 되었다. 겨울방학을 이용해 미국 땅을 밟고 온 소영이는 미안함을 표현이라도 하듯 선물을 잔뜩 사다주었다. 그것도 비싼 브랜드의 예쁜 옷으로.

3학년에 올라갈 때에도 우린 철저하게 과목을 상의해서 사회문화와 화법으로 골랐고 당연히 같은 반이 되었다. 소영이도 나도 둘 다 철저한 '내신형' 인간이라 수능은 아예 덮어둔 채 수시모집에만 매달렸다.

여름방학에는 각자 동네에서 유명하다는 논술학원에 한 달씩 다니면서, 소영이는 논술에 올인했고 나는 구술면접에 올인했다. 소영이는 사회과학부에 지원했고, 나는 인문학부에 지원했다. 매일 같은 수업을 듣고 같은 공부를 하던 소영이와 나는 이렇게 처음으로 길이 갈리게 되었다. 나는 1학기 수시에 합격해서 먼저 수험생 신분 해방의 자유를 맛보았고, 소영이는 나를 향해 삐죽거리면서도 차분하게 열심히 준비해서 2학기 수시에 합격했다. 정말 다행히 서로에게 미안함 없이 동시에 대학생이 될 준비를 하게 되었다.

졸업을 한 후에도 우리는 꾸준히 연락하며 종종 만났다. 소영이의 학생증으로 소영이네 학교 도서관에서 책을 빌리기도 했다. 학생증으로 봐도 우린 닮았으니까 아무런 긴장감 없이 말이다. 소영이의 영향으로 소영이의 전공인 정치외교를 나는 복수전공으로 선택하기도 했다. 우린 커서 뭐가 될까, 어떤 직업을 가질까, 내가 공무원 시험 준비할 때 너는 임용고시 시험을 준비하겠지, 휴학은 하는 게 좋을까 그냥 졸업하고 준비하는 게 좋을까 등등. 학창시절에 비해 꽤 진지한 대화를 나누며 서로 충고와 위안을 주고받기도 했다.

그러던 어느 날, 친구들 사이에 사소한 오해 아닌 오해로 우리는 심각한 말다툼을 하게 되었고, "우린 연락 하지 않고 지내는 게 좋을 거 같다."는 결론으로 연락을 끊게 되었다. 그래도 친구들이 얽혀있어서 항상 소영이의 소식은 전해들을 수 있었다. 내가 챙겨주거나 지켜봐주지 못해 미안한 점도, 또 내가 기대고 싶을 때 기댈 수 없다는 허전함도 크게 느끼게 되었다. 어릴 때는 소영이를 향해 마냥 질투만 많았었다. 그래도 나는 소영이를 이기고 싶다는 생각은 많이 해봤지만, 소영이가 잘 안 됐으면 좋겠다는 생각은 한 번도 해 본 적이 없다. 그러니까 둘 다 잘 됐으면 좋겠다는 생각, 아마도 형제끼리 할 수 있는 예쁜 질투가 아닐까. 내 옆에 코딱지처럼 찰싹 붙어있는 내 쌍대이가 빛나야 나도 빛날 수 있으니 말이다. 돌이켜 생각해보면 소영이라는 가장 가까운 적이 없었다면 그렇게 큰 동기부여를 어디서 받을 수 있었을까 하는 생각이 든다. 그만큼 나에게 소영이는 에너지와 힘을 전해주는 큰 존재였다. 학창시절, 아무런 목적도 가식도 없이 순수 100%의 마음으로 친구를 좋아하고 질투하고, 싸우고 화해했던 추억. 이렇게 긴 글로도 소소한 에피소드를 담아낼 수 없을 정도의 많은 추억을 공유하고 있는 친구.

시간을 내고, 마음을 내고, 용기를 내서, 아무렇지도 않은 척 연락을 해 볼 생각이다. "야~ 쌍댕이! 너도 결국 교육대학원 갔다며? 공부 잘 하고 있니?"

잊을 수 없는 선생님

제3장 잊을 수 없는 선생님

▸ 나는 전설이다_권은애

　내가 졸업한 학교는 2, 30분이면 근처 중소도시로 나갈 수 있는 읍내에 위치해 있었다. 여중은 한 학년에 7학급 이상 되는 제법 큰 규모였지만, 야망을 품고 도시로 떠난 친구들을 배웅하고 남은 여고는 한 학년에 4학급 정도 되는 작은 사립 여학교였다. 당연히 도시에 있는 고등학교를 가리라 마음먹었다가 그 해 처음으로 서울대에 합격한 선배가 나오고, 먼 데서 통학하면 공부할 시간도 없고 탈선하기 십상이라는 선생님들의 꼬임에 우리 동기들 중 나름 촉망받던 인재들이 제법 많이 주저앉게 되었다.

　예년에 없던 높은 성적의 신입생을 받은 학교는 매우 고무되어 있는 상태였고, 부푼 기대를 안고 그 선생님에게 우리 학년을 맡겼다. 어처구니없이 생애 처음이자 마지막으로 1등이라는 걸 한 나는 그렇게 1학년 1반이 되었고 그 분을 담임으로 맞게 되었다.

선생님에 관해서는 온갖 전설과 같은 소문들이 떠돌아 다녔다. 시험 문제가 너무 어려워서 서울대에 간 선배가 백점을 받은 유일한 학생이라는 소문에, 학생들이 오금이 저릴 정도로 무섭다는 이야기, 그런가 하면 후배들이 선망하는 선배들이 모두 존경할 정도로 대단한 선생님이라는 이야기까지.

그렇게 불안과 기대로 맞은 담임선생님은 기대대로 파격이었다. 딱 임꺽정 같이 생긴 외모에 몸에서 냄새는 어찌나 많이 나던지. 서른을 훨씬 넘긴 노총각이 날마다 술에, 술 마시다가도 틈만 나면 학교로 다시 들어와 야간 자습하는 애들을 감시하곤 하셨다.

수업은 그보다 한 술 더 떠서 참고서에 다 나오는 내용은 수업하고 싶지 않다면서 무조건 예습을 해오라고 했다. 단원이 시작되기 전에 자습서를 보고 책이 새까맣게 되도록 빽빽하게 내용을 적어오면 선생님은 중요한 것만 질문하셨다. 배우지도 않은 단원에 중요한 것을 우리가 어떻게 알았겠으며, 아무리 새까맣게 적은들 그 내용을 다 외웠을 리가 없다. 한 시간 내내 선생님의 주먹 아래 벌벌 떨면서 종이 치기를 기다려야 했다.

그 큰 주먹에 머리통을 맞으면 정신이 혼미해질 만큼 아픈 건 둘째요, 자존심 긁히는 소리가 보신각 종소리보다 더 컸다. 견디다 못해 몇 번 조직적인 반항을 해 보았지만 국어 선생님의 논리 정연한 반론에 우리는 번번이 패배의 쓴잔을 마셔야 했다. 애들이 몇 시간 동안 국어 공부만 하느라 다른 과목 공부는 뒷전이라는 참 드문 시골 엄마들의 민원도 가볍게 무시되었다. 더구나 우리 반은 3월 한 달은 꼬박 선생님의 명령 하에 한 시간씩 남아서 일본어 히라가나를 외야 했다. 국어 선생님이 '히라가나' 보충이라니? 갈수록 태산이었다.

이 모든 일은 학생들의 의사에 상관없이 100% 선생님의 독선에 의해 밀어붙여졌다. 4~5차시에 걸쳐서 나가야 할 단원들을 그렇게 1~2시간 안에 가볍게 해치우고 남은 시간에 선생님은 자기가 하고 싶은 이야기를 했다. 전태일이라는 사람이 있다는 것도 그 때 들었고, 대통령이 민주화 세력에게 손을 들었다는 얘기도 술 냄새가 풀풀 나는 행복한 얼굴로 그 때 우리에게 들려 준 얘기들이었다. 선생님의 이야기는 우리가 기존에 듣고 배웠던 것들과 너무 달라서 머리가 다 흔들릴 지경이었다.

지금도 그렇지만 나는 독선적이고 권위적인 것들이 참 싫었다. 선생님은 체제에 대항적이었고 파격적이었지만 우리에게는 누구보다 독선적이고 권위적이었다. 반 아이들을 선동해서 익명으로 선생님의 여러 조치들에 대한 불만을 쪽지에 잔뜩 써서 내밀었던 적도 있고, 기숙사 학생 숫자를 갑자기 늘린다는 얘기에 선생님과 단판을 벌이겠다고 다른 친구들과 반론을 연습해서 맞선 적도 있었다.

그 분은 그렇게 우리의 고등학교 생활을 송두리째 지배해 버릴 만큼 큰 존재였고 아울러 미움의 대상이기도 했다. 고등학교 3학년 때 그 작은 학교에서 14분의 선생님이 전교조에 가입했고, 정부의 최후통첩에 7분의 선생님이 학교를 떠났다. 3학년 담임 넷 중 3분이 떠났고, 남겨진 우리들은 분노했다. 버림받았다는 느낌은 어쩔 수 없었다. 우리를 두고 떠난 선생님들에게 버림받았고, 여름 내내 공부를 마다하고 데모를 하고 수업을 거부한 우리에게 보복이라도 하듯 그 빈자리에 경험도 없는 신규 선생님들을 담임으로 배치한 학교에 버림받았다.

그 후 우리 동기들은 대학을 가기 위해 험난한 여정을 거쳤지만 모두 자기 나름의 길을 찾았다. 선생님은 우리에게 그렇게 뒷모습을 보이고 가셨지만 한번 씩 우리에게 모습을 드러냈고, 우리는 너무 큰 존재감으로 우리를 지배해 버린 선생님을 그리워도 하고 원망도 했다.

지금 나는 그 때의 선생님 나이를 훌쩍 넘은 세월을 보냈다. 그리고 생각한다. 그 때 그 분은 어떻게 그렇게 많은 것을 학생들에게 주고 또 요구할 수 있었을까? 나는 말 한 마디, 내딛는 발짝 하나도 이렇게 조심스러운데. 이렇게 점점 비겁해지는데.

선생님은 지금도 어디선가 막걸리 한 사발에 장단에 맞춰 탈춤 한 판을 휘청휘청 추고 계실 것만 같다. 그 때의 그 모습 그대로.

▸5분 스피치의 추억_김소라   ◂ ◂ ◂

고등학교 1학년 담임 선생님은 아침 조회 대신 우리반 아이들이 돌아가며 앞으로 나와 5분 스피치를 하는 시간을 갖게 하셨다. 주제와 형식은 자유, 자기에게 주어진 5분을 마음대로 쓰라고 하셨으나, 아이들은 당황했고 우왕좌왕했다. 아직 친해지지도 않은 새 학기 초, 뜬금없는 선생님의 주문에 도대체 무슨 말로 5분을 때워야 할지 무척 난감한 일이 아닐 수 없었다. 5분은 정말 긴 시간이었다.

그런데 시간이 갈수록 아이들이 자기 마음속에 묻어두었던 이야기들을 끄집어내기 시작했다. 어렸을 때 돈이 없어 생라면을 먹었다는 아이, 부모님이 이혼하셔서 힘들다는 아이, 다른 고장으로 돈 벌러 간 부모님 대신 동생을 혼자 돌보는데 도둑이 들까봐 밤에 한숨도 잠을 자지 못한다는 아이 ….

예민한 사춘기 여고생들이 자신의 치부라고도 생각할 수 있는 이야기들을 눈물을 흘리며 터놓고, 같이 듣는 친구들과 선생님도 다 같이 진심으로 그 상처에 공감하고 같이 눈물을 흘리는 시간으로 우리 반 아침조회는 매일 시작되었다. 5분 스피치가 끝나고 나서는 뭔가 쑥스러운 기분에 그 이야기들을 다시 들추진 않았지만, 서로를 공감하고 눈물을 나누었던 시간 덕분인지 우리반 분위기는 항상 밝고 따뜻했다.

내 학창시절을 돌이켜보면, 소위 문제아라고 불리는 아이들은 부모님과 선생님께 이해받지 못한다는 분노와 답답함에 엇나가기 시작했다. 날라리라고 불린 친구들은 담임 선생님이나 학생부 선생님들과는 말이 통하지 않는다며 아예 대화 자체를 거부했고, 노는 아이들로 이루어진 그룹을 만들어 자기들끼리만 어울려 다니다가 자퇴를 하거나 전학을 갔다. 답답하기는 선생님들도 마찬가지였을 것이다. 부모님이 싸주는 도시락 먹으면서 그냥 가만히 앉아서 공부만 하면 되는데, 도대체 뭐가 그렇게 불만인지 이해가 가지 않으셨을 것이다.

내가 아닌 다른 사람을 공감하는 것은 정말 어려운 일이며 그것은 많은 노력을 요구한다. 선뜻 남의 이야기를 들어주는 것조차 버거운 시대이다. 마음속에 있는 이야기를 하고 싶다면 시간당 돈을 내고 심리상담센터나 정신과에 가는 것이 차라리 속 편한 시대이기도 하다. 이미 내 인생 문제만으로도 머리가 아프니, 다른 사람의 구구절절한 사연을 듣는 게 시간낭비라고 느껴질 때도 많다.

하지만 넘지 못할 산처럼 커다랗게 보이는 문제도, 허심탄회하게 나눈 말 한두 마디에 저절로 해결되는 경우도 많다. 때로는 내 감정을 솔직하게 이야기하는 것만으로도 다시 행복한 인생을 시작하는 실마리를 발견할 수도 있다.

내가 교사가 되면 꼭 5분 스피치 시간을 갖도록 할 것이다. 용기가 없는 것은 어른들이다. 당시 우리 반 17살의 소녀들은 어두운 과거, 드러내고 싶지 않은 가정사, 부끄러운 기억들을 솔직하게 드러내놓고 같이 울고 웃는 용기를 보여줬다. 우리가 그 5분을 통해 얼마나 많은 아픔을 치유하고 성장했는지 … 강규완 선생님, 감사합니다!

▸ 나는 네가 말할 거라 믿었다!_노성호 ◂ ◂ ◂

마치 100m를 전력질주 하고 난 후의 심박처럼 내 심장은 요동치기 시작했다. 째깍째깍 속절없이 흐르는 시간에 억장이 무너지는 듯 했지만, 그보다 더 나를 미치게 만든 것은 귓전까지 고스란히 전달되는 초침 돌아가는 소리였다. 식은땀이 흐르기 시작한지도 수분이 지났건만, 내 답안지 속 여백은 그 무엇으로도 채워지지 못했다. 채울 수도 없었다. 뾰족한 방도가 있는 것도 아니었다. 그렇다고 그냥 포기하고 아무거나 찍어 답안지를 채워가면서 운명의 여신에게 내 점수를 맡기고 싶지도 않았다. 하지만 그 찰나의 순간, 선악과를 취하면 마치 하느님처럼 행세할 수 있을 것이라고 했던 유혹자의 본심이 맘 속 깊숙한 곳에서부터 스멀스멀 샘솟기 시작했다. 이름하여 커닝(cunning)의 스네이크(snake)! 모든 조건이 구비되어 있었다. 옆자리에는 맘씨 착하고 공부 잘하는 친구 녀석이 앉아 있었고, 그 친구는 내 오른편에 앉아 있었기 때문에 그의 답안지를 쳐다보기도 편했으며, 우리의 자리는 거의 맨 뒤쪽이었기 때문에 감독 선생님의 눈을 피하기에도 안성맞춤이었다. 결국 내 생애 최초이자 최후의 커닝 사건이 그렇게 이뤄지고 말았던 것이다.

수성 사인펜을 잡은 손이 식은땀으로 젖어들기 시작했다. 내 요동치던 심장은 폭발할 지경이었다. 온 몸의 촉각이 은밀한 이 범행으로부터 스스로를 보호하기 위해 곤두서고 있었다. 옆 친구의 답안지를 향하고 있던 내 두 눈동자는 그 어떤 매의 눈보다 강렬하게 빛나고 있었고, 천리안보다 더 멀리 볼 수 있을 정도로 초점이 또렷하게 맞춰져 있었다. 이윽고 문제의 답을 찾아내어 땀으로 뒤범벅된 손으로 잽싸게 적어 넣고, 기어이 내 답안지 속 여백을 남의 지식으로 검게 물들이고 말았다. 그리고 나니 이내 종이 울렸다. 이어 선생님의 목소리도 교실 안에 울렸다.

그렇게 끝이 나길 바랐다. 오랜 숨을 참고 있었던 종소리가 가슴 떨리게 숨을 내뱉으며 전 교정에 울려 퍼지다가 은은하게 사라져 갔듯이 나의 시험도, 나의 만행도 그저 그렇게 대기 중으로 흩어져 사라지기를 아주 잠시 동안 바라고 있었다. 허나 종소리와 더불어 감독 선생님의 또렷한 음성이 교실 안에 울려 퍼졌다.

"노! 성! 호!"

'어둠이 빛을 이겨본 적은 한 번도 없었다'더니 역시 이번에도 그 말의 위력을 다시 한 번 절감할 수 있는 시간이었다. 결국 감독 선생님께 적발되어 커닝에 대한 책임을 져야 할 위기에 처하고 말았던 것이다. 선생님께서는 내게 물으셨다.

"노성호. 너 커닝했지? 옆의 애 꺼 봤지?"

하지만 "예."라고 대답하지 않았다. 아니, 대답할 수 없었다. 대신 너무나 비겁하고 옹졸하며 치사한 한 마디의 강한 부인(否認)을 입술 밖으로 내뱉고 말았다.

"아니오!"

'똥 싼 놈이 성낸다'고 했던가? 그때 내 꼴이 딱 그 짝이었다. 커닝했는지를 물으시던 선생님께 적반하장도 유분수지 인상까지 써 가면서 안 했다고 부득부득 우기고 섰던 내 모습이 지금도 아련히 떠오른다. 구차한 변명을 위한 기회를 구걸해도 모자랄 판에 계속 발뺌만 해 댔다니! 지금 생각해도 참으로 제정신이 아니었던 것 같다. 그런데 선생님은 나의 강한 부정을 긍정으로 받아들여 주셨다. 이상하리만치 편안한 인상으로, 마치 내 모든 허물을 덮어주고 감싸 안으시려는 듯 온화하게 말이다.

교탁으로부터 몇 미터 안 되는 내 자리로 돌아오는 동안 이루 말할 수 없는 수치심에 몸이 떨려왔다. 아무 일 없었다는 듯 나를 석방시켜 주신 선생님의 미소 가득한 얼굴이 계속 아른거렸다. 어차피 내 지식도, 실력도 아닌 답안으로 좋은 점수를 받아봤자 무엇하나 하는 생각에 심한 후회가 밀려들기도 했다. 그냥 그렇게 자리에 앉아 시험이 끝난 것에 대한 해방감을 만끽하며, 친구들과 더불어 희희낙락 잡담만 늘어놓고 있을 수가 없었다. 그래서 거의 반사적으로 벌떡 자리에서 일어나 세차게 교실 뒷문을 박차고 뛰쳐나갔다. 저 앞에 교무실로 향하시는 그 선생님이 보였다.

"선생님, 죄송합니다. 거짓말을 했습니다. 아까 커닝을 했습니다."

격하게 혼을 내시거나 굵고 긴 지휘봉으로 엉덩이 몇 대를 시원하게 두들겨 주셨더라면 맘이라도 편했을 것을, 선생님의 그 온화했던 미소가 뇌리에서 떠나지 않고 날 괴롭혔다. 그래서 고백하고 말았다. 고백하지 않고는 다시 그 선생님의 얼굴을 뵙지 못할 것 같았다. 소위 '선생님의 총애'라는 것을 받고 있었던 나인데, 선생님을 속이고 거짓을 말하다니! 사실을 고백하는 것이 맞고 옳은 일이라 여겼다. 시험은 빵점받아도 나중에 만회할 수 있지만, 선생님을 실망시켜 드린 오늘의 잘못은 그 무엇으로도 되돌릴 수 없을 것이라 생각했다. 내 떨리는 고백에 이어 선생님께서 말씀하셨다.

"그래. 사실 나는 네가 오늘 안으로 말할 거라 믿었어. 내가 알고 있는 너는 그런 애가 아니거든."

선생님께서는 이미 다 보고 알고 느끼고 계셨던 것 같다. 시험 막판에 초조해 하던 내 모습과 안절부절 못하며 이곳저곳 눈치를 살피던 내 작은 몸짓, 그리고 옆 친구의 답안을 남몰래 옮겨 적어가며 가슴 떨려하던 내 속마음까지도 말이다. 하지만 시험이 끝날 때까지 참아주셨고, 내가 커닝하지 않기를 바라고 계셨으며, 커닝했냐는 질문에 늦게라도 "예!"하고 대답해주길 바라고 계셨던 것이다. 이미 모든 것을 알고 계셨으면서도 스스로 잘못을 깨닫고 뉘우칠 수 있도록 무언의 미소로 가르쳐 주셨던 선생님.

감사합니다. 저 또한 그리 가르칠 수 있도록 노력하겠습니다.

▸ 기억에 남는 선생님_박다희   ◂ ◂ ◂

초등학생 조카가 열심히 편지를 쓰고 있었다. 누구에게 쓰는 것인지 지켜보니 담임선생님께 쓰는 감사의 편지였다. 그 마음이 기특해서 칭찬을 하려는데 숙제란다. 그렇지, 좀 있으면 스승의 날이구나. 감사의 마음도 숙제로 시켜야 하는 것이 어째 좀 씁쓸했다. 그러나 성인이 된 나 역시 누가 하라고 시키지 않으니 고등학교를 졸업하고 선생님께 감사의 마음을 전하는 편지를 쓴 적이 없다. 그렇다고 감사한 마음을 전하고 싶은 선생님이 없는 것은 아닌데 말이다.

나의 롤 모델로 삼고 있으며, 아이들을 대할 때 항상 생각나는 선생님이 한 분 계신다. 초등학교 6학년 때의 담임선생님이다. 첫 담임을 맡으셨던 풋풋한 초임선생님이셨다. 아이들 하나하나에 너무나 관심이 많으셨고 무엇보다도 젊은 선생님이심에도 불구하고 우리나라 고유의 것, 전통문화를 너무나 사랑하셨다. 특별활동 반도 여러 개 만드셔서 아이들의 특기적성을 키워 주셨다. 나 역시 그때 배운 장구 장단을 아직도 기억하고 있다. 그리고 담임선생님의 추천으로 하게 된 방송반 아나운서 활동을 통해 내가 잘하고 좋아하는 일이 무엇인지도 알 수 있었다.

수요일은 인스턴트 안 먹는 날, 목요일은 우리 농산물 먹는 날, 금요일은 함께 기른 채소로 한솥밥 먹는 날, 토요일은 편지 쓰는 날, 이렇게 요일별로 활동을 정해 주시고 모든 활동은 모둠을 중심으로 하게 하셨다. 우리 농산물의 소중함, 함께하는 즐거움을 알려 주는 소중한 시간들이었다.

아이들 사이에 한창 빈 책상에 귀신이 앉는다는 유치한 귀신이야기가 유행할 무렵 내 짝이 전학을 가게 되었다. 그때까지도 어렸던 나는 내 옆자리에 귀신이 앉을까봐 너무 겁이 나서 울고 있는데 담임선생님이 자초지종을 들으시고는 다정하게 다독여 주시며 원효대사의 해골물 이야기를 해 주셨다. 뭐 별것도 아닌 일에 우느냐며 다그치셨다면 나는 너무나 상처를 받았을 텐데 다정하게 이야기를 들려주시며 모든 일은 마음먹기에 달렸다는 이치를 알려주셨다. 덕분에 나는 귀신이야기 따위는 깨끗이 잊을 수 있었다. 살면서 가끔 무섭고 어려운 고민이 닥칠 때마다 선생님이 들려주셨던 원효대사의 이야기를 생각하며 힘을 내곤 한다. 정말 짧은 한 순간이지만 그 순간의 여운이 아직까지도 내 인생의 지표가 되고 있는 것이다. 마치 나비효과처럼 말이다.

졸업을 할 때 선생님께서 주셨던 편지를 아직도 고이 간직하고 있다. 기자가 꿈이었던 나에게 '냉철한 판단도 중요하지만 그 냉철함으로 상대에게 상처를 주지 않는지 생각해 보아라.'라는 충고가 담긴 편지. 그 이후로 남을 지적하거나 싫은 소리를 해야 할 때 상대의 입장을 한번 더 생각해 보게 되었다. 선생님의 쓴 소리 한마디가 나에겐 올바른 인간으로 성장할 수 있는 피와 살이 된 것이다.

나비의 날개 짓이 태풍을 몰고 올 수 있다는 것은 너무나 무서운 일일 수도 있지만 아이들에게 선생님의 말 한마디 행동 하나하나는 나비의 날개 짓과도 같다. 한마디의 말이 아이의 성격을 바꾸고 나아가 인생까지 흔들어 놓을 수도 있다. 아이들을 대할 때 늘 신중하며 그 아이들에게 최선을 다하는 선생님이 되는 것이 나의 스승에 대한 가장 큰 보답이 아닐까 생각해 본다. 스승의 날을 맞아 선생님께 감사의 편지를 써 보아야겠다.

▶ 반면교사_박미경   ◀ ◀ ◀

지난 4주간 교생실습을 다녀왔다. 교생실습 가기 전, 그냥 편하게 집 근처 걸어 다닐 수 있는 곳으로 갈까, 아니면 모교로 갈까 많이 망설이다가 그래도 내 후배들에게 조금이라도 도움이 되는 게 낫지 싶어 모교로 결정했다. 교생실습 첫 날, "여러분, 사랑해도 될까요?"라는 교장 선생님의 낭만적인 훈화 말씀을 시작으로 예전 은사님, 후배들과의 만남 등 가슴 설레는 사건의 연속이었다. 시간이 지나면서 관계가 소원했던 아이들과도 차츰 친밀감이 형성되어 갔다. 가곡 '목련꽃 그늘 아래서 베르테르의 편질 읽노라' … 4월의 노래처럼 봄기운을 흠뻑 느끼며 꽃나무 아래서 아이들과 사진도 찍고 교정도 거닐어 보았다.

그리고 얼마 지나지 않아, 내가 그토록 갈망하던 문학수업, 나의 조용한 열망이 비로소 실현되게 되었다. (비록 짧은 기간이지만) '아이들에게 시를 읊어 주고 문학 속의 인물과 그들의 삶을 통해 변화할 수 있는 계기를 마련해주고 싶다.' 2009년 내가 여기, 대학원에 문을 두드리게 된 것도 처음엔 그런 이유에서였다. 당시, 난 학원에서 논술과 국어를 가르치면서 아이들과 정신적 교감이랄까? 뭐, 그런 걸 느끼면서 그 무언가 강렬함에 사로잡혀 있었다.

여하튼 "자, 문학의 수용에서 심미적 수용이란 무엇일까?" "그렇다면 얘들아, 문학이 우리에게 제공해 주는 건 뭘까?" 하면서 나의 문학 수업은 그렇게 시작되었고 매일아침 수업 전, 점심시간, 자기주도학습 시간을 통해 아이들과 틈틈이 상담을 했다. 아이들의 고민은 주로 학업 성적, 교우관계, 가정 문제에 관한 것이었다. 상담하기 전 상담 예정 시간은 30분 정도 소요될 것이라고 예상했으나 아이들이 자신의 감정을 토로하다보니 때론 울기도 웃기도 하면서 한 아이 상담하는데 1시간, 혹은 2시간이 훌쩍 지나가 버릴 때도 있었다.

어느 날인가 진선이라는 아이와 상담을 하게 되었다. 진선이는 중학교 때까지는 성적이 제법 좋았었는데 고등학교 올라 와서 1학년 담임선생님을 만나고부터 스트레스를 받아 성적이 뚝뚝 떨어졌다는 것이다. 아이는 상담하는 내내 1학년 때 담임선생님에 대한 원망을 담은 얘기를 풀어 놓았다. 난 누구보다도 아이의 그런 심경을 십분 이해할 수 있었다.

아이의 이야기를 듣는 동안 어느새 나도 중학교 때 담임선생님에 대한 기억을 떠올리고 있었다. 3학년 때 일이었다. 난 반에서 서기를 맡고 있어서 수업이 끝나면 담임선생님께 매일 학급 일지를 검사 받아야 했고 한문 수업이 있는 날엔 칠판 가득 본문을 써 놓아야 했었다. 선생님께서는 일지 기록에 대해 엄격했기에 쉬는 시간 중간 중간에 아이들의 한바탕 수다를 뒤로 하고 난 일지를 써야 했다. 수업이 끝나고 일지를 검사 받으러 가면 선생님은 일지를 다시 써 오라고 하는 날이 부지기수였고 어떤 날은 집어 던지시곤 하였다.

함께 집에 가려고 기다리던 친구들은 기다리다 먼저 가는 날도 있었다. 간혹 친구들로부터 나를 차단시키는 느낌도 들었다. 처음엔 내가 뭘 많이 잘못하고 있구나 싶어 정성을 들여 써 보기도 하고 나름 최선을 다해 보았다. 그런데 무슨 연유에서인지 나에 대한 선생님의 힐난은 계속되었다. 한참 친구들과 떡볶이도 먹고 싶고 조잘조잘 이야기 나누고 싶던 나의 16세는 불합리하고 이해할 수 없는 선생님의 행동으로 말미암아 그렇게 점점 시들어 가고 있었다.

　지금 돌이켜 생각해보면 그 전까지, 그러니까 그 선생님을 만나기 전까지 난 승부욕이 강하고 자아존중감도 높고 지적 호기심도 많았던 꽤 괜찮은 아이였다. 그러나 나에 대한 선생님의 무차별적인 난도질은 자아 정체감, 자아 존중감이 형성되어가는 나약하고 예민한 사춘기 소녀의 날개 죽지를 꺾어 버렸다. 마치 파릇파릇 자라나는 새싹을 발로 꾹꾹 밟아 버리듯이. 그 당시 난 그런 상황을 객관적으로 바라볼 수 있는 나이도 아니었고 게다가 속내를 잘 드러내는 성격도 아닌데다 딱히 감정을 토로할 멘토도 없었다. 단지, 혼자 혼란스러운 감정을 속으로 삭히고 삭혀 눌러 버릴 수밖에 없었다. 그러다 보니 욕구불만이 응어리로 쌓이게 되었고, 그 이후 그 응어리를 치유하는 과정은 너무 길었고 인생의 많은 시간을 허비하게 되었다. 결국 잃어버린 나를 찾아서 인생을 멀리 돌아오게 된 것이다. 세월이 지나 많은 걸 겪고 난 후 그 때 그 일이 그런 거였구나 하고 뼈저린 인식을 하게 되었다. 누구나 긴 생애 속에서 삶의 변혁을 일으키는 결정적인 계기가 있기 마련이다. 내 인생에 지대한 영향을 초래했고 나의 인생이 지체되는데 결정적 요인을 제공했던 선생님. 그렇게 그 분은 내 인생에 있어서 최악의 선생님이란 오명을 남겼을 뿐 아니라 나는 학생들을 가르치면서 그 분을 반면교사로 삼게 되었다.

　반면에 과분한 사랑을 주신 선생님들도 있다. 초등학교 6학년 때 내게 무한한 칭찬으로 자신감을 심어 주신 이만수 선생님, 중학교 1학년 때 방송반 활동을 전폭적으로 지원해 주고 나를 지지해주신 이대근 선생님, 고등학교 1학년 때 지대한 관심과 따뜻한 사랑으로 나를 끌어안아 주신 장선희 선생님, 고등학교 2학년 때 나를 특히 예뻐해 주시고 삶의 지침이 되어주신 전진규 선생님 … 살면서 문득 문득 생각나고 그리운 분들, 그 모든 은사님들께 다시 한번 깊이 감사드린다.

한 생애를 교사로서의 삶을 살면서 적어도 내 기억 속의 노처녀 국어 선생님처럼 오명을 남기는 교사는 되지 말아야 하지 않을까하는 생각이 다시금 든다.

※ 아이들은 우리 어른들이 생각하는 것보다 훨씬 나약하고 아직 정신적으로 미숙하다. 잘못된 행동을 하는 아이들도 얘기를 듣다보면 아이들 각기 나름의 이유가 있다. 단지, 인생을 어떻게 살아야 할지 아직 방법을 잘 모르고 어떤 상황에 놓였을 때 어떻게 대처해야 할지 잘 몰라서 이리 부딪혀 보기도 하고 저리 부딪혀 보기도 할 뿐이다. 선생님의 잊을 수 없는 말 한마디, 사랑 가득한 눈빛 하나가 한 사람의 인생을 바꾸기도 하고, 교사가 무심코 내뱉는 말에 아이들은 상처를 받아 전혀 엉뚱한 방향으로 흘러가기도 한다. 무조건 힐책하기보다는 올바른 방향으로 갈 수 있도록 이끌어 주고 따뜻하게 안아주는 것이 참스승이라 할 수 있겠다.

‣ 잊을 수 없는 선생님_박연심정 ◂ ◂ ◂

5월 15일 스승의 날, 교사인 지금 왠지 그렇게 유쾌하지 않은 행사라는 느낌이 들어 씁쓸하다. 가만히 생각해 보면 스승의 날은 현재의 선생님께 감사의 표시를 하기보다는 바쁜 생활 속에서 잊고 살았던 인생의 길잡이가 되어주신 은사님을 떠올리며 감사하는 날이 아닐까 생각한다. 내 인생의 길잡이가 되어 주신 선생님은 열 손가락으로 꼽기가 부족할 정도로 많은 분들이 계신다. 초등학교 때 옆 반 선생님이지만 꼭 나의 이름을 기억해 주신 선생님, 중학교 때 아주 예쁘시지만 종아리가 피가 나도록 나를 때려주신 음악 선생님, 고등학교 때 지금까지 나의 마음을 설레게 하고 이성관에 대한 좌표를 심어주신 지리 선생님, 지금 내가 교사로 설 수 있도록 정신적 지주가 되어주신 대학교 때의 은사님들 ….

민주화 바람이 거세게 몰아치던 80년대 중반은 학내외적으로 민주화 열망과 더불어 학생들의 요구 또한 어느 때보다도 높았던 시기였다. 6월 민주화 항쟁이 잠잠해지자 학교마다 학내문제로 그 흐름이 이어져 가고 있었다. 학내의 부조리한 일들, 학생들의 복지, 등록금 관련 등등 80년대 중반부터 후반까지는 학생운동이 정점을 이루었다고 하여도 과언이 아닐 것이다. 지금은 학생들이 교수님의 강의를 평가하고 교수님은 그것을 다음 학기 강의에 참고하신다. 그러나 내가 학교를 다닐 때만 해도 학생이 선생님을 평가한다는 것은 있을 수 없는 일이었다. 그러나 민주화의 바람을 타고 학생들의 요구가 다양해지면서 예전에는 할 수 없었던 교수님에 대한 불만의 소리도 쏟아져 나왔으며 강의의 질에 대해서도 언급하기 시작하였다. 대학생에게 있어서 예나 지금이나 가장 큰 관심사는 진로일 것이다. 그때 나를 비롯한 학우들은 학교에서 진로에 대해 더욱 적극적으로 신경 써 줄 것을 요구하였지만 학과의 노교수님 하시는 말씀 '盡人事待天命인 것이야', '산 입에 거미줄 치랴', '제 먹을 것은 하늘로부터 다 가지고 태어나!', '열심히만 하면 돼'라고 하신다. 다 맞는 말씀이지만 너무 현실성이 없는 말씀에 학생들 왈 '교수님 산 입에 거미줄 치는 사람이 어디 있습니까?' '짐승처럼 먹을 것만 충족하면 행복합니까?'라고 불만을 표시하며 적극적인 자세로 취업에 신경을 써 주실 것을 요구하였다. 그러나 우리의 소리는 허공의 메아리로 돌아올 뿐 교수님의 말씀은 한결같았다. 사실 열심히 해야 할 뿐 다른 방법은 없는 것이 당연한 말이나 당시로서는 너무 무책임하신 말씀이라고 원망의 소리들이 높았다.

하지만 지금까지 살아오면서 나의 좌우명이 된 것은 교수님께서 그때 하신 말씀이고, 세상을 살면 살수록 지당하신 말씀이고 진리라고 믿어진다. 그래! 해보지도, 노력하지도 않고 남이 해주길 바랐던 시절, 어떻게 살아야 할까 고민만 했지 부딪혀 보지도 않고 좌절만 했던 시절. 나이가 한 살씩 더 먹어 갈수록 하늘이 정해준 길대로 살아가고 있음을 깨닫고, 언제부턴가 그때 노교수님이 하신 말씀을 나도 나보다 조금 어린 누구에겐가 하고 있음을 문득 깨닫는다.

▸ 선생님의 뒷모습_박종훈   ◂ ◂ ◂

연두색 잎사귀가 온 세상을 물들인 따뜻한 5월입니다. 5월은 가정의 달. 어린이날과 어버이날, 스승의 날 등 우리 삶에 큰 영향을 주는 사람들을 기념하는 날이 많습니다. 나를 낳아주시고 사랑으로 길러주신 어버이날을 비롯하여, 가르쳐주시고 이끌어주신 스승의 날이 있습니다. 인간은 관계 속에서 배우고 성장하게 됩니다. 우리의 삶 자체가 고마운 일과 잘못한 일밖에 없음을 다시금 일깨워주는 시간입니다.

학교는 집을 떠나 처음으로 관계를 배우는 곳이며, 친구를 만나고, 선생님을 만나고, 꿈을 키우고, 추억을 만들며 인간으로서 살아가는 모습을 배우게 하는 곳입니다. 그런데 요즘 학교 현장의 폭력성이 연일 언론에 보도되고, 교과부의 폭력실태조사가 이어지면서 학교에는 폭력이 난무하고, 학교가 마치 폭력을 양산하는 곳으로 인식되는 것 같아 걱정이 됩니다. 학교 폭력은 이제 정도를 벗어난 심각한 상황이며, 악화 일로에 있는 것 또한 사실입니다. 교육계는 물론 사회 전반적으로 개선책을 고민하고 있으나, 저는 여러 가지 사회 문제의 해법은 가정과 학교에서 해결할 수밖에 없다고 생각합니다. 가정과 학교에서는 무엇보다 하루 빨리 인간의 보편적 가치를 회복하는 것이 우선되어야 할 것입니다.

요즘 교육 현장에는 스승이 없다고 합니다. 전통적으로 우리 사회에서 선생님은 특별한 존재였습니다. 단순한 직업이 아니라 한 사람의 인생까지 바꿀 수 있는 것이 스승이고 은사(恩師)였습니다. 교직이 박봉과 격무의 대명사였던 시절에도 많은 인재가 기꺼이 교사를 천직으로 택한 것은 그 때문이었다고 생각합니다.

이제 기억 저편에 묻어두었던 스승님에 관한 기억을 꺼내보려 합니다. 고등학교 학창 시절 나의 긴 방황을 잡아주신 고마운 선생님이 계십니다. 강원도 산골 초등학교에서 도회지로 이사 온 우리 가족은 어려움이 끊임없이 생기기 시작했습니다. 농사지으며 살 때보다 도회지의 생활은 그리 행복하지 않았습니다. 아버지께서 하시는 사업은 계속해서 실패를 했고, 어느 정도 자리를 잡아가던 고등학교 시절에는 어머니가 아프셔서 서울의 큰 병원에 장기간 입원을 하고 계셨습니다. 누나들과 형은 대학을 다니고 있었고, 집에는 아버지와 내가 '털보'라는 이름의 개 한 마리와 생활을 하고 있었습니다. 집에 오면 늘 불이 꺼져 있었고, 아버지는 늦은 밤에 퇴근 하셨습니다. 공부를 좀 하던 저는 성적이 계속해서 떨어지고 학교생활과 가정생활 모두 즐겁지 않았습니다. 담임선생님께서는 너의 고민을 함께 하자고 하시며 자주 상담실로 저를 데리고 가셨지만 저는 마음을 열지 않고 늘 침묵만 지켰습니다. 선생님은 묵묵히 앉아서 마냥 기다리고 계시다가 바람이나 쐬자고 저를 자전거에 태우고 운동장을 한 바퀴씩 도시곤 하였습니다. 그리고 할 말이 있으면 언제든지 찾아오라고 당부하시며 상담을 끝내곤 하셨습니다. 가끔 저녁 식사 시간에는 학교에서 얼마 떨어지지 않은 선생님 집으로 데리고 가셔서 식사를 함께 하기도 하였습니다. 저는 계속해서 크고 작은 사고를 쳤고, 학생부에서 부모님을 모시고 오라고 하면 집에서 일하시는 아저씨에게 술 사드린다고 부탁하여, 늘 아저씨가 부모님을 대신하여 학교에 오셨습니다. 야간자율 학습시간에는 거지반 땡땡이 쳤고, 인근 대학교 캠퍼스나 골목길을 배회하다 다시 학교에 들어가면 선생님은 늘 교실에서 기다리고 계셨는데, 아무 말씀도 없이 머리만 한번 쓰다듬어 주셨습니다.

그러던 어느 날 학교 주변 불량배와 싸움이 벌어져 상대방이 다치는 일이 벌어지고 파출소에 잡혀 갔는데 아버지와 담임선생님이 오셨습니다. 담임선생님과 아버지의 간절한 부탁으로 상대방 부모님과 파출소 경찰관들이 용서를 하여 다행히 풀려나게 되었습니다. 다음 날 저녁 담임선생님은 자주 갔던 상담실로 저를 불렀습니다. 문을 열고 들어가니 선생님께서는 매를 들고 계셨습니다. 다른 것은 모두 용서해도 아버지 팔아먹고, 집안이 어렵다고 자신의 삶에서 도피하는 비겁한 학생은 용서할 수 없다고 하시면서 매를 드셨는데 맞아도 아프지 않았습니다.

한참 뒤 저도 모르게 끊임없이 눈물이 흐르기 시작했습니다. 고개를
들어보니 선생님 눈시울도 붉어진 것을 보았습니다. 그날 밤 선생님께
그 동안 하고 싶었던 이야기를 마음껏 했고, 선생님도 어려웠던 자신의
학창시절을 이야기해 주셨습니다. 그리고 상담실 문을 나서자 교정에
는 가로등불이 모두 꺼져 있었는데, 늦가을 찬바람이 그렇게 시원할
수가 없었습니다. 담임선생님의 자전거 타고 가시는 뒷모습에 큰소리
로 인사를 했습니다. "선생님 살펴 가십시오." 그리고 작은 목소리로 중
얼거렸습니다. '선생님 감사합니다', '선생님 감사합니다.'

▸ 내 인생의 선생님!_서정호　　　◂ ◂ ◂

　지금까지 살아오면서 수많은 사람들을 알게 되고, 또 그들을 만나면
서 여러 가지를 배워왔다. 부모, 가족, 친구들, 심지어 잠시 스쳐가던
사람들까지도 나에게 조금이라도 영향을 미치지 않은 사람은 아마 없
을 것이다. 그 중에서도 선생님이라고 하는 분들은 내게 있어 적지 않
은 영향을 끼친 사람들이다. 초등학교에 입학하기 전부터 수많은 선생
님들을 만났고, 그 분들로부터 많은 가르침을 받아왔다. 어렸을 때 생
각하던 선생님이라는 존재는 내게 너무나 멀고 높아보였다. 행여나 잘
못해서 혼나지는 않을까 하는 어린 마음에 하고 싶은 말 하나도 제대로
하지 못했던 것 같다. 그러나 해가 갈수록 선생님은 멀게만 느껴지는
경외의 대상이라기보다 나와 함께 하면서 내게 도움을 주는 인생의 친
구와 같은 분이라는 친근한 느낌을 받았다. 그것은 내가 그분에게 친구
와 같이 의지할 수 있고, 그 분은 나에게 도움을 줄 수 있는 조력자와

같은 분이었기 때문이었을 것이다.

　이렇게 내가 거쳐 온 많은 선생님들 중에서 가장 기억에 남는 선생님, 그리고 존경하는 선생님이 한 분 계시다. 바로 고등학교 2학년 때의 담임선생님이시다. 선생님 자체가 훌륭하시고 명성 있는 교사이기도 했지만, 그것보다는 내게 변화를 일으켜주신 분이기에 나는 결코 잊을 수가 없다. 선생님께서는 잘 웃지도 않으시고, 무섭게 보이지만 아빠와 같은 친근함이 있는 그런 분이셨다. 사실 나는 중학교 때까지는 공부를 곧잘 해왔지만, 고등학교 1학년 때부터 사춘기시절의 방황 때문이었는지, 공부는 저만치 밀어두고 친구들과 놀기만 하고, 부모님과 선생님들께 반항을 하는 아이로 점점 변해갔다. 선생님들 사이에서도 말이 많았고, 지금 생각해보면, 그런 나를 맡게 된 선생님께서도 이런저런 생각을 하신 후에 나를 이끌어 나가신 것이 아닌가 싶다.

　선생님께서는 나에 대한 얘기를 1학년 때의 담임선생님을 통해 어느 정도 들으셨는지 처음 출석을 부를 때에 "우리 반에 말썽쟁이가 몇 명 있구나." 하시면서 나에게 관심을 가지시기 시작했다. 어느 날부터인가는 나에게 조그만 일들을 하나씩 시키기 시작하시면서, 청소할 것이 있기만 하면 나를 부르시는 것이었다. 거의 매일 청소 시간에 들어오셔서 다른 곳은 별 말 하지 않고 내가 청소하는 부분에 대해서만 다시 하라고 하시는 것이었다. 처음에는 선생님이 나를 미워해서 계속 그러시는 줄 알았지만, 어느 날부터인가 내가 청소하는 곳을 같이 도와주시면서 이런저런 대화도 조금씩 나누게 되었다. 그러면서 선생님이 나를 미워하는 것이 아니라는 생각이 들었을 때 나는 공부를 해야겠다고 생각하게 되었다. 나를 위해서도 그렇지만 실망을 안겨드렸던 부모님과 무엇보다 담임선생님을 기쁘게 해드리고 싶었고, 그 분들께 나의 다른 모습을 보여드리고 싶었다. 먼저 담임선생님의 담당과목인 국어부터 시작해서 최대한 전 과목 모두를 열심히 공부하기로 마음먹고 노력한 결과 나의 성적은 놀랄 만큼 향상되었다. 그 후 선생님께서는 나를 부르시더니 이렇게 잘할 거면서 1학년 때는 왜 그렇게 공부에 신경을 쓰지 않았냐면서 더욱 힘을 주셨다. 2학기 때에는 희망자만 하는 야간자율학습도 신청하게 되었다. 반에서 몇 명밖에 하지 않는 자율학습이었지만, 선생님께서 간식도 사주시고 신경 써 주시는 모습에 난 더욱 분발하기로 마음먹었다. 그러던 어느 날 선생님께서 "수업 끝나고 네 친구들이 모여서 내려가는 것을 보았는데, 이렇게 남아서 공부하는 너를 보니까 기분이 좋다." 하시며 친구들에게 현혹되지 말고 앞으로 계속 좋은 모습 보여주라며 지켜보겠다고 하셨다. 그 말씀 한마디에 나는 너무 기분이 좋았고 더욱 힘을 얻게 되었다. 살아오면서 가장 많이 변했던 때가 아닐까 싶을 정도로 난 제자리로 돌아가기 위해서 많이 노력했고, 그 때 가장 큰 도움이 되어주셨던 분이다.

　선생님 덕분에 나는 3학년이 되어서도 더욱 열심히 할 수 있었고, 힘들고 지칠 때마다 선생님이 계셨기에 그것을 이겨낼 수 있었다.

▸ 명 선생님_신선영 ◂ ◂ ◂

　1998년 '여고괴담'이라는 영화가 개봉을 했었다. '여고괴담'은 사람들 사이에 전해져 오던 학교 괴담들 중 몇 가지를 골라, 각색해 만든 공포 영화였다. 이 영화는 그 뒤 시리즈로 제작이 될 만큼 많은 인기를 누렸었는데, 난 많은 시리즈들 중 1탄이 가장 기억에 남는다. 거의 13년이 지났음에도 잊혀지지 않는 이유는 '여고괴담' 속 주인공의 이야기가 나랑 닮아 있어서가 아닌가 한다.

　영화는 은영이라는 인물이 교사가 되어, 자신의 모교로 부임한 이후 벌어지는 사건들을 소재로 하고 있다. 그녀가 부임한 지 얼마 안 되어 선생님 두 명이 차례로 의문의 죽음을 당하고, 얼마 후 자신의 스승이기도 했던 박기숙 선생 또한 의문의 전화 내용을 남기고 죽음을 맞이한다. 박기숙 선생이 남겼던 전화 내용은 '진주가 학교에 계속 다니고 있다'는 것이었다. 진주는 은영이 학교 다닐 당시 가장 친한 친구였고, 학교를 다니다 죽는 바람에 졸업을 하지 못한 친구였다. 그런 그녀가 계속 학교에 다니고 있다는 것은 영화를 보는 내내 의문일 수밖에 없었다. 이런 의문은 영화의 후반부에 은영이 진주를 찾아내며 풀리는데, 진주의 마지막 대사를 잊을 수가 없다. 이 대사로 인해 '여고괴담'은 기억에 남는 영화가 되었다. 진주의 마지막 대사는 "조용히 눈에 띄지 않으면, 아무도 자신이 거기에 있다는 것을 알지 못했기 때문에 학교에 계속 다닐 수 있었다"였다. 그 당시, 아니 지금도 이 말은 나에게 많은 생각을 하게 한다. 영화 속 진주의 모습이 내 학창 시절의 모습과 닮아 있기 때문이다.

　나는 굉장히 조용하고 얌전한 학생이었다. 되도록 선생님 눈에 띄지 않게, 모범생처럼 행동하는 것이 학교를 다닐 때 가장 좋은 모습이라고 생각했었다. 그런데 나이를 먹고 나니 누군가에게 기억되는 것이 얼마나 소중한 것인가를 알게 되었고, 나의 학창 시절 모습이 후회가 되기도 했다. 초등학교, 중학교, 고등학교를 거치면서 '나를 기억해 주는 선생님이 있을까?'라는 생각은 그래서인지 나를 더욱 초라하게 만들었다.

난 학교를 졸업하고 난 뒤에도 담임선생님을 찾아뵈었던 적이 없었다. 날 기억하는 선생님이 계시지 않을 것 같아서였다. 그런데 몇 해 전 학교에 갈 일이 있어 모교를 방문했는데 고등학교 2학년 때 담임선생님이셨던 명혜경 선생님께서 여전히 학교에 계신다는 얘기를 듣게 되었다. '혹시나 나를 기억 못하시면 어쩌지?' 하는 마음에, 인사를 드려야 하나 어째야 하나 망설이게 되었는데, 그래도 찾아뵙고 인사드리는 것이 도리인 것 같아 민망함을 무릅쓰고 교무실로 들어갔다. 뜻밖에도 선생님께서는 내 얼굴을 보시고 이름까지 정확히 기억하시며 반갑게 맞아주시는 것이었다. 난 너무나 감격스런 마음에, 선생님께서 날 기억 못하시는 줄 알았다고 하며 어리광 아닌 어리광을 부렸다. 선생님께서는 눈을 흘기시며 어떻게 기억을 못하냐고, 담임을 맡았던 반 아이들은 여전히 다 기억하고 계시다며, 나랑 친했던 친구의 이름까지 말씀해주셨다.

정말 선생님들은 자신이 가르쳤던 학생들을 다 기억하시는 걸까? 나도 사교육 현장에서 아이들을 가르쳐 봐서 알지만, 학생들을 다 기억한다는 것은 어려운 일이다. 조용하고 얌전한 학생일수록 기억하기는 더욱 힘들다. 더구나 그 학생과 친했던 친구의 이름까지 기억한다는 것은 불가능한 일일 수도 있다. 명혜경 선생님께서는 그만큼 학생들에 대한 애정이 남다르셨던 것이다. 비록 선생님과 이렇다 할 추억거리는 없지만, 내 이름을 기억해 주시는 선생님이 계시다는 것만으로도 너무나 기쁜 일이란 것을 그날 알게 되었다.

조용하고 얌전한 성격 탓에 선생님들과 얘기를 많이 나눌 수도 없었고, 따로 찾아가 선생님께 고민을 상담할 용기는 더더욱 없었던 그 시절, 나를 알고 계신 선생님이 계시다는 것만으로도 이렇게 행복한 일이 될 줄은 몰랐다. 나처럼 얌전하고 조용한 학창 시절을 보낸 사람들에게는 기억에 남는 선생님을 찾는다는 것이 힘든 일일 수도 있다. 그렇지만 내가 생각하는 것 이상으로 선생님들은 학생 한 명 한 명에게 큰 애정을 쏟고 계신 것 같다.

혹자는 '선생님이라면 학생을 당연히 기억하고 있어야 하는 게 아니냐?'라고 반문할 수도 있다. 그러나 나처럼 얌전한 학생을 기억한다는 것이 얼마나 힘든 일인지를 알기에 명혜경 선생님께서 그날 나를 기억해 주시던 그 모습은 잊을 수가 없다.

앞으로 선생님이 되고 싶어 준비 중인 나에게 명혜경 선생님의 그런 모습은, 학생의 장점을 찾아낼 수 있는 선생님이 되어야겠다는 목표 외에 나를 거쳐 간 학생 하나하나를 기억할 줄 아는 선생님이 되어야겠다는 목표를 하나 더 만들어 주었다.

이제 며칠 후면 스승의 날이다. 평소에 찾아뵙지 못해 죄송스러웠는데 그날만이라도 찾아 뵙고 다시 한번 감사의 인사를 드려야겠다. 앞으로도 선생님께 좋은 모습으로 기억되는 학생이고 싶다.

▸이해와 배려를 가르쳐 주신 선생님_오현민 ◂ ◂ ◂

정읍군 소성면 신천리 부안마을.

내가 태어난 곳이다. 시골에서 삼형제를 방치할 수 없다는 어머님의 교육열에 힘입어 우리는 어렸을 적부터 여러 학교로 전학을 다니며 가족들이 모두 흩어져 생활해야 했다. 그러다가 내가 중학교 1학년이 되어서 가족 모두는 서울로 이사를 오게 되었고 그제야 가족다운 모습으로 생활할 수 있게 되었다.

하지만 잦은 전학 때문일까? 아니면 시골에서 서울로 올라온 촌놈의 부적응 때문일까? 난 전학 온 중학교에서 유독 움츠러든 생활을 하고 있었다. 친구들에게 다가가는 것도 부담스럽고 그렇다고 다가와 주길 바라는 것도 아닌 채 그저 평범하고 조용하게 지냈다. 무미건조하던 생활에 변화가 찾아온 것은 2학기가 되어서였다. 1학기 동안 국어수업을 담당하셨던 선생님께서 개인 사정으로 학교를 떠나게 되었고, 새로운 국어 선생님이 오시게 되었다. 제주도가 고향인 그 선생님이 처음 교실에 들어오셨을 때, 교실에 퍼졌던 은은한 화장품의 향기가 그 선생님에 대한 나의 강렬한 추억으로 지금도 자리하고 있다. 짧은 커트 머리에 조금은 진한 화장으로 도시적이고 세련된 이미지를 가지신 선생님. 외모에서 풍기는 모든 것들은 당시 사춘기 소년의 가슴을 콩닥거리게 만들기에 충분하였다.

이렇게 시작된 선생님에 대한 관심은 국어과목에 대한 열정으로 이어져 난 선생님의 수업시간에 제시되는 모든 숙제를 하루도 빠짐없이 해 나갔다. 개인적 체험 및 소감문 등을 숙제로 제시해 준 경우에는 선생님께 관심을 받고자 일부러 숙제장을 들어서 표시하였고, 그러면 선생님께서는 이를 알아채시고 나를 지목하여 발표를 하게 해주셨다. 척하면 척인 것처럼 선생님께서는 어린 학생의 마음까지를 생각하며 배려하는 자상함을 보여주셨던 것이다.

'어떻게 하면 선생님을 더 많이 볼 수 있을까?'하는 생각에 결국 난 학생들 사이에 가장 힘든 청소구역이라고 소문난 교무실 청소를 자원하게 되었고, 매일 교무실 청소를 하면서 특히 국어 선생님의 책상을 광이 나도록 닦았다. 그러면서 행복함을 느꼈고, 간혹 "현민이 수고하네"라고 말씀해 주시는 선생님의 모습을 떠올리며 잠자리에 들기도 했다.

이후 고등학교에 들어와서 선생님이 결혼을 하셨고 아기를 낳았다는 얘기를 듣게 되었다. 웃기지도 않게 뭔가 배신감을 느낀 것은 지금 생각해 보면 참으로 유치하기 그지없는 일이었다. 친구와 함께 아기를 보기 위해 선생님 댁을 찾아갔다. 요람에서 새근새근 자고 있는 아기의 모습을 보며 난 지금도 얼굴이 화끈거리는 발칙한 행동을 해버리고 말았다. 소파에 앉아서 손이 아닌 발로 요람을 흔들어 주었던 것이다. 그것이 그때는 터프한 남자의 모습으로 선생님께 보여질 것이라는 말도 안 되는 생각을 했던 것이다. 이 모습을 본 선생님께서는 잠시 말을 잇지 못하셨지만 이후 평정심을 찾으시고 아무 일도 없었던 것처럼 나를 대해 주셨다. 지금 갓 돌을 지난 아들을 두고 있는 아빠의 입장에서 볼 때, 당시 나의 모습은 분개하지 않을 수 없는 만행이었다. 그러나 참아 주시고 이해해 주셨던 선생님. 다시금 뵐 수 있다면 무릎 꿇고 사죄하고 싶은 마음 간절하다. 하지만 지금은 연락이 묘연해진 선생님. 국어 선생으로 살아가고 있는 현재의 내 삶에 밑거름이 되어 주신 선생님. 선생님께서 배풀어주신 넓은 아량과 이해, 배려를 저의 제자들에게도 나누어 주도록 하겠습니다. 사랑합니다. 선생님.

▸ 나의 졸업앨범, 나의 선생님_장소형 ◂ ◂ ◂

"다들 책상 위로 올라가서 무릎 꿇고 눈감아."

"……"

"… 졸업앨범비 훔쳐간 사람은 조용히 손들어요."

"……"

"지금 말하기 힘들면 선생님한테 따로 와서 말하도록 하세요. 거짓말은 안 돼."

교실은 싸늘하게 조용했고, 선생님의 목소리는 당황스러움으로 가늘게 떨렸다.

어느 영화나 드라마의 한 장면이 아니다. 초등학교 6학년 겨울, 선생님의 책상 서랍에 들어있던 반 아이들의 졸업앨범비를 누군가가 훔쳐갔다. 당시 졸업앨범비가 약 3만원 정도였으니까 상당한 액수의 금액이었을 것이다. 13살짜리가 그 큰돈을 훔칠 수 있다니, 지금 생각해도 참 괘씸하지만 선생님은 화를 내시거나 체벌을 하진 않으셨다. 거짓말을 하면 안 된다는 것과, 무엇이든지 다른 사람의 것을 훔치면 안 된다는 말씀을 하시고는 더 이상 우리들의 얼굴을 보기 힘드셨는지 교실을 나가버리셨다. 웅성거리는 교실 속에서 한 친구가 자기는 실눈을 뜨고 지켜봤는데 선생님이 울며 나가셨다는 증언을 했다. 끝끝내 범인은 찾아내지 못했고, 우리들은 졸업을 했다. 물론 졸업앨범을 가슴에 안고. 선생님은 우리들이 졸업하던 그날까지 그 사건에 대한 이야기는 함구하셨다. 들려오는 말로는 약 50여명 되던 반 아이들의 졸업앨범비를 고스란히 선생님의 사비로 부담하셨다고 한다.

김은자 선생님!

나의 잊을 수 없는 선생님은 그런 분이셨다. 한 없이 착하신 분, 무슨 일이 있더라도 아이들이 먼저이셨던 분. 처음으로 나에게 '선생님'이라는 이름표보다 '인간적으로 닮고 싶은 분'으로 다가오셨던 선생님이 바로 그 분이시다.

이제 교사의 길을 향해 한걸음 한걸음을 내딛고 있는 나에게 김은자 선생님은 나침반으로 존재하실 것이다. 어떤 교사가 되어야 하는지, 어떻게 아이들을 대해야 하는지, 어떤 방향으로 나아가야 하는지, 내 마음 속에서, 내 방의 졸업앨범 속에서 항상 말씀하고 계실 선생님. 사랑합니다.

‣ 내게는 새로운 문을 열어준 사람_정미나 ◂ ◂ ◂

학창시절, 지금의 대부분의 독서량을 채운 시기가 있었다. '독서일기'가 처음 반영되었을 때, 그 귀찮음이란 이루 말할 수 없었던 시기. 지금 생각해보면 굉장히 역설적이었던 때이기도 했다. 읽었던 고전들로 지면을 채우고 기존에 썼던 독후감에 감상문까지 전부 찾아 다시 재조합하면서 글쓰기를 했던 시절. 그랬던 내가 '그 선생님'을 만나서, 어릴 적 이뤄야 하는 독서량을 한 학기만에 일구게 된 것이다.

중학교 2학년에 들어서면서 새로 국어 선생님이 전근해 오셨다. 이전 국어선생님은 '수업시간에 구어로 언급한 용어를 쓰면 틀리고, 교과서에 있는 개념을 써야만 답으로 인정해준다.'는 괴상한 논리를 펼치신 분이라 반감이 꽤 컸었다. 그러던 중 새로 오신 국어선생님이라 참으로 기대하는 바가 컸고, 선생님께서는 여행을 많이 다니셨던 분이라 그런지 굉장히 박학다식한 분이었다.

그리고 얼마 지나지 않아, 1학기 말부터 국어수업의 과제로 '독서일기'라는 것이 생겼다. 적어도 일주일에 한 권은 책을 읽고 그것에 대한 소감을 한 페이지 정도 쓰는 것이었다. 당시에는 일주일에 한 권씩 책을 읽는 데에도 시간이 부족했던 터라 주로 고전작품에 대한 감상을 써내는 것이 전부였다. 하루는 흥부전, 다음 주는 춘향전, 그 다음 주는 심청전. 그렇게 전부 읽어봤던 고전작품에 대한 감상을 재평가하는 것이 전부였던 시절, 별안간 선생님이 나를 교무실로 부르셨다.

그때 나는 교무실로 불려가며 '이렇게 꼼짝없이 썼던 독후감, 읽었던 책을 전부 들키는구나.' 하고 속으로 앓았던 기억이 난다. 그런데 막상 선생님이 꺼낸 이야기는 뜻밖으로, 내게 갑자기 "너 수필 한번 써볼 생각 없니?"라고 말씀하시는 것이었다. 시도 아니고, 소설도 아니고, 수필이라니. 이게 도대체 무슨 장르인가 했다.

수필이란 어떻게 쓰는 글인지 알지도 못했던 시절, 남몰래 혼자 책을 뒤져가며 수필을 어떻게 쓰는 건지 찾아보던 시기. 나는 매일 골머리를 앓아가며 글을 써냈다. 모르는 장르이기 때문에 더욱더, 선생님의 엄한 첨삭 때문에 더. 그리고 누군가가 나를 개인적으로 지도한다는 생각은 글에 대한 굉장한 집착을 만들어냈다. 그렇게 매일같이 혼자 주제를 정해 수필을 쓰는 동안에 내 문장력은 많이 향상되었고, 일정 시간이 지나자 어느 샌가 우리 반에서 '글 잘 쓰는 아이'로, 백일장 대회에 참석하는 수준까지 올라가 있었다.

선생님이 개인적으로 내 글을 지도하고 있다는 생각은, 방학 중에 독서일기를 가득 채워 내야겠다는 욕심마저 들게 만들었다. 나는 닥치는 대로 소설들을 읽어냈다. 좁은 문, 데미안, 제인 에어, 젊은 베르테르의 슬픔 …. 당시에는 이해도 못할 책들을 읽고 또 읽고 외국소설 시리즈를 통째로 마스터한다는 생각으로 읽어냈다. 노란색의 일기장이 다 채워져 2권을 쓸 무렵에는 다른 사람과 달리 나는 두 권의 일기장을 낸다는 생각에 신이 났었다.

그 때의 선생님이, 나를 불러 너는 왜 진부한 소설들로만 글을 쓰냐고 혼을 내셨다면 나는 어떻게 변했을까. "수필 한번 써볼 생각 없니?"라고 말하는 대신, 독서일기에 자그마한 도장이나 하나 찍어주고 마는 선생님이었다면. 혹은 감상문 쓴 것에 혼쭐만 난 채로, 여전히 글쓰기가 귀찮은 일이 되어버렸다면. 그랬다면 나는 어디 가서도 국어 공부의 첫 걸음은 독서에 있다고 주장하지 못했을 것이고, 표현력의 향상은 '일기'로부터라고 생각하지도 않게 되었을 것이다. 나의 은사님은 그렇게, 아이들의 숨은 재능을 찾아내는 세심함 뿐만이 아니라, 당시 내게 무엇이 필요한지를 알고 있는 현명한 분이셨던 것이다.

▸ 맥주 거품 넘치듯,
아이스크림 녹아내리듯_채희령   ◂ ◂ ◂

누구나 꿈꾸는 여고 시절 짝사랑.

그 귀하고 소중한 경험이 내게도 있다. 나와 친한 친구들이라면 모두들 나의 짝사랑 상대를 알고 있을 것이다. 바로 봉쌤, 봉수쌤, 이봉수 선생님. 고2 때 사회 시간에 선생님을 처음 뵙게 되었다. 닮은 연예인은 가수 윤종신. 닮은 캐릭터는 동키(당나귀). 선생님 스스로는 배우 이정재를 닮았다고 주장하시지만, 열렬한 팬인 나도 그건 도저히 인정할 수 없는 부분이다. 그리고 항상 소박한 차림으로 등교를 하셨다. 물 빠진 티셔츠에 후줄근한 점퍼에 면바지, 혹은 청바지. 선생님의 매력을 한껏 올려주는 패션 아이템들이었다.

선생님을 처음 좋아하게 된 계기는 수업시간이었다. '법과 사회'라는 과목은 용어와 개념이 어렵고 암기해야 할 것들이 많아서 사회를 좋아하는 나도 좀 어렵게 느껴질 때가 많았다. 선생님은 그런 우리의 마음을 아시고, 많은 지식을 한꺼번에 암기시키려 하지 않으셨다. 일상의 사례를 들어서 혹은 이슈가 되고 있는 시사 문제에 대입시켜서 스토리를 만들어 바로 이해가 되도록 풀어서 쉽게 설명해주셨다. 때때로 스스로 만들어낸 상황극에 푹 빠져 고래고래 소리를 치시거나 억지웃음을 만드시는 등 살신성인으로 수업을 하시기도 했다. 그렇게 우리들이 쉽게 이해하고 재밌게 공부할 수 있도록 도와주셨다. 그 때 처음 내 눈빛이 하트로 변한 것 같다. 날카롭지 않지만, 지성미 철철 넘치는 부드러움에 푹 빠지고 말았다.

내가 나의 짝사랑을 인정한 순간, 본격적으로 소문을 내기 시작했다.

우리반 아이들은 모두 다 알고 있었고 이제 선생님께도 전할 차례였다. 도대체 무슨 생각인지 그저 내 마음을 전하고만 싶었다. 수업 시간이 되어 선생님께서 들어오시면 우리반은 정숙 그 자체였다. 내가 쉬는 시간에 "야~ 자리에 앉아! 봉수쌤 오셔!!!"하고 한명 한명 다 자리에 앉혔다. 선생님께서 진도 어디까지 했냐고 물으시면 잽싸게 "○○쪽 할 차례입니다~."하고 대답을 했다. 선생님도 나의 '나댐과 들이댐'을 귀엽게 여기셨는지 미소 지으시며 알았다는 손짓을 해주셨다. 일종의 팬서비스였다.

우리 학교에 총각 선생님으로 쌍벽을 이루는 분으로는 봉수쌤과 기철쌤이 계셨다. 두 분은 종종 점심시간에 운동장에서 농구를 하셨다. 아이들은 키가 월등히 큰 기철쌤을 응원했다. 이미 체육대회 때 선생님들 계주에서 '야생마'라는 별명을 얻으신 기철쌤은 인기 절정을 누리고 계셨다. 나 혼자만 벤치에 앉아 "봉수쌤 파이팅! 꺄아~!!!"하며 소리를 질러댔고, 이온음료를 사들고 발을 동동 구르며 기다리기도 했다. 혼자라서 외롭긴 했지만, 오히려 외로워서 행복한 응원이었다.

2학기가 되어 축제가 시작되었는데, 마침 운동장에 음향시설이 다 갖춰진 무대 버스가 왔다. 전교에서 노래 좀 한다는 친구들이 한 번씩 올라가서 공연을 했다. 봉수쌤은 아이들의 부추김에 못 이기는 척 올라가셔서 '다 줄거야'라는 노래를 열창하셨다. "서~글픈~ 우리의 지난 날들을~ 서로가~ 조금씩 감싸줘야해~"하는 노래 가사를 음미하며, 마치 콘서트장에서 가수가 나만 보고 노래하는 듯한 착각에 빠져 눈물을 글썽였던 기억이 있다.

그러던 어느 날, 총각과 노총각 중간에 걸쳐 계시던 봉수쌤도 어느

덧 결혼 준비를 시작하셨다. 봉수쌤이 결혼하신다는 소문이 학교 전체에 돌았고 그 날 하필 사회 수업이 들어서 나는 이 배신감을 표현해야겠다고 마음을 먹었다. 종 치자마자 나는 책상에 엎드려 있었고 친구들은 "선생님~, 희령이 운대요~."하고 연극을 해줬다. 선생님은 폭소를 터뜨리시며 "선생님은 너희 모두의 것이지만, 이제 그만 놓아줘야지 않겠니" 하시며 농담을 하셨다. 본격적으로 사모님과 만나게 된 얘기, 그리고 로맨틱한 프로포즈 얘기를 해주셨다. 나는 귀를 막고 "아아아~"하며 듣지 않으려 했지만, 자꾸 집중하게 되었다. 그렇게 요란했던 나의 짝사랑은 끝이 났고, 허전한 마음에 선생님같은 사람을 만나겠노라 하고 선생님을 '이상형'으로 정해두었다.

졸업 후 6년 만에 모교로 교생실습을 나가게 되었다. 실습 나가기 한 학기 전, 학교로 실습 신청을 하러 가면서 담당선생님께 꼭 봉수쌤네 반으로 담임 정해달라고 조르고 왔던 기억이 있다. 하지만 너무도 잔인하게 나는 다른 반으로 배정이 되었고, 심지어 학년도 건물

도 달라서 굳이 찾아뵙지 않으면 매일 만날 수도 없었다.

6년 만에 뵙게 된 봉수쌤은 여전히 여고시절 동경의 대상 그대로셨다. 그래서 일부러 수업 참관 계획표에도 없는데 봉수쌤 수업을 몇 번이고 참관했다. 나는 졸업 후 이렇게 저렇게 많이 변했는데, 봉수쌤의 수업은 여전히 그대로였다. 물론 긍정적인 의미에서 그대로였다. 수업

시작부터 흥미 유발을 자연스럽게 하시며 아이들을 집중시키고 유쾌하고 쉽게 진도를 나가셨다. 선생님의 사생활까지 굳이 노출하시면서 세상 돌아가는 이야기를 적당한 선에서 전달해주셨다. 그래도 아이들이 선생님을 대하는 태도는 편함을 넘어선 만만함이 아니라, 편함 직전의 존경심까지였다. 그게 바로 봉수쌤 수업의 티칭 포인트인 것 같다. 학생으로 돌아가 수업을 경청하며 정신없이 대답하다보니 어느새 50분이 흐르고 수업 끝나는 종이 쳤다. 세상에, 이렇게 재밌을 수가. 봉수쌤은 여전히 최고셨다. 하지만, 18살의 나는 선생님의 재미없는 유머에도 배를 부여잡고 깔깔거리고 웃었지만, 26살의 나는 수업 끝나고 나와서 "쌤~ 아까 그건 좀 아니지 않았어요?" 하면서 너스레를 떨었다.

교육실습이 끝나갈 무렵, 봉수쌤은 나를 따로 불러서 저녁식사를 하자고 하셨다. 다른 교생들 몇 명 데리고 와도 된다고 하셨지만, 교생실에 가서 "봉수쌤이 저녁 먹자고 하셨다~"라고 자랑만 늘어놓고 절대 같이 가자는 제의를 하지 않았다. 나만 누리고 싶은 찬스였다. 저녁 식사 메뉴는 떡볶이와 순대. 정말 봉수쌤답고 완벽한 메뉴였다. 선생님과 마주 앉아 오순도순 떡볶이를 먹으며, 교직에 관한 상담을 받았다. 현실적으로 도움이 되는 충고와 응원들이었다. 그리고 국어와 사회의 공집합에 있는 '논술 수업'에 대한 진지한 대화도 참 좋았다. 입시 논술과 면접을 학교 수업과 방과 후 수업으로 준비시킬 수 있는지, 실제 현장에서는 어떤 방식으로 수업이 이루어지는지, 사교육과 비교되는 피드백과 첨삭의 한계는 무엇인지 등. 선생님은 여전히 깨어있는 마인드로 토론, 면접, 모의재판 등의 다양한 수업을 시도하고 계셨다. 그런 수업을 받는 후배들이 마냥 부럽기도 했지만, 한결같은 열정으로 아이들을 가르치고 계시는 선생님을 뵈면서 참 감사하다는 생각이 들었다.

실습 마지막 날에는, 따로 교무실로 호출하셔서 읽어보면 좋을 거라고 책 한 권을 선물로 주셨다.

"좋은 직업으로서의 교사를 넘어 학생들의 좋은 부모, 좋은 지식 전달자가 되는 좋은 교사가 되길 바랍니다. 희령 선생님의 열의와 재능은 이미 좋은 교사로서의 자질을 가지고 있는 것 같아요."

18살, 감수성 최고조일 때 유리잔에 맥주 거품 넘쳐흐르듯, 입 안에서 아이스크림 사르르 녹아내리듯, 솔직하고 순수하게 동경했던 나의 짝사랑 봉수쌤. 지금은 물론 예전 그 마음 그대로는 아니지만, 추억은 추억대로 바래지 않게 종종 꺼내서 보고, 지금은 100% 존경으로 선생님을 찾아뵙고 배우고 따르고 싶다.

• 나의 선생님, 나만의 국어 선생님

은유법, 직유법, 의인법 …. 중1 때 국어의 기초를 알게 해 주신, 불교에 깊은 뜻이 있으셔서 어느 날 갑자기 삭발을 하고 모자를 쓰고 등교하신, 국어 시간에는 체벌 대신 책상 위에 올라가 명상을 하게 하신, '마음공부'로 순간의 분노와 짜증을 발견과 느낌으로 알아채고 인정하는 법을 알려주신, 국어와 사람과 인생의 따뜻함을 전해주신 박영희 선생님.

"채희령!"도 아니고 "희령아~"도 아니고 항상 "희!령!"하고 낭랑하게 불러주신, 방학 때 보충 수업을 하루도 나가지 않아 개학식부터 다음 방학식까지 계단 청소를 시키신, 국어 서술형 답안지 확인 시간에 만점을 받은 것을 공개적으로 칭찬해주신, 교과서 필기하는 법과 노트 정리하는 법을 처음으로 알려주신, 빈틈없이 알차고 유익한 50분으로 국어 시간의 긴장을 느끼게 해주신, 공주 선생님, 줄리엣 선생님, 토끼엄마 양택선 **선생님.**

여고시절 활동했던 문학창작동아리 '글패'를 담당하신, 아이들이 시화전을 준비해서 학교 뒷문 통로 쪽에 작품을 진열해 두면 항상 예쁜 장미꽃을 달아주고 가신, 연합 야영 때 아이들이 텐트에서 혹시 음주는 하지 않는지 늦은 밤까지 감시를 하신, 수업 시간에 "개골~개골~개골~" 하며 아이들이 박자를 맞추게 하고 노래를 불러주신 김준석 **선생님.**

나의 눈빛이 초롱초롱하다고 칭찬해주신, 문학 시간마다 진한 눈맞춤으로 지극히 예뻐해 주신, 요즘 쓰고 있는 시 모아서 가져오라고 하시고 꼼꼼히 읽어보시고 냉정한 조언을 해주신, 문학은 '가치 있는 모든 것'이라는 큰 가르침을 주신, 2년 전 결혼식에도 특별히 연락하여 초대해주신, 이젠 언니처럼 선배처럼 가깝게 닿아 지내고 싶은 손우정 **선생님.**

막연히 닮고 싶고 따르고 싶은 너무도 크고 멋지신, 선생님께 잘 보이고 싶어서 수업 시간에 대답을 독차지하고 질문까지 짜낼 만큼 열심히 하게 해주신, "자~ 얘들아~ 됐니? 됐니? 자~ 가자~"를 반복하시며 한 명의 낙오자 없이 끌고 가주신, 교생 실습 때 수업 참관을 흔쾌히 허락해주시고 후배들과 대화할 수 있는 시간도 따로 내주신, 모교 선배님 양승영 선생님.

수줍은 표정과 목소리로 수업을 하셔서 늘 짓궂은 여학생들에게 공격을 당하신, 교과서 외 어떤 문제집을 가져가 질문해도 그 자리에서 막힘없이 다 대답해주시는 능력을 지니신, 깔끔하고 정돈된 판서와 글씨로 고유의 '김기훈체' 글씨체를 지니신, 교생 실습 때 담임선생님으로 뵙게 되어 더 존경하게 된 김기훈 선생님.

잊을 수 없는 순간

제4장 잊을 수 없는 순간

‣ 우리는 왜 그때 따뜻한 위로를
건네지 못했을까_김소라

　고등학교 2학년 어느 가을의 야간자율학습 시간, 그날도 여느 때와
다름없이 친구와 이어폰을 하나씩 나누어 꽂고, 당시 인기 있었던 마이
클 런스 투 락(Michael Learns To Rock)을 들으며 쓸데없지만 재미있
는 이야기들을 필담으로 나누고 있었다. 당시 고등학교 2학년은 지금
과 달리 아직 대학입시의 중압감으로 허우적대기에는 이른 때였다. 그
래서 나름 고등학교 시스템에 익숙해진 배짱 좋은 2학년생답게 우리들
은 적당히 야자를 빼먹고 시내로 나가 쫄면이나 치킨을 사먹기도 하고,
학교 옥상이나 실험실에 몰래 숨어들어가 사물함에 숨겨두었던 과일소
주를 조금씩 홀짝이면서 해방감을 맛보기도 했다. 그 날도 몇몇은 야간
자율학습 시작과 동시에 조용히 학교를 빠져나가고, 남은 학생들은 책

을 책상 위에 펼쳐놓은 채 뜨개질을 하거나, 편지를 쓰거나, 짝꿍과 잡담을 소곤대면서 시간을 보내고 있었다.

그 때, 교실 뒷문이 드르륵 열리면서 담임선생님이 들어오셨다. 무슨 일이 있었는지 분위기가 심상치 않았는데, 선생님은 들어오자마자 맨 뒷자리에 비어있는 혜교 책상에서 가방을 검사하기 시작했다. 혜교는 야간자율학습을 빼먹고 도망가면서, 자기 딴에는 머리를 쓴다고 마치 잠시 화장실에 간 것처럼 가방은 그대로 책상에 걸어두고 나갔었다. 담임선생님은 가방에서 다이어리를 발견해 가지고 나갔고 얼마간 시간이 흐른 후 반장과 부반장을 호출했다.

그 당시 우리들의 소소한 재미거리 중 하나는 선생님들 별명 붙여서 놀리기, 트집 잡아서 흉보기 등이었는데, 담임선생님의 그런 행동으로 인해 그 날 야자시간 우리반은 시쳇말로 담임 뒷담화 작렬이었다. 함부로 가방을 뒤지고 다이어리를 가져갔다는 것에 우리들은 다 같이 분노하고 있었다.

그런데 얼마 후 교무실에 다녀온 반장과 부반장은 뜻밖의 소식을 전해주었다. 그 다이어리에는 매일매일 혜교가 담임선생님을 욕한 내용이 가득했는데, 그 욕의 정도가 꽤 셌던지 담임선생님이 큰 충격을 받았다는 것이다. 쉬는 시간이 되자 우리반 아이들 몇 명이 담임선생님이 어떤 모습을 하고 있는지 확인을 하러 기어이 교무실까지 내려갔고, 완전 넋이 나가서 앉아 계시더라고 전해주었다. 나를 포함한 아이들은 잔인하게도 또 그 모습을 보고 싶어 삼삼오오 짝을 지어 교무실 앞을 지나가는 척 하며 담임선생님을 훔쳐보았다.

교무실 창밖에서 보았던, 텅 빈 교무실에 망연자실하게 앉아있던 선생님의 모습이 아직도 뚜렷하게 각인되어 있다. 사실 담임선생님은 언제나 의욕이 넘치고 열정적인 분이셨다. 혜교는 당시 '노는 애'였고 여러 가지 말썽을 일으킨 탓에, 선생님도 교육자의 입장에서 부득이하게 그 아이의 사적인 영역을 침범했을 것이다. 야간자율학습이 거의 끝나갈 무렵, 교실에 들어오신 선생님은 그날 발생했던 일의 자초지종을 이야기하시며, 본인이 받은 충격과 교육자로서의 자괴감, 회의 등에 대해서도 담담하고 솔직하게 얘기하셨다.

그러나 아무도 선생님께 괜찮으시냐고, 따뜻한 말 한마디를 건네는 아이가 없었고, 모두가 그저 침묵으로 그 순간을 일관했다. 왜 그랬을까⋯. 괜찮으시냐는 말 한마디를 건네는 것이 너무 멋쩍어서였을까? 선생님을 위로하는 말을 건넸다가는 아이들에게 아부한다는 욕을 먹을까 봐였을까?

그날 우리들은 선생님의 마음을 충분히 공감하지 못했다. 선생님이 받으신 충격을 직관적으로는 파악했지만, 그 아픔을 같이 나누고 동정하고 위로하는 것까지는 마음이 움직이지 않았던 것 같다. 학교는 하루빨리 졸업하고 싶은 지긋지긋한 감옥이었고, 선생님은 우리를 공부하는 기계로만 생각한다고 여겼다. 그 당시에는 학교체벌이 성행했던 때인데, 영어시간마다 독해를 못하면 각목으로 손바닥을 맞아야 하는 공포에 떨었고, 한창 자유롭게 세상에 대한 호기심을 펼치고 싶은 나이에 밤 11시까지 학교에서 썩고 있어야 했다.

지금 생각해보면 참 슬픈 장면이다. 자신의 분노를 담임선생님의 탓으로 돌리며 매일 욕하고 미워하는 글을 써서 감정을 해소해야만 했던 여고생, 그 다이어리를 읽고 큰 상처를 받은 선생님, 그런 선생님을 냉정히 바라보는 반 아이들….

상처받은 선생님의 모습을 굳이 확인하러 가야 했던 잔인한 마음, 충격을 받은 선생님께 단 한마디의 위로조차 건네지 못할 만큼 마음의 여유가 없었던 우리들, 그 황폐했던 감성의 우리들에게 따뜻한 위로를 보내고 싶다.

▶ 기다림이 필요한 때_노성호 ◀ ◀ ◀

애타도록 마음에 서둘지 말라

강물 위에 떨어진 불빛처럼

혁혁한 업적을 바라지 말라

개가 울고 종이 들리고 달이 떠도

너는 조금도 당황하지 말라

술에서 깨어난 무거운 몸이여

오오 봄이여

한없이 풀어지는 피곤한 마음에도

너는 결코 서둘지 말라

너의 꿈이 달의 행로와 비슷한 회전을 하더라도

개가 울고 종이 들리고

기적소리가 과연 슬프다 하더라도

너는 결코 서둘지 말라

서둘지 말라 나의 빛이여

오오 인생이여

재앙과 불행과 격투와 청춘과 천만인의 생활과
그러한 모든 것이 보이는 밤
눈을 뜨지 않는 땅속의 벌레같이
아둔하고 가난한 마음은 서둘지 말라
애타도록 마음에 서둘지 말라
절제여
나의 귀여운 아들이여
오오 나의 영감(靈感)이여   - 김수영, 〈봄 밤〉

　서늘하지도, 그렇다고 후텁지근하지도 않다. 어디선가 제작자 미상
의 감미로운 향수를 끊임없이 뿌려대는 듯 온 대기는 기분 좋은 향기로
가득 덮여있다. 멀리서 들려오는 동면(冬眠)에서 깨어난 개구리들의
개굴거림이 천상의 하모니로 들리고, 귓가를 간질이는 바람이 마음 속
깊숙한 곳까지 스며드는 바로 지금은 봄밤이다. 그런데 이 봄밤의 정취
를 만끽하기까지는 '서둘지 말아야 한다'는 '불문율'이 작용했다. 자칫
서둘렀더라면 그 자체로 끝이 났을 수도 있던 나의 지난 며칠이 있었기
때문이다. 그 즈음 이 시를 만났다.
　학생들에게 부여한 과제는 '클라인 바움'의 소설『죽은 시인의 사회』
를 읽고 독후감을 작성하는 것이었다. 글쓰기에 대한 부담감을 가지고
있는 학생들이 많기에(나 또한 그러하니) A4 용지 1매 정도로 간단하
게 본인의 느낌과 감상평을 써서 제출하도록 요구했다. 단 표절이나
인터넷을 통한 도용은 금한다는 조건이었다. 한 달여의 시간이 흐르고

제출 시한이 다가오고 있을 즈음 점검을 하면서 반드시 내야 한다고 다시금 독촉을 했더니 그제서야 웅성웅성 야단이 나기 시작한 것이다. 책을 읽지도 않았으니, 심지어 책을 준비하지도 않았으니 어떻게 독후감을 쓴단 말인가? 예상하고 있었던 일이 조금씩 실현되고 있구나 싶었지만, 그래도 학생들을 믿었고, 제출 시한도 조금 연장해 주면서 그들의 작품을 기다리고 있었다.

너무 잘 썼다. 헬렌켈러를 가르쳤던 앤 설리반과 같은 스승이 되고 싶다는 학생도 있었고, 그 소설의 명대사인 'Carpe Diem!'을 몸소 실천하면서 살아가겠다는 다짐을 보인 학생들도 다수였다. 어떤 학생의 독후감은 그 자리에서 받아 읽고, 너무 잘 썼기에 눈을 마주쳐 가면서 칭찬을 아끼지 않기도 했다. 그만큼 과제를 부여하길 잘 했고, 학생들에게 양서(良書)를 소개해 준 듯해 내심 만족하고 있었다. 그런데 이게 무슨 조화란 말인가! 학생들의 작품을 한 편, 한 편 계속 읽어 가는데, 이상하게 앞에서 읽었던 것들과 대동소이한 것이었다. 심지어 토씨 하나 틀리지 않고 똑같은 글을 써서 제출한 같은 반 학생들도 있었다.

억장이 무너졌다. 학생들에 대한 신뢰감이 무너졌다. 나와 눈을 마주쳐가며 칭찬을 듣고 있었던 그 아이의 무덤덤하고 자랑스러워했던 모습이 떠올라 또 한번 무너졌다. 나의 잘 썼다는 칭찬을 들으면서 선생을 속여 넘겼다는, 그리고 선생은 속아 버렸다는 사실에 얼마나 큰 냉소를 흘렸을지 생각하니 괘씸하고 억울하여 미쳐버릴 것만 같았다. 그리고는 이내 이렇게 학생들을 가르쳐 봤자 뭐 하나, 그동안 나는 무엇을 가르쳐 왔는가 싶으면서 교직을 떠나는 것이 속 편하니 좋겠다는 생각도 해 보았다. 그날 밤도 오늘 밤과 같은 봄밤이었다. 하지만 나의 마음은 오늘과 달리 서늘했다가 후텁지근했다가를 반복했고, 내 콧구멍 속으로는 어디선가 역겨운 기름 냄새만 스멀스멀 기어들어왔으며, 잡음이 뒤죽박죽 섞인 소음들만이 바람을 타고 귓가로 파고들고 있었다. 술에 취하지 않고는 잠들 수 없을 것 같았다.

꽹장히 커다란 조바심과 과잉된 감정이 나를 휘감고 있었음을 깨달은 것은 며칠이 지나서야 가능했다. 어떻게 보면 아주 사소한 일일 수도 있고, 감상문을 쓴다기보다는 숙제를 제출하는 것에 의미를 두며 급급해 했을 그 아이들에게는 너무도 자연스러운 일이었을 수도 있을 텐데 미쳐버릴 것 같다느니, 교직을 떠나는 것이 낫겠다느니 운운하면서 유난을 떨었던 지난 봄밤의 내 모습이 어리석게 느껴졌다. 바로 '서두는 마음' 때문이었다.

하긴 그렇게 서두를 필요가 없다. 빨리 꽃이 피길 바란다고 해서 아직 필 때가 안 된 꽃이 갑자기 만개하겠는가? 아니면 어서 햅쌀밥을 먹었으면 하는 바람을 갖는다고 이제 막 못자리에서 싹을 틔운 벼이삭들이 쌀을 내놓겠는가? 시간이 흐르고 지나면 자연히 이뤄지고 완성될 일인 것을 애타는 마음을 부여잡으며 서두르고, 이런저런 일에 마음을 빼앗기며 욕심을 부려봤자 아무 짝에도 쓸모없는 일이지 않은가? 만일 그렇게 서두른다면, 이는 우연히 황금알을 낳는 거위를 얻어 하루아침에 부자가 되었지만, 더 큰 부자가 되겠다는 욕심에 조바심을 느끼고 거위의 배를 가른 노인의 과오를 무작정 답습하는 꼴이 아니겠는가?

학생들에게도, 아니 나의 제자들과의 관계에서도 이와 마찬가지가 아닐까 하는 깨달음을 얻는다. 나의 조바심과 그로 인한 욕심이, 그들의 과오를 참지 못하고 경솔히 지적하며 문제 삼으려 했던 나의 오만

(傲慢)이 나와 그들 사이를 갈라놓을 수 있고, 결국 나를 파괴할지도 모른다는 생각을 해 보게 되었다. 그들은 여전히 배움의 도정에 있는 존재들이고, 그러기에 시행착오도 많이 겪어봐야 하며, 지금은 표절이니 도용이니 하면서 금기시되고 있지만, 남의 것을 베껴도 봐야만 창작의 어려움을 깨달을 수 있을 것이고 후에는 진정한 자신의 작품을 창조해 내는 또 한 명의 작가가 될 것이라 여긴다. 〈봄 밤〉을 읽으며 아직 해결되지 않았던 감정의 파편들을 정리할 수 있었고, 이제는 서둘지도, 욕심내지도, 당황하지도 않겠다고 다짐해 본다.

▸그 겨울의 이별 여행_박다희　　　◂ ◂ ◂

　과제를 하려고 책상에 앉았는데, 한 켠에 먼지가 수북이 쌓인 채 놓여 있는 오래된 사진 액자에 눈이 갔다. 중학교 시절 3학년 6반 담임선생님과 친구들이 함께 겨울 바닷가에서 흠뻑 젖은 채로 웃고 있는 모습이다. 앳된 얼굴들에는 장난 끼가 가득하고 약간 취기가 오르신 선생님의 얼굴은 발그레 물이 들어 있다.

　학창시절 하면 떠오르는 아련한 추억 하나쯤은 누구나 있을 것이다. 가장 즐거웠던 학창시절을 꼽으라면 늘 먼저 떠오르는 것이 바로 이 사진 속 순간이다. 중학교 3학년 겨울 방학 때였다. 유난히 사이가 좋았던 반 친구들은 겨울방학이 지나면 졸업을 한다는 사실에 아쉬워하며 이별여행을 계획했다. 늘 학생들과 대화로 소통하고 삼촌처럼 편하게 대해주시던 담임선생님도 당연히 함께였다.

　우리는 크리스마스 날 아침, 무궁화호 기차를 타고 담임선생님의 외가가 있는 서천으로 향했다. 친구들과 처음으로 가보는 여행에 들떠 기차에서 노래도 부르고 게임도 해가며, 7080시대의 영화나 드라마에서 등장하는 바로 그런 모습으로 우리는 시간 가는 줄도 몰랐다.

한 겨울 서천의 바닷가는 우리들만의 세상이었다. 마른 장작을 구해서 모닥불을 피우고, 뗏목을 만들어 타려고 하다가 얼음물 같은 바다에 빠지기도 하고, 라면 한 젓가락으로 추위도 녹이고, 함께 기타를 치고 노래도 불렀다. 담임선생님이 우리들 하나하나에게 한마디씩 해주시며 건네주신 맥주 한 모금, 그 톡 쏘고 차가운 느낌이 아직도 목젖에 그대로 남아있는 것 같다. 선생님께서는 앞으로 너희가 어디서 무엇을 하며 살아갈지 모르겠지만 지금의 추억이 너희의 인생에 즐거운 기억 하나로 남길 바란다고 하셨다. 그 겨울의 이별여행은 너무나 추웠지만 선생님의 말씀처럼 생각하면 가슴이 따스해지는 예쁜 추억으로 남아있다.

선생님은 우리들의 여행에서 이렇게 해라 저렇게 해라 관여하지 않으시고 그저 우리들의 모습을 지켜보시며 함께 웃으시고 함께 즐기셨다. 그런 선생님이 있었기에 우리의 여행이 더욱 뜻 깊은 기억으로 남지 않았나 생각해 본다.

그때 함께 여행했던 친구들은 이제 모두 30대 어른이 되었다. 결혼을 해서 아이가 있는 친구들도 있고, 선생님이 되어 학생을 가르치는 친구들도 있고, 아직 학교에서 공부하는 친구들도 있고, 또 장사를 해서 걸걸한 아줌마가 되어있는 친구들도 있다. 이렇게 지금 사는 모습은 너무나 다르지만 가끔 모임을 가질 때면 늘 그 겨울의 여행이야기에 웃음꽃을 피운다. 그 여행의 추억 하나로 3학년 6반 친구들의 학창시절은 각각의 가슴 속에서 아직도 반짝반짝 빛나고 있다.

학창시절에는 공부가 당연히 가장 중요한 부분일 것이다. 그러나 그 시절은 다시 돌아오지 않는다. 아이들에게 지식만을 강조해서 가르치기보다는 그 순간순간을 어떻게 행복하게 보낼 수 있느냐를 알려주고 지켜봐 주는 것 또한 선생님의 중요한 역할이 아닐까 생각해 본다. 어렵겠지만, 나의 3학년 담임선생님처럼 공부도 노는 것도 모두 즐겁게 할 수 있는 방법을 깨닫도록 도와줄 수 있는 그런 선생님이 되고 싶다.

▸ 일상을 거룩하게 하는 것_박미경   ◂ ◂ ◂

2005년 2월, 아들과 조카를 데리고 9박 10일 일정으로 일본 여행을 갔었다. 부산에서 해질 무렵 오사카 가는 팬스타 페리를 타고 다음날 오전에 도착했다. 방학 기간이라 그런가 배 안은 온통 대학생들로 북적였다. 가는 도중 배 안에서 2년 동안 자전거여행을 하는, 이스라엘에서 온 리암과 일본인 아가씨 유카코를 만났다. 배로 긴 시간 가는 여행이라 멀미가 났지만 리암과 유카코랑 함께 사진도 찍고 쵸콜릿도 나눠먹고 서로 주소도 주고받으며 하다보니 시간이 지나갔다. 다음 날 우리는 오사카에 도착해 오니기리도 먹고 오사카 시내를 둘러보며 하루를 보내고 밤에 야간고속버스를 타고 동경으로 갔다. 아침에 눈을 떠보니 가와바타 야스나리의 눈의 고장처럼 '설국'이 펼쳐져 있었다.

신쥬쿠에 도착한 우리는 미리 예약해 두었던 유스호스텔에 가서 짐을 풀고 잠시나마 이틀간의 여독을 풀었다. '비행기로 '슝' 하고 두 세 시간이면 될 걸 내가 왜 이런 짓을 하고 있나'라는 생각도 들었지만 아이들에게 여행의 묘미랄까? 뭐 그런 것을 느끼게 해 주고 싶어서였다.

오후엔 내가 자주 다니던 거리도 거닐어보고 학교에 가서 다카하시 선생님도 만났다. 다카하시 선생님 얼굴에선 역시나 10년 남짓 세월의 간극이 느껴졌다. 한바탕 수다를 늘어놓고 저녁엔 오코노미야키와 야키소바를 먹고 동경 시내가 한 눈에 바라보이는 유스호스텔에서 '동경의 밤'을 느끼며 스르르 잠이 들었다.

다음 날부터 우리의 행진은 계속되었다. 하라쥬쿠, 시부야, 우에노, 신쥬쿠, 시모기타자와, 긴자, 롯폰기 등을 돌고 지바에 사는 친구네 집에서도 사흘인가 묵으며 그간 하지 못했던 이야기 보따리를 풀어 놓았다. 아이들이 가장 좋아했던 곳은 역시 오다이바. 신바시역에서 유리카모메를 타고 오다이바를 갔다. 쓰레기 매립지로 쓰이며 버려졌던 인공섬 위에 탄생한 오다이바는 '도쿄의 미래'라고 불릴 만큼 최첨단을 자랑하는 계획도시이다. 후지TV, 레인보우브리지, 아쿠아시티, 팔레트타운, 자유의 여신상, 도쿄모터쇼 등을 보고 해변도 거닐며 인생의 즐거운 한 때를 보냈다.

도서관에서 한국어 회화 책을 빌려 와 한국어를 가르쳐 달라던 카츠로상, 홋가이도에서 요리를 배우러 동경에 온 야마구치하나, 여행을 마치고 본국으로 돌아간다고 남은 전화카드를 준 제주도에서 온 대학생. 유스호스텔에서의 기억도 잔잔하게 여운으로 남는다.

2007년 3월 아들이 4학년 때, 사전 준비 없이 갑자기 떠나게 된 중국 여행. 인천에서 천진으로 가는 배를 탔다. 천진은 갑신정변 후 일본과 청이 맺은 톈진 조약의 그 천진. 항구에서 나와 본 중국의 모습은 역시 예상대로였다. 광활한 대지에 군데군데 고적하게 서 있는 건물과 나무들…. 택시를 타고 곧장 북경의 명동이라 불리는 왕후징으로 갔다. 배로 오는 동안 지쳐 에너지가 소진된 나머지 오로지 최대한 쾌적한 공간에서 쉬고 싶다는 마음뿐이었다. 일말의 위험 요소를 배제하기 위함에서 5성급 호텔, 북경반점에 숙소를 잡았다. 북경반점하면 우리나라에선 자장면을 파는 중화요리집이 먼저 떠오르는데 중국에서는 호텔을 반점이라고 했다. 저녁을 먹고 우리는 그대로 곤히 잠들어 버렸다.

다음 날, 호텔에서 10분 거리에 있는 자금성으로 갔다. 매표소 입구에는 지방에서 관광 온 중국인들을 비롯해 외국인들까지 인산인해를 이루었는데 사람들의 복장이 70년대에서 2000년대를 넘나들었다. 조선족 가이드의 설명을 들으며 우리는 유유히 자금성을 거닐었다. 성 내부에 있는 오문, 태화전, 건청궁 등의 건축물에서 단지 우리나라와 다른 이색적 분위기라고 하기보다는 경외감이랄까, 뭔가 당찬 기운이 느껴졌다. 경복궁은 자금성의 뒷간만하다고 누군가 비하했다 하던데 경복궁이 단아하고 정갈하다면 자금성은 웅장한 스케일에 대륙적 기질이 엿보였다.

그 다음 날 택시를 대절해서 만리장성에 갔다. '인류 최대의 토목공사'라고 불리는 만리장성은 총 길이가 2,700㎞이나 되었다. 원래 진나라 시황제가 북쪽의 흉노족 침입을 막기 위해 증축했는데 명나라 때 몽골의 침입을 막기 위해 대대적으로 확장했다고 한다. 유네스코 세계문화유산에 등재된 수원의 화성과 비교하자면 화성은 아기자기하다고 할까. 허나, 수원 화성은 정조의 얼이 서린 곳이라는데 더 의미가 있겠다. 몇 컷의 사진으로 흔적을 남기고 '만리장성, 안녕'하며 숙소로 돌아왔다.

　그런데 아뿔싸 내 유일한 언어소통수단인 전자수첩을 잃어 버렸다. 택시에 두고 내린 것이다. 그래도 다행인 것은 우리가 만리장성을 둘러 본 후 혹여나 택시를 못 찾을까봐 택시기사가 적어 준 택시번호와 핸드폰번호를 가지고 있었던 것이다. 메모를 들고 경찰서에 가서 자초지종을 얘기했다. 그러나 택시기사가 핸드폰을 꺼 놓아 도통 연락이 닿질 않았다. 꽤 오랜 시간 실랑이 끝에 연락을 준다던 경찰의 말을 믿고 호텔로 돌아왔는데 한국에 돌아오는 날까지 끝끝내 연락은 오지 않았다. 택시번호와 핸드폰번호를 적어 주었건만 자국민을 보호하기 위함인가 납득이 되질 않았다. 우리는 그 다음 날 아침, 비행기를 타고 돌아왔다.

　4박 5일의 중국 여행, 한마디로 무모한 여행으로 끝나 버렸지만 큰 욕심은 없었다. 단지, 자극이 필요했고 아들에게 '중국은 이렇다' 하고 느끼게 해 주고 싶었을 뿐.

　2008년 7월, 아들이 초등학교 5학년 때 태평양을 가로질러 시애틀 여행을 갔었다. 좀 더 엄밀히 말하자면 시댁에 다녀왔다고 해야 옳을까. 시애틀 벨뷰에 원래 형님 내외분 가족이 살고 있었는데 교사로서의 삶을 평생 사시던 시아버님께서 정년퇴직 후, 이민을 가시게 되었다. 평소 아버님께서는 당신이 평생 교육자로서의 삶을 산 것에 대한 회한은 없지만, 단 하나 세상 경험을 많이 하지 못한 점에 대해선 좀 아쉬움이 남는다고 말씀하시곤 했다. 잡다한 인생을 산 나로선 교사로서 올곧게 사신 아버님의 한 길 인생이 한없이 부럽고 존경스러울 따름이다.

　여행의 첫 기억은 비행기 안에서 아들과 러시아 아저씨와의 대화에서 시작된다. 인천에서 시애틀까지는 10시간 정도 소요되는데 타코마 공항에 다다를 무렵, 러시아 아저씨는 아들에게 물었다. "저기 희끗희 끗 보이는 저 산의 이름이 뭔지 아니?" "레이니어마운틴이라고 해." "마 치 후지산처럼 생겼지." "한 여름에도 눈을 볼 수 있단다." 나중에 가족 들과 함께 가서 알게 되었지만 레이니어마운틴은 1792년 영국의 탐험 가 조지 벤쿠버가 동료 항해자 피터 레이니어의 이름을 따서 지었다고 한다. 때때로 인디언 이름인 타코마 산이라고 불리기도 한다. 만년설로 덮여있는 산으로 높이가 4,392미터나 되는 산. 1,950미터인 한라산보 다, 3,776미터인 후지산보다 높았다. 그 때가 한여름이었는데 아들과 눈싸움도 하고 눈사람도 만들었던 기억과 파라다이스 산장에서 커피를 마시던 기억이 잔잔하게 남는다.

시애틀 하면 떠오르는 것은 시애틀의 잠 못 이루는 밤, 빌 게이츠, 마이크로소프트사, 보잉, 스타벅스 1호점, 시학스 등. 그 외에도 파이크 플레이스 마켓, 스페이스 니들, 엠파이어스테이트 빌딩, 알카이비치, 코스트코 1호점….

파리에 에펠탑이 있다면 시애틀엔 스페이스 니들이 있다. 스페이스 니들 전망대에서 바라본 시애틀의 전경, '시애틀의 잠 못 이루는 밤' 영 화 장면에 나오는 엠파이어스테이트 빌딩과 알카이비치는 이국적 정취 를 물씬 풍겼다. 파이크 플레이스 마켓은 다양한 볼거리와 먹거리로 시애틀 관광 하면 빼놓을 수 없는 곳이기도 한데, 그 곳에 스타벅스 1호점이 있다. 그 앞에서 펼쳐진 로컬 뮤지션들의 여흥은 여행의 흥취 를 돋우었다.

그 외에 아주버님 가게에 점심을 먹으러 오는 마이크로소프트사 직원들, 먼 발치에서 바라 본 빌게이츠의 집, 블루베리 농장, 보잉 공장 투어, 나라다 폭포, Washington Camp Ground 캠핑 갔을 때 아주버님 이 스쿠버다이빙 해서 잡은 성게알과 팔뚝만한 해삼, 장작불에 머시멜로 구워먹던 기억, Seattle Art Museum에서 본 조나단 보로프스키의 망치를 든 사람, 주위를 압도하는 웅장한 한국인 서도호 씨의 작품은 인상 깊었다.

시애틀에서 미네아폴리스를 거쳐 디트로이트 가는 비행기를 타고 미시간 주에 사는 언니를 만나러 갔었다. 비행기 안, 노랗고 하얗고 회색 빛깔 감도는 머리카락 속에 나 혼자 까만 머리카락. 옆자리 얼굴 까만 아주머니 과잉 친절에 영어 못하는 나, 땡큐로 일관했다. 언니네 집에 닷새인가 머물렀는데 가장 기억에 남는 것은 언니랑 조카 정은이랑 미국 국경을 넘어 캐나다 윈저리 어느 호텔 카지노에서 밤새 놀다 새벽에 돌아온 기억. 영화 속 장면을 방불케 했다. 늘 익숙한 풍경 속에서 반복적인 생활을 하다가 낯선 경험들, 모처럼 '야호' 하고 신나는 인생이었다.

"사랑하는 자식일수록 여행을 보내라."라고 했던가. 언제부터인가 내 여행의 동반자는 아들이다. 무엇보다 내가 여행을 통해 체득한 감흥을 아들에게도 느끼게 해 주고 싶어서이다. 젊은 날부터 내 자신이 침체되거나 정체된 느낌이 들면 주저 없이 여행을 떠나곤 했었다. 고갈된 에너지를 충전하기 위함이랄까. 나에게 여행은 힘겨운 일상을 버틸 수 있게 하는 에너지의 원천이다. 여행하면서 느낀 경이로운 순간이나 얻은 감흥은 일상으로 전이되어 자신이 하고자 하는 일에 열정을 발휘하고 자신의 역량을 더욱 배가시킨다. 어떤 사람들은 낯선 곳에 가서 사진만 찍고 물건만 수집하지만 참다운 여행은 여행지에서 얻은 감흥이나 에너지를 삶에 적용하는 것. 여행은 낯선 곳에서 새롭게 만난 빛으로 일상을 거룩하게 하는 것이다.

※ 이 호사스런 생활이 끝나면 나를 참고 기다려 준 아들에게 달려갈 것이다.
　"아들아, 쪼메만 기둘려. 이 어머이가 달려가 덥석 껴안아줄게."

▶ 소중한 순간_박윤임　　◀ ◀ ◀

아이를 키우다 보면 잊을 수 없는 순간 순간들이 있다.

아이가 첫 발을 떼었을 때 환호하고 잘 먹을 때 좋고, 지금은 나를 보며 멀리서도 뛰어 오는 모습이 왜 그렇게 좋은지. 별것도 아닌 것 같지만 그게 좋은 거다. 어른보다 훨씬 많이 웃고 그 모습에 나도 웃는다. 넘어지면서 눈썹 옆이 찢어져 5살 아이를 안고 뛰었던 순간. 혹시 상처라도 나지 않을까 응급실에서 다섯 바늘을 꿰맬 때 마취에 누워 있는 모습을 보면서 얼마나 울었는지. 오죽 하면 마취로 잠들기 직전까지 "엄마, 나 괜찮으니까 울지 마." 하고 오히려 나를 위로하던 모습이 생생하다.

딸아이는 어렸을 때 모습을 자주 보고 싶어 한다. 아마도 기억 나진 않지만 사랑 받았다고 생각될 때 행복한가 보다. 딸아이가 막 다섯 살이 됐을 무렵 자기 사진을 보며 하던 말이 아직도 생생하다.

"엄마 난 아가 땐 남자였다가 여자가 된 거야?"

　너무도 심각했던 우리 딸의 얼굴은 지금도 생각하면 웃음 짓게 한다. 우리 딸은 머리숱이 적은 아기였다. 가는 머리카락은 작은 미풍에도 하늘하늘 날리며 네 살이 다 되어서야 겨우 머리 숱이 적은 단발 정도였으니까. 남편이랑 가끔 말한다. 이렇게 대머리 아가가 뭐가 예쁘다고 그렇게 물고 빨고 했을까. "이렇게 못생겼었나." 하고. 지금은 용 됐다고 서로 보고 웃는다.

　힘든 줄도 모르고 울면 벌떡 일어나고 몸이 힘들어 짜증나다가도 예뻐서 참았던 순간들. 지금은 나를 보고 먼저 안길 때 내가 준 사랑을 애가 나보다 더 표현해 주는구나 싶어 부메랑처럼 돌아오는 행복감이 소중할 때가 있다.

　7살이 된 딸이 어버이날이라고 유치원에서 만든 꽃을 달아 준다. "엄마 축하해요."라고 말하면서. 예전엔 그런 꽃을 달고 다니는 어른을 보면 창피하지 않나 생각했던 적도 있었는데 막상 내가 그 입장이 되어보니 전혀 그렇지 않다. 오히려 자랑스럽기까지 한다. 하루 종일 어설픈 꽃송이를 달고 있으면서도 말이다. 연시 같은 얼굴로 노래도 불러 준다. 잊지 못할 사랑스러운 모습이다.

　살면서 큰 감동도 큰 슬픔도 없었던 것 같은 인생이란 생각이 많이 들었는데 아이를 키우면서 기뻤던 일들이 다가오는 것을 보면, 거창하진 않아도 이 소소한 일상이 나의 기쁨이자 잊혀지지 않는 순간 순간인 것 같다.

　감사함이 밀려온다.

▸ '새가슴'_박연심정   ◂ ◂ ◂

다른 직장과는 달리 교직생활에서 근무 중 학교를 탈출할 수 있는 시간은 연수, 출장, 수학여행 등 지극히 한정적이다. 일과 중 학교를 탈출한다는 것은 가끔은 즐거움도 있고 바깥세상을 구경한다는 짜릿한 쾌감도 없지 않았던 것 같다.

초임 때의 일이다. 연구부장 선생님이 좋은 연수가 있는데 가서 여러 가지 배우고 오라고 하셨다. 교직 1년차가 첫 출장에 조금은 두렵고 어떻게 해야 하는 건지 설레기도 했다. 내가 근무하는 학교는 남자학교 인데 처음 간 곳은 남녀공학이었고 도착한 시점은 점심시간이 끝나갈 무렵 5교시 시작하기 전 쯤이었던 것 같다. 정문에 도착하니 안내하는 학생들이 도열해 있었다. 연수 장소까지 안내를 받으며 가고 있었는데, 외부손님이 오는 것이 궁금하였는지 창밖으로 여학생들이 내다보면서 '선생님 어서 오세요!'라고 외치면서 함성을 지르는 것이 아닌가! 순간 당황되고 놀라 빠른 걸음으로 행사장으로 달려갔는데, 아! 연수 장소의 분위기가 심상찮았다. 연수를 오신 분들은 아마도 교장, 교감, 최소한 부장 선생님급들만 오신 것이 아닌가! 아무리 생각을 해봐도 내가 그 자리에 참석한다는 것은 너무 어울리지 않는 것 같고 쥐구멍에라도 들 어가고 싶은 심정이었다. 나를 출장 보내신 연구부장 선생님을 원망하 며 연수 참석대장에 서명만 하고 연수책자를 챙겨 그 길로 줄행랑을 쳤다. 학생들이 왜 창밖으로 함성을 치며 나를 환영해 주었는지 그 학 교를 빠져나오면서 깨닫게 되었다. 그 많은 외부 선생님들 중 유독 단 정하게 차려 입은 젊은 초임교사였기 때문이라는 것을…. 그 때는 부끄 러웠지만 지금은 그 시절이 그립다.

이번에는 기억하고 싶지 않은 순간의 이야기를 하고자 한다. 인근 학교에서 테마 수학여행을 성공적으로 실시하여 교육청의 시범학교로 지정됨에 따라 각 학교에서 2명씩 필히 참석하라는 공문이 내려왔다. 그래서 학교에서는 참석 대상자로 나와 생활부장 선생님을 올렸다. 연수 당일에 수업도 많고 날씨도 쌀쌀하여 별로 가고 싶은 마음이 없었는데 마침 옆자리에 계신 선생님이 너무 부담 갖지 말고 가서 참가 명부에 서명 만 하고 남은 시간 즐기라고 한다. 당연히 출장에 대한 부담감을 느낀 나에게 위로의 말로 건낸 것이라고 생각된다. 그러나 무거운 마음으로 출장 장소에 가니 안내 표시 하나 없고 학교 건물을 뺑뺑 돌아 행사장에 도착했지만 분위기는 썰렁하고 오신 선생님이 몇 계시지 않았다. 학교 측 관계자에게 연수진행을 물어보니 테마여행 전시물을 관람하고 개별적으로 해당 과목별 테마여행을 주제로 한 수업에 참관을 하라고 한다. 교실을 찾아 올라갔지만 앞뒷문이 모두 닫혀 있는 것이 아닌가? 교실 문을 열고 들어가 수업 참관을 한다는 것이 어색하고 있을 수 없는 상황이었다. 알고 보니 실제 본 연수는 2시간 뒤라고 한다. 황당하기도 하고 있을 곳이 마땅치 않아 그 길로 학교를 빠져나왔다.

사건의 발단은 그때부터였다. 교육청에서 담당 장학사가 학교로 전화를 해서 행사에 참석하기로 한 교사가 진짜 출장을 갔는지 아니면 특별한 사유로 빠졌는지 파악하여 보고하라고 한다. 알고 보니 나와 같은 상황에서 연수학교에 갔다가 어색한 분위기에 돌아간 선생님이 많았는지 본 행사에 참석하였던 선생님은 열 손가락 안쪽이었다고 한다. 아차! 교육감도 바뀌고 교직 분위기 쇄신한다고 했는데 참 큰일 났구나! 출장지에서 조기 귀가한 사유를 대충 적어 보고하였다. 내가 시

범케이스의 희생양이 되는구나! 안절부절 밥맛도 없고 잠도 잘 오지
않고 순간의 잘못된 판단을 후회하며 불안한 하루하루를 보낸 것이 어
언 두 해가 지나고 있다. 죄짓고 못산다고 했던가? 지금도 그 순간을
생각하면 불안감이 밀려온다.

▸ 승현이의 졸업식_박종훈　　　◂ ◂ ◂

　사람이 한 평생을 살다보면 다양한 시련을 겪게 마련이다. 그것이
인간 삶의 보편적 모습이라 하더라도, 젊은 시절 회복할 수 없는 신체
적 사고는 개인이나 가족에게 씻을 수 없는 고통이 된다. 사고를 당하
는 것은 어쩔 수 없는 상황이라 하더라도 그 고통을 극복하는 모습은
사람마다 다르다.

　"박 선생님! 운동장에 축구를 하는 학생들이 있어요. 단속 좀 해주세
요!". 저녁 자율학습시간이 시작된 지 한참 지났는데 교감선생님이 운
동장에서 축구하는 학생들이 있다고 나가보라고 하신다. '어떤 놈들이
야밤에 축구질이야.'

　어두운 운동장 구석에서 학생 두 명이 서로 공을 주고받으며 신나게
축구를 하고 있었다. 내가 수업에 들어가는 반의 승현이와 명석이었다.
어두운 운동장에서 헐떡거리며 다가온 두 녀석은 큰 목소리로 "선생님
죄송합니다. 교실로 바로 들어가겠습니다." 밝고 시원하게 잘못을 인정
한다. "축구는 낮에 하는 거야 자식들아. 5초 안에 교실로 입실한다."
고함을 질렀다. 혈기 왕성한 아이들이 교실에 하루 종일 그것도 늦은
밤까지 앉아 있는 것이 얼마나 고통스러울까!

　그 일 이후 한 주가 지나고 월요일 아침, 교무실에선 선생님들이 모여 웅성거리고 있었다. 3층 2학년 교실에선 울음소리도 들려왔다. 주말 남한산성 입구에서 우리 학교 학생 2명이 오토바이를 타고 가다 사고가 나서 한 명은 죽고 한 명은 중상을 입어 병원에 입원하였다는 것이다. 한동안 제자의 죽음으로 학교는 슬픔에 빠지고 어수선하였다. 이내 시간이 지나면서 잊혀져갔다.

　그로부터 2년이 지난 이른 봄 교무실에 어머님 한 분이 교무부장 선생님을 붙잡고 사정을 하고 있었다. 얼마나 애절하게 부탁을 하는지 멀리 앉아 있었지만 마음이 불편하였다. 그 때 나는 3학년 담임을 맡고 있었다. 한참 뒤에 교무부장 선생님이 나를 불러 한 학생이 복학을 하려 하는데 장애인이라고 하였다. 식물인간으로 몇 개월을 있다가 어머니의 지극한 기도와 간호로 의식이 돌아왔고, 재활훈련을 하여 걸을 수는 있지만 계단과 화장실 갈 때는 친구의 도움이 필요하다고 하였다. 학생의 사진을 보니 달밤에 축구하기를 좋아하고, 늘 밝고 명랑했던 승현이었다.

　반 아이들에게 복학생의 상황을 이야기하고 덩치 큰 학생 2명을 자원 받아 도우미로 정하였다. 다음 날 아침 어머님은 덩치가 두 배나 되는 아들을 부축해서 등교를 했다. 아이 상황은 내가 생각했던 것보다 심각했다. 말도 어눌했고 손동작이며 걷는 것도 친구들의 많은 도움이 필요했다. 어머님은 도시락을 싸가지고 오셔서 학교 매점에서 하루 종일 기다리시겠다고 하였다. 승현이도 어머님의 도움을 받고 싶어 하였다. 승현이가 어머님을 의지하는 마음이 생기면 더욱 어려울 것 같아 어머님을 돌려보내고, 모든 것을 학급에서 해보기로 하였다.

그날부터 우리 반은 슬로우 라이프 반이 되었다. 뭐든지 천천히 움직이는 반이었다. 입시반인데도 예·체능 학생이 많아 늘 시끄럽고 어수선하였던 우리 반은 눈에 띄게 면학분위기가 만들어졌고, 아이들도 복학생 형과 잘 지내게 되었다. 걸음걸이는 여름이 지나면서 조금씩 좋아졌고 시험 답안지 마킹도 스스로 할 수 있었다. 반 아이들도 승현이가 좋아지는 모습을 보면서 더욱 많은 관심과 도움을 주려 하였다. 반 아이들의 노력과 배려에 늘 감동하곤 했다. 철없는 아이들로만 생각했는데 승현이에게 하는 모습을 보니 너무 대견스러웠다. 승현이도 그 감사함을 아는지 늘 밝은 미소로 생활했고, 만나는 선생님들마다 어눌한 발음으로 인사했다. 선생님들도 승현이에게 많은 도움을 주셨다. 아이들은 체육시간이나 점심시간이면 승현이를 운동장으로 데리고 나가서 공굴리기도 하고 장난도 하고 산책도 시켜주었다. 아이들의 정성인지 겨울이 지나가면서 계단도 혼자 올라가고 내려 올 수가 있었다.

3학년 시간은 다른 학년 담임을 할 때보다 더 빨리 지나간다. 쏜살같이 시간은 흘러 겨울방학이 지나가고 졸업식이 다가왔다. 졸업식 날 아침 승현이는 양복을 입고 졸업식장 맨 앞에서 자랑스럽게 졸업장을 받았다. 나에게는 작은 엽서에 삐뚤 삐뚤 감사의 편지까지 전해 주었다. 체육관에서 졸업식을 마치고 교실로 올라와 앨범과 졸업장을 나누어 주려고 하는데, 승현이 어머님께서 잠시 시간을 달라고 하시며 그동안 고마웠던 반 아이들에게 손수건으로 여러 번 눈물을 훔치며 감사의 이야기를 하셨다. 반 아이들과 교실 뒤편에 서 계시던 학부모님들도 눈물을 보이기 시작했다. 승현이 어머님이 가지고 오신 빵을 나누어 먹으며, 목이 매었던 그 해 졸업식은 내게 잊을 수 없는 순간이다.

▸ 소중한 시간들_성창국　　◂ ◂ ◂

'매연, 소음, 게임중독 등 각박한 이 사회의 현실 속, 시멘트 콘크리트벽 속에 갇혀 지내는 우리 아이들이 어떻게 하면 좀 더 밝고 행복하게 지낼 수 있을까?'하는 물음으로부터 시작했던 서울시학생교육원 위촉교사 생활이 벌써 10년째 접어들고 있다. 비록 한 달에 4일이라는 시간밖에 주어지지 않은 시간들이었지만, 지금까지 내가 경험한 그 시간들은 교사로서의 가치관 정립에 새로운 질문을 던질 수 있게 해준 아주 소중한 것들이었다. 이 많은 경험들 중에 유독 지금도 내 가슴을 흔드는 사연이 있어 소개하고자 한다.

지금으로부터 7년 전 어느 날, 서울의 한 특수학교(애화학교) 학생들의 수련교육 중에 있었던 일이다. 겉으로 보기엔 평범한 학생들과 다를 바 없는 밝고 튼튼한 친구들이었다. 그러나 그들을 처음 본 순간에 흐르던 끝없는 정적만큼은 내 귀를 의심할 수밖에 없었다. 그저 날 바라보는 눈빛만 반짝이고 있던 그 때, 인솔해 온 선생님의 말씀에 그 의문이 풀렸다. 이 학교 학생들은 청각장애를 가지고 있다는 것이었다. 그리고 이어서 밀려온 걱정은 그 곳 야영장에서의 체험과정이 대부분 지도하는 내 목소리로 이루어지고, 또한 그 과정 동안 있을 수 있는 여러 위험한 상황에 대한 대처 역시 내 목소리로 통제가 되어야 한다는 것이었다. 게다가 그 날 체험할 내용은 자연암벽 하강 프로그램이었다. 첩첩산중이었다. 물론 그들 중에는 구화를 하는 친구도 있어 어느 정도 내 입모양만으로도 소통이 가능한 경우도 있었지만, 대부분은 선천적으로 듣지 못해 인솔선생님의 수화 없이는 소통이 어려운 친구들이었다.

하지만 그저 그렇게 주저앉을 순 없는 법! '그렇게 두려운 것만은 아니다!'라고 하면서 속으로 그 많은 걱정들을 삭이며, 듣지 못하는 그들은 나보다 얼마나 더 두렵고 힘들겠는가를 먼저 생각했다.

드디어 나와 연결한 로프에만 의지한 채, 한 친구가 하강대에 올라섰다. 두려운 눈빛으로 내 눈을 바라보며 고개를 절레절레 흔든다. 무서운 게다. 우선 자세(하강준비 자세)를 잡고 본인이 손에 쥐고 있는 로프를 조금씩 풀어 주며 절벽 밑으로 내려가야 하는 데, 꽉 쥐고 있는 로프를 놓지를 못한다. '괜찮다'고, '어렵지 않다'고 소리쳐 보았지만, 그저 나와 인솔선생님의 귓가에만 맴돌 뿐이었다. 순간, 웬만하면 시끄러워 대기하는 친구들이나 체험이 끝난 친구들에게 조용히 하라고 소리치며 진행해야 할 프로그램이 나 혼자만 떠들고 있다는 사실에 왠지 쑥스러워졌다.

인솔선생님이 열심히 내 주문사항을 수화로 전달하고 있을 때, 나 역시도 말은 안 통하지만 열심히 표정과 눈빛으로 그 친구를 안심시키고 있었다. 적지 않은 시간이 흘렀지만 답답한 상황은 계속되었다. 시간이 자꾸 흘러 슬슬 짜증이 나기 시작했다. 물론 보통의 학생들도 처음 하는 체험에 두려움을 느끼는 경우가 대부분이나 그 순간만큼은 이전의 상황과 다르게 느껴졌다. 왜였을까? 그건 아마도 선입견 때문이었으리라. 장애를 가지고 있다는 사실만으로도 다른 상황과 달리 느껴졌던 것이다. 대략 20분 정도 시간이 흘렀을까? 드디어 그 친구가 울기 시작했고, 그곳에 모여 있던 같은 학교 친구들이 저마다의 목소리를 내기 시작했다. 전혀 알아들을 순 없었지만 분명히 '힘내라' 내지는 '할 수 있다' 등의 강렬한 격려 메시지였음을 그들의 눈빛과 표정으로 읽어낼 수 있었다. 그 때문이었을까? 친구들의 격려 속에 그 친구가 어느새 눈물을 거두고 조금씩 조금씩 꽉 잡고만 있던 로프의 손을 움직여 가며 밑으로 내려가기 시작했다. 주변의 아우성도 잠잠해졌고 다시금 나 혼자서 소리치고 있었다. '잘 한다!'

11미터의 절벽 밑에 안착한 그 친구는 웃으며 날 바라보았다. 엄지 손가락을 치켜 세우며…. 고요한 적막 속에 계속 진행된 그 날의 교육은 아직도 내 기억의 한 편에서 소리없이 아우성치고 있다. '장애에 대한 편견을 버려라!'

‣ 소심한 아이, 무대에 서다_신선영 ◂ ◂ ◂

"너 혈액형 … A형이지?"

지금도 많이 듣는 이야기지만 중·고등학교 시절에 내가 항상 듣던 이야기였다.

소심한 성격의 A형. 혈액형별 성격이 다 맞는 것은 아니지만 나에게 만큼은 굉장히 잘 맞았던 것 같다. 언제였는지 기억이 나진 않지만, 들었던 이야기 중에 이런 이야기가 있다.

A형, B형, AB형, O형, 이렇게 네 명의 친구가 같이 밥을 먹고 있었다. 혼자 생각이 많은 AB형이 밥을 먹다 말고 갑자기 밖으로 뛰쳐나갔다. 호기심 많은 O형, 무슨 일인지 물어보기 위해 바로 따라 나간다. 남의 일에 그리 신경 쓰지 않는 B형, 그냥 묵묵히 먹던 밥을 계속 먹는다. B형과 함께 계속 밥을 먹던 소심한 A형, 한마디 던진다.

"혹시 … 나 때문에 나간거니?"

많은 사람들이 알고 있는 이야기일 것이다. 난 처음 이 이야기를 들었을 때 나의 모습 같아 격하게 공감했었다.

학창시절 나는 위의 이야기에 나오는 A형처럼 소심하고 걱정도 많은 아이였다. 다행히 인복은 많아서 좋은 친구들과 지내게 되어 그 시절로 다시 돌아가고 싶을 만큼 재미있는 학창시절을 보냈다. 많은 추억들이 생각나지만 그 중 가장 기억에 남는 순간은 내가 학교 강당에서 연극을 했을 때이다.

내가 다녔던 중학교는 미션스쿨이어서 부활절예배, 성가합창대회, 부흥회, 추수감사예배 등 매달 학교 행사가 굉장히 많았다. 이런 행사들의 특징은 전교생이 다 참여해야 한다는 것이었는데, 당시에는 귀찮았던 적도 많았지만 지금 생각해 보면 많은 추억들을 만들어 준 좋은 시간이었다.

우리 학교에는 다른 학교에 없는 독특한 수업시간이 있었는데 바로 '종교'시간이었다. 전도사님께서 들어와 다양한 수업을 하셨는데, 하루는 조를 짜서 연극을 해 보자고 하셨다. 기존에 있던 내용을 가지고 연극을 하는 것이 아니라 새로운 내용의 창조적인 연극을 하자고 하셨다. 내용은 종교와 상관없는 것이어도 좋다고 하셨다. 우리는 바로 조 편성에 들어갔고, 난 역시 인복이 많았다. 글을 잘 쓰는 친구가 우리 조가 된 것이다. 그 친구가 대본을 쓰기로 했는데, 요즘 사회에서 유행하고 있는 것을 소재로 하여 대본을 써 보겠다고 하였다.

내가 중 3이었던 그 해에 많이 유행했던 것 중 하나는 '공주병, 왕자병'이었다. 지금은 많이 사라진 단어들이지만 그 당시만 하더라도 '김자옥'이라는 배우가 '공주는 외로워'라는 제목의 노래를 발표할 만큼 굉장

히 유행을 했었다. 우리는 이것을 소재로 하여 '공주병'인 여자가 사회
에 물의를 일으켜 재판을 받게 된다는 내용으로 대본을 짰다. 대본이
나오고 등장인물이 정해지면서 우리는 제비뽑기로 각자 맡을 역할을
정했다. 다들 주인공인 '공주병 걸린 여자'만 되지 않기를 바라며 제비
를 뽑았는데, 맙소사! 소심한 내가 그 역할에 당첨이 되고 말았다. 남들
앞에 나서기 싫어하고, 조용히 친구들 속에서 살고자 했던 내가 주인공
이 되고 만 것이다. 연습을 하면서도 '내가 이걸 할 수 있을까?' 했지만
열심히 하고 있는 다른 친구들에게 폐를 끼치면 안 될 것 같아 부끄럼
을 무릅쓰고 최선을 다했다. 결전의 날은 다가오고 반 친구들 앞에서
연극을 해야 할 때가 왔다. 우리는 그동안 준비한 것을 보여줬고, 결과
는 예상 밖이었다. 전도사님께서는 3학년 전체를 다 시키고 있는데 우
리가 가장 잘 했다고 하시며 그냥 묻어두기 아까우니 예배 시간에 강당
에서 전교생에게 연극을 보여주는 것이 어떻겠냐며 제안을 하셨다. 우
리는 너무 어리둥절했지만 전도사님께서 부탁하시는 거라 거절을 할
수 없었고 결국 강당에서, 전교생이 다 보는 앞에서 마이크를 들고 연
극을 했다. 나의 목소리가 스피커를 타고 강당 안에 울려 퍼졌고, 난
학교 친구들뿐만 아니라 선생님들에게도 스타가 되었다. 반에서 존재
감도 별로 없던 내가 전교생이 다 아는 아이가 된 것이다. 지금 생각하
면 내 인생에 다시 못 올 순간이었다.

　보는 친구들마다 A형이 맞을 거라며, 소심함을 놀림 받던 내가 그날
만큼은 많은 사람들 앞에서 스타가 되어 있었다. 그날 이후 난 또다시
소심한 A형의 아이가 되었지만 강당에서 연극했던 그 순간만큼은 지금
도 잊을 수가 없다.

▶ 내 친구 동욱이_오현민 ◀ ◀ ◀

　고등학교 시절 김동욱이라는 친구.

　오랫동안 내 기억에서 잠자고 있었는데, 얼마 전 이 친구가 꿈에 나타났다. 아무 말 없이 고개만 끄덕이며 부처님과 같은 눈으로 나를 쳐다 봐 주는 모습에 너무나 행복한 기분으로 잠에서 깨었다. 바쁘다는 핑계로 과거의 소중한 추억마저도 깊숙한 곳으로 넣어 버린 채 살아왔던 나에게 꿈에서나마 찾아온 친구.

　고등학교 1학년 때부터 같은 반이었던 김동욱. 나 역시 동욱이와 마찬가지로 세련미라고는 찾아 볼 수 없는 시골 깡촌의 시커먼 촌놈이어서 그런지 우리는 뭔가가 통하는 부분이 있었다. 학교 급식이 실시되지 않은 데다가 반강제적인 야간 자율학습이 의무였던 시절이어서 우리는 아침 7시부터 야간 11시까지 모든 하루를 다 학교에서 보내야 했다. 3개의 도시락을 매일 가방에 넣고 다녀야 했으니 어깨를 짓누르는 가방의 무게는 상상 이상의 것이었다. 이런 생활 속에서 동욱이와 나는 11시까지의 자율학습을 하루도 거르지 않고 성실하게(?) 임했고, 하루 종일 같이 있다 보니 자연스럽게 서로의 마음을 터놓으며 많은 이야기를 나눌 수 있었다. 고등학교 1학년들이 나누는 사회관, 정치관, 철학관, 예술관과 관련된 화제가 진지해야 얼마나 진지할 것이며, 심도가 있어봤자 얼마나 있을 것인가? 하지만 동욱이와 나는 이런 다양한 주제들로 매일 새롭고 활력 있는 생활을 즐기며 서로에게 도움을 주는 그런 관계로 생활하고 있었다.

　그러던 중, 2학년이 되어서 동욱이는 교회에 관심을 가지게 되었고, 처음에는 취미 정도로 생각하더니 나중에는 철야기도에까지 참여할 정도로 종교 생활에 심취하게 되었다. 그때서부터 동욱이와 나의 대화는 온통 종교에 관한 것이 되었고, 하루아침에 급격하게 달라져버린 친구의 모습이 많이 당황스럽기도 하고 종교라는 것에 내 친구를 빼앗긴 것 같다는 유치한 생각에 사로잡혀 괴로워하기도 했다.

동욱이가 하루도 거르지 않고 나에게 해주었던 것 중의 하나가 매일 하교 시에 자그마한 가게에 들러 빵을 하나 사주는 것이었다. 서로 풍족하지 않은 용돈을 받고 생활하는 처지를 너무나 잘 알고 있어서 처음에는 동욱이의 그런 호의를 한사코 만류했으나 워낙 소신이 강한 친구여서 결국 내가 지고 말았다. 그날부터 동욱이는 우정의 표시로 나에게 조그마한 빵을 거의 매일 사다시피 하였고, 그것이 나에 대한 동욱이의 우정이라는 것을 알았기에 난 기쁜 마음으로 동욱이와 함께 빵을 나누어 먹으며 고된 고등학교 생활의 하루를 마무리 하곤 했다. 헌데, 동욱이가 교회에 심취하기 시작하고 얼마 지나지 않았을 때였다. 그날도 야간 자율학습을 마치고 우리는 그 자그마한 가게를 지나가게 되었다. 종교 생활로 인해 나에게 소원해진 동욱이에게 말 못하는 서운함을 느끼고 있던 상황이었는데, 동욱이는 그 가게 앞을 한 치의 머뭇거림도 없이 지나치는 것이었다. 평소 같았으면 어김없이 나에게 빵을 사주러 가게 안으로 들어갔던 동욱이었는데, 그런 동욱이가 오늘은 가게 앞을 그냥 지나치는 것이다. 평소 같으면 아무렇지 않게 받아들일 수도 있었겠지만, 종교 생활로 인해 우정에 금이 가기 시작했다는 피해의식에 휩싸여 있던 때라, 난 그런 동욱이의 사소한 행동에 큰 상처를 받았다. 그날부터 의도적으로 난 동욱이를 피해 다녔고, 동욱이는 그럴수록 종교적인 이야기를 통해 나를 교화(?)시키려고 다가왔다. 지금이야 이런 동욱이의 선행과 종교에 대한 열의를 십분 공감하고 이해해 줄 수 있다. 아니 같이 손이라도 잡고 교회에 나가고 싶은 마음이다. 그러나 그때 난 왜 그렇게 옹졸했던 것일까? 결국 소중한 친구를 그런 식으로 대했던 자신에게 빗발치는 채찍이라도 가하고 싶은 마음이다. 이제는 동욱이가 어디에 살고 있는지 어떻게 살고 있는지, 다시 만난다면 그때 나의 모습에 대해 진심어린 사과를 하고 싶다. 보고 싶다. 동욱아!

▸ 기억의 파편_정미나

누군가의 선생님이 된다는 것은 과연 어떤 것일까 항상 궁금했었다. 내가 보던 선생님들의 모습이 지금의 내 모습과 다를까, 아니면 같은 모습일까. 학생들은 어떨까, 나의 어릴 적 모습과 비슷할까, 아님 다들 이제 변해버렸을까. 기억에 남는 순간들은, 하나의 순간이 아니라 모든 기억들이 연결되어 있는 종합된 파편들인 것 같다.

교생실습 전에 친구와 '선생님이 되는 것'에 대해 진지하게 대화한 적이 있었다. 선생님이라는 직업은 흥미와 보람은 있지만, 분명 무시무시한 것이었다. 사람들 앞에 나서는 것이 첫째요, 예민한 아이들의 마음을 얻는 것이 그 두 번째요, 세 번째는 어떻게 그들을 대할 것인가 하는 것이었다.

내게도 아름다운 교생 선생님이 있었는데, 그 분은 굉장히 귀엽고 사랑스러운 여성이었다. 여학생 반에 들어와서 예쁜 옷을 입으면 얼마나 기분이 좋아지는지를 얘기하고, 아이들이 얼마나 예쁜지를 이야기하던 선생님. 한없이 착하고 목소리는 작고 예뻐서 분명 밖에서 만났다면 청순한 언니로만 기억되었을 선생님. 내게는 그냥 이쁘장한 20대의 아이콘이었는데, 교생실습 전 친구가 말한 그 선생님은 뜻밖에 학생들에게 많은 아픔을 받고 가신 분이었다.

당시에 친구 반에 교생 선생님이 오셨을 때, 마침 반에서 쪽지시험을 봤는데 누군가가 시험 도중 커닝하는 사건이 발생했다. 그때 갓 아이들을 대했던 교생 선생님은 아이들이 무언가를 뉘우쳤으면 하는 바람에, 그리고 그들의 쪽지시험을 제대로 막아내지 못했다는 죄책감에 수업시간에 회초리를 가지고 오셨다고 했다. 그리고는 커닝한 친구들은 커닝한 죄만큼, 그것을 알고 묵인한 친구들은 묵인한 죄만큼 잘못을 생각하며 자신을 때리라며 교탁에 올라가 앉으셨다는 것이다. 나는 경악했다. 나였으면, 그렇게 아이들을 대했을까, '죽어도 못하겠다.' 하면서 친구에게 결국 어떻게 되었느냐고 물었는데, 대답은 뜻밖이었다. 교탁에 앉아 울고 있었던 선생님을 미안해서 못 때리는 아이들이 있었던 반면, 나머지는 "왜 이걸 제대로 못 때려?" 하고 마치 장난인 듯 선생님을 세게 내리쳤다고.

학생들은 생각보다 잔인했다. 그리고 나 역시도 같은 좌절만 맛본 채 학교생활을 하지는 않을지 걱정하며 교생실습을 나왔다. 그러나 아이들은 생각 외로 너무나 예쁘고 착했고, 어떨 땐 이게 사제 간의 사랑이 아닌가 싶기도 했다. 그렇지만 마음 한 켠에는 친구와의 대화가 머릿속에 남아, 항상 나를 죄곤 하는 것이었다. 그리고 얼마 후, 담임선생님과 같이 이야기할 기회가 생겨, 평소에 궁금해 하던 사실을 질문했다. "선생님, ○○는 분명 저를 보고 웃고는 있는데 정말 웃는 것 같지가 않아요."

선생님은 그 말을 듣고 어렵게 그 친구의 배경을 이야기했는데, 생각 외로 숨겨진 이야기가 많이 있었다. 부모님의 영향으로 항상 웃고 다니게끔 훈련된 아이. 선생님은 그렇게 말했다. 아이들에게 다가가도 아이들이 밖으로 내보이는 선까지 외에는 더는 볼 수 없다고.

내게 잊을 수 없는 순간들이란 이처럼 누군가와의 대화 속에서 아이들을 새롭게 발견하는 순간들이다. 앞에서 말한 두 경우는 참으로 아이러니하다. 누군가의 대화 속 아이들은 거침없고, 다른 누군가의 대화 속 아이들은 사랑스럽지만, 숨은 상처를 속에 꽁꽁 감춰두고 있다. 그리고 이러한 기억들은 내게 무언가 알 수 없는 고민을 층층이 짙게 만든다. 난 무엇을 보고, 어떤 신념을 가지고 어떤 기억을 가지고 학생들을, 그리고 나를 만들어가야 할까. 이러한 이야기들은 늘 머릿속에서 더 많은 생각들을 만들어 내며 내게 잊을 수 없는 순간들을 만들어내고 있다.

나의 국어시간,
나의 수업시간

제5장 나의 국어시간,
나의 수업시간

▶ **나의 국어 시간**_권은애   ◀ ◀ ◀

　며칠 후 '수업공개'를 해야 한다. 1년에 2~3번은 해야 한다. 이번 수업공개가 가장 신경이 쓰인다. 동 교과 선생님들과 교장, 교감 선생님이 다 참관을 한다. 스트레스가 크다.

　대부분의 사람들이 미심쩍어 하지만 나는 남들 앞에 서는 게 너무 싫다. 해서 강의마다 발표를 하라고 하는 대학원 수업이 힘들 때가 많다. 특히, 수업 시연을 하라고 하면 어떻게든 빠지고 싶다. 차라리 시험 치는 게 낫다는 내 말에 다른 선생님들이 의아해 한다. 이런 나라서 매일 매일 학생들 앞에 서서 45분의 쇼를 펼쳐야 하는 수업이 역시나 쉽지 않다.

　아이들이 익숙해지고 개인의 성향을 어느 정도 파악하고 친근해지기 전까지는 교실이 조용하고 수업에 집중하고 있어도 나는 자꾸만 허

방을 짚는다. 슬쩍슬쩍 농담이 오고가고 반응이 보여야 그제야 수업이
조금 편해지고 학생들도 지루함을 줄일 수 있게 된다. 그런데, '수업공
개'를 하면 모든 게 낯선 참관자들로 인해 낯선 수업이 되어 버린다.
나는 처음부터 다시 허방을 짚는다. 웃으며 농담을 주고받던 아이들도
굳어 버리고, 나는 허둥지둥 종소리만 기다리게 된다.

요즘 학교 현장에서는 끊임없이 '혁신'을 부르짖고 있다. 물론 가장
우선적인 '혁신'의 대상은 교사다. 슬프다. 우리는 왜 치우고 새 물건으
로 바꿔놔야 할 낡은 가구 취급을 받는 것인가?

정말로 꿀맛같이 달콤한 개교기념일, 도서관에서 책을 읽었다. 『누
가 내 치즈를 옮겼을까?』 수행평가로 독후감을 쓰게 하고는 나는 채점
을 위해 뒤늦게 책을 읽는다. 한창 책이 유행하고 있을 때도 읽지 않았
다. 뭔가 내 신경을 거슬리게 하는 구석이 있는 종류의 책이었기 때문
에. 역시 책은 우화의 탈을 쓰고 당돌하게 내게 묻고 있었다. "너는 변화
를 두려워하고, 받아들이려 하지 않는 나태한 인간이야. 그렇지 않니?"
전적으로 수긍하기엔 묘하게 불편한 구석이 남아 있지만, 세상 누구보
다 변화를 회피하려는 인간형이란 건 스스로도 인정할 수밖에 없다.

그래서 "수업을 바꿔라"라는 목소리에 귀를 막은 내 자신을 또 한 번
돌아본다. 좋은 수업이라고 불리는 수업 형태도 우습지만 유행을 탄다.
한동안 ICT 수업이라고 해서 미디어를 활용한 시청각 수업이 무엇보다
중요한 요소였던 때가 있었다. 그러나 요즘은 학생 중심의 교육이라고
해서 일방적인 강의식 수업 대신 학생들이 참여하는 토론식 수업이나
배움 중심 수업 등이 소위 '트렌드'다.

수업도 자꾸만 변화해야 한다. 당연하다. 세상은 눈이 돌아갈 만큼

빠르게 변하고, 배우는 학생들도 달라지는데 수업이 달라지지 않으면 안 된다. 변화하고 싶어서 방학 때마다 연수를 받는다. '즐거운 국어수업', '토론 수업 여행', '배움의 공동체' 같은 연수를 받고, 구태의연한 나를 반성하고 다음 학기 수업 때 적용해 보려 한다. 하지만, 마치 육아전문가의 강의를 듣고 그 때마다 길어야 일주일 아이에게 "그랬구나~ 네가 화가 난 거였구나?" 하다가 다시 제자리로 돌아가는 엄마들처럼 몇 주 만에 도로 제자리다.

매 학기마다 아이들과 공감하는 수업을 해보려고 조금씩 변화를 시도해 보지만 의지가 약한 탓인지 늘 시험이 다가오고 진도에 쫓기면 다시 강의식 수업이 되어 버린다. 날씨가 더워지면서 조는 아이들의 숫자가 자꾸만 늘어나고 그런 모습이 안타깝다.

수업 방법만 바꾼다고 학교가 바뀌진 않는다. 그리고 내 수업이 바뀌지도 않는다. 아이들을 이해하고 그들의 세상을 수업 속으로 끌어안아야 하리라. 국어는 그저 우리말만 잘 하면 되지 않냐고 되묻는 아이들에게 국어를 통해 세상과 더 즐겁게 만날 수 있는 방법을 알려주고 싶다. 그러기 위해 그 아이들을 더 배우고 내 마음을 바꾸어야겠다. 변화를 두려워하는 못난이가 되지 않기 위해서.

▸ 샤갈의 마을을 방문하는 시간_김소라　◂　◂　◂

'나의 국어시간'을 돌이켜 보면 떠오르는 선생님이 한 분 계신다. 나에게 글을 읽는 즐거움이 무엇인지 알게 해주신 선생님은 중학교 때 국어 선생님이셨던 이태경 선생님이시다. 선생님은 항상 우리를 동등한 입장에서 바라보면서 인격적으로 대우해주셨던 분이신데, 국어시간에 교과서의 지식만 전달하는 것에 그치지 않고 다른 다양한 경험도 할 수 있게 도와주셨다.

선생님의 국어시간에는 '우리들의 일그러진 영웅', '우상의 눈물' 같은 소설을 아이들이 돌아가면서 소리내어 읽고, 나머지는 경청하는 시간을 많이 가졌다. 작은 교실 안에서 벌어지는 엄석대라는 거대한 힘과 결국 그 권력에 굴복하고 달콤한 대가를 즐기는 주인공, 새로 부임한 담임선생님에 의한 엄석대 왕국의 몰락 과정을 숨죽여서 한 문장 한 문장 듣고 있던 나와 친구들의 모습이 지금도 기억에 생생하다. 선생님은 우리들에게 글 읽는 즐거움을 느끼게 해주셨고, 작가가 이야기하고 싶어하는 주제에 대해서 자유롭게 토론하는 시간을 통해 진정한 문학의 재미가 무엇인지 알게 해주셨다.

또 답사여행도 데리고 가 주셨는데, 화순의 고인돌과 천불 천탑이 있는 운주사, 마을어귀의 장승과 서낭당, 민화에 대한 재미있는 이야기들은 아직도 신비롭고 경이로운 체험으로 남아있다.

시를 배울 때는 항상 칠판에 먼저 시인의 이름을 크게 쓰셨다. 윤동주, 조지훈, 백석, 서정주, 박재삼, 김춘수 …. 난해하기만 한 시에 대한 거부감을 없애기 위해 먼저 시인이 살았던 시대적 배경과 시인의 성장 과정, 일화 등을 아주 재미있게 풀어나가셨는데, 그 이야기를 듣고 있노라면 윤동주 시인이 뼈아프게 자신을 성찰하며 자신의 해골과 같이 누웠을 일본의 다다미방과 대학노트를 끼고 늙은 교수의 강의를 들으러가는 모습이 눈앞에 펼쳐졌다. 김춘수의 '샤갈의 마을에 내리는 눈'을 공부하고는 다들 자신이 생각하는 샤갈의 눈 내리는 마을을 그려보았는데, 밝고 따뜻한 불이 지펴지고 올리브빛 쥐똥열매가 열리는 그 마을을 방문하는 일은 어느덧 30이 넘어버린 우리들에게 여전히 소중한 기억으로 남아있을 것이다.

　나는 아직도 샤갈의 마을을 방문하지 못했다. 내 그림 속에 그려진 샤갈의 마을을 실제로 찾아보리라 마음먹은 후 부질없이 20여년이 흘렀다. 세상에 내가 가보지 못한 그 수많은 곳들, 설령 가보았더라도 마음의 문이 닫혀 있어 샤갈의 마을인지 알아채지 못했던 장소들을 다시 방문해 보는 것이 남은 숙제이다. 20년 전, 작은 교실의 문학시간에 꿈꾸었던 나의 삶과 삶의 의미를 찾아가는 여정을 이제 다시 출발하려 한다. 그 여정의 길 어느 때, 이태경 선생님을 찾아가 고맙다는 말을 꼭 전해드리고 싶다.

▶ 찬밥 신세_노성호　　　　　◀ ◀ ◀

　평소와 달리 교실 앞문이 굳게 닫혀 있었다. 혹시 아이들이 하나도 없나 싶어 문에 달려 있는 유리창 너머로 교실 안을 들여다보았다. 다행히 전원이 교실에 앉아 있었는데, 신기한 것은 아이들의 소란스러움과 어수선함은 오간데 없고, 대신 책상 위에 가지런히 올려 있는 교과서와 어느 누구 하나 흐트러지지 않은 자세로 수업을 기다리는 모습만

이 보였다는 것이다. 그런 광경에 내가 더 조심스러워져서 살며시 문을 열고 안으로 들어섰다. 그런데 그 낯선 풍경에 어색해 할 틈도 없이 갑자기 아이들의 자세가 흐트러지며 웅성대기 시작하더니 이내 질문을 퍼붓는 것이었다.

"왜 선생님이 오셨어요? 수학시간 아닌가요?"

그랬다. 그 시간은 나의 철학시간이 아니라 그들의 수학시간이었던 것이다. 개인사정 상 수학시간과 내 시간을 바꾼 날이었는데, 그 소식이 미처 아이들에게 전달되지 못했던 모양이다. 그래서 아이들은 수학시간을 앞두고는 늘 그랬던 것처럼 흐트러짐 없이 준비를 한 후 수학 선생님을 기다리고 있었던 것이고, 나는 그것도 모르고 '이 녀석들이 드디어 정신을 차렸구나!' 하면서 잠시 착각의 늪에 빠졌던 것이다. 이를 깨닫고 상황 설명을 했더니 이놈들이 갑자기 박수와 함성을 곁들여 가며 왁자지껄 좋아죽는 것이 아니겠는가! 수학시간을 면했다는 사실에, 그리고 철학시간이라는 자유(?)가 주어졌음에 환호성을 올렸던 것이다. 순간 바싹 약이 오르고 녀석들이 괘씸하여 그 웃는 얼굴에 한마디 말로 찬물을 끼얹었다.

"그래서 오늘 5교시는 수학시간이 되겠습니다."

일단 수학시간은 이렇다. 이 시간은 두 말 하면 잔소리가 될 정도로 아이들에게 엄청나게 중요한 시간이다. 대학 가기 위한 관문이라고 해도 과언이 아닐 정도로 매우 큰 비중을 차지하는 시간이며, 때로는 아무 이유 없이 무조건 중요하게 여겨지기도 한다. 그렇기 때문에 아이들은 수업에 열중하면서 선생님의 설명을 놓치지 않으려 하고, 틈틈이 진도에 맞추어 그에 따른 연습문제들을 풀어가면서 차곡차곡 실력을 쌓으려 한다. 그러다 부족한 부분이 생기면 인터넷 강좌를 시청하거나 과외나 학원의 문을 두드리기도 한다. 또 수행평가와 시험은 왜 그리 많은지? 고득점을 거두기 위해서는 평소의 노력이 절실히 요구된다. 아이들은 이 모든 사실을 자신의 세포 하나하나를 통해 인식하고 있고, 이를 당연한 것으로 받아들인다. 게다가 수학시간의 교사는 학년부장 선생님이다. 날아가는 참새도 한 방에 떨어뜨릴 만한 기세를 지니신 위풍당당한 선생님이자 냉철한 이성과 예리한 지성의 소유자인 그분 앞에서 아이들은 늘 긴장을 멈출 수 없다. 그래서 졸지 않는다. 아니 졸 수가 없다. 쉬는 시간도 알아서 일찍 정리한 후 자리에 앉아 있어야만 한다.

　반면에 철학시간은 이렇다. 이 시간은 두 말 하면 잔소리가 될 정도로 나만 엄청 중요하게 여기고 있는 시간이다. 다양한 방법으로 세상을 살아가는 지혜와 지식을 얻고, 동서고금의 수많은 보화들을 발견하여 내 것으로 만들 수 있는 시간이라고 그 중요성을 역설해 보지만, 대학 가기 위한 관문은 절대로 되지 않기에 아이들은 수업을 듣는 대신 휴식과 여유를 즐기는, 때로 매우 큰 비중을 두고 있는 시간이다. 그렇기 때문에 나의 설명을 하나라도 더 듣기 위해 애를 쓰는 아이들은 극히 적고, 그 시간에 틈틈이 수행평가 준비와 다른 할 일들을 하거나 잡담과 잠을 즐겨가면서 차곡차곡 다음 시간을 위한 체력을 비축하는 아이들이 많다. 애초부터 철학수업에 대한 아이들의 부족 부분이란 존재하지 않았다. 그래서 아이들이 인터넷 강좌를 시청할 것이라는 기대는 하지 않으며, 수행평가나 시험도 없기 때문에 과외와 학원의 문을 두드릴 리도 만무하다. 과제가 있기는 한데, 남의 것을 베껴서 제출하면 그만이고, 어차피 점수보다는 '이수함'과 '이수 못함'의 구분만이 있는 현실이기 때문에 고득점을 거두기 위한 평소의 노력은 별로 중요하지 않다. 아이들은 이 모든 사실을 자신의 세포 하나하나를 통해서 학기 초부터 인식해 나아가며, 지금은 아주 당연한 것으로 받아들이고 있다. 게다가 철학시간의 교사는 나, 바로 신부님이다. 사람 좋기로 소문났고, 온화한 감성과 인자함의 DNA를 소유한 자로 여겨지기 때문에 아이들은 내 앞에서 절대로 긴장하지 않는다. 가끔 화를 내거나 혼을 내면, 적반하장도 유분수지 어떻게 신부님이 화를 낼 수 있느냐며 실망의 눈초리를 날린다. 그래도 계속 깨우고 주의집중 시키고, 휴대폰이 아닌 교과서에 집중하라고 독려하지만, 그러한 노력이 부질없게 느껴질 때가 참으로 많다. 쉬는 시간은 내가 수업에 들어가서 정리를 해야만 끝나는 날이 태반이다.

여전히 나의 철학시간은 쉽게 지루해 하고, 쉽게 지쳐버리고, 이내 쉽게 다른 일들에 관심을 쏟아버리고 마는 아이들로 가득하다. 계속 찬밥 신세다. 하지만 우리 아이들, 교실 밖에서는 철학시간에 듣고 배운 대로 움직이려고 노력하고 있다. 학기 초에는 선생님들을 본 체 만체 지나치던 녀석들이 이제는 제법 밝은 인상으로 깍듯하게 예의를 갖추고 있고, 시키지 않아도 알아서 휴지를 줍는 아이들이 늘어났으며, 밝고 명랑한 모습으로 자신의 미래를 설계하고 준비하며 꿈꾸어 가는 아이들이 많아졌다. 철학시간이 아이들의 성적에는 관여하지 않지만, 그들의 인생에는 좋은 영양제와 나침반이 되어 주고 있는 듯해 뿌듯해 하며 보람을 느끼고 있다. 그래서 나는 오늘도 럭비공 같이 어디로 튈지 모르는 아이들이 기다리고 있는 교실로 향한다. 아이들의 또 다른 작은 변화와 성장을 조심스레 기대하면서 말이다. 오늘도 평소와 마찬가지로 교실 앞문은 활짝 열려 있을 테지.

⟩ 나의 국어시간_박미경　　　　　◀　◀　◀

자, 오늘은 선생님하고 Ⅱ단원 문학의 활동 방법 중 문학의 수용에 대해서 공부하게 될 텐데 수업 들어가기 전 잠깐 오늘 뉴스에 대해 얘기 나눠 보도록 하자. 어제, 오늘 뉴스 본 사람? 어제 우리나라에 어떤 일이 있었니? 그래, 지동 사건. 길 가다 그런 엄청난 일이 발생할 줄 누가 알았겠어. 우리나라 지구 반대편에서도 지금 이 순간, 전쟁으로 죽어가는 사람도 있잖니. 그러니 우리가 이렇게 고요한 가운데 문학에 대해 얘기 나눌 수 있는 거, 아무렇지도 않게 흘러가는 일상에 감사해야겠지. 그밖에 또? ….

무턱대고 공부만 하지 말고 세상의 소리에도 귀 기울여 봐. 세계의 정세는 지금 어떻게 돌아가고 있는지, 우리나라엔 또 오늘 어떤 사건이 있는지, 그 속에 난, 또 어디로 흘러가는지 점검도 해 보고 말이야.

오늘 기사 중에 눈에 띄는 두 가지가 있어서 너희들에게 얘기해주려고 선생님이 준비해왔어. 하나는 자신의 과거를 팔아 해외 토픽감이었던 어셔가 카리브해 섬 주인이 되었다는 이야기와 또 하나는 전신마비로 40년 가까이 병원생활을 하고 있는 브라질 여성이 입으로 자서전을 쓴 이야기. 무슨 얘기냐 하면, 영국에서 '자신의 과거를 팔아버린 기인'이라고 소개된 적이 있던 어셔는 이혼의 상처를 극복하기 위해 인터넷 경매 사이트에 자신의 과거인 집, 자동차, 제트스키, 직장, 하다못해 친구들까지도 내놨는데 한화로 약 3억 6천만 원에 팔렸다고 해. 세계 일주가 꿈이었던 어셔는 버킷리스트 100개를 작성해 여행을 떠났어. 버킷리스트 목록에는 책 쓰기, 백상아리와 수영하기, 프랑스어 배우기, 영화 출연하기, 비행기 조종 등이 있었는데, 어셔는 모험을 시작한지 4년 만에 100개 버킷리스트 중에서 93개의 목표를 이뤘다고 하네. 여행 과정에서 생긴 돈으로 파나마 해안에 위치한 카리브해 섬을 구입했다고 해. 게다가 아름다운 그 곳에서 아름다운 여성과 새로운 사랑을 시작했다는 이야기. 어때? 영화에서나 나올 법한 이야기지? 근데, 실제로 있었던 얘기야.

다른 또 하나는 브라질에 사는 엘리아나에 관한 이야기인데, 그녀는 급성 회백수염이라는 병에 걸려 목 아래 신체를 전혀 움직이지 못하는 전신마비로 브라질 상파울로 병원에서 37년째 입원생활을 하고 있는 여성이야. 그런데 엘리아나가 대에 묶은 펜을 입에 물고 글을 써서 자서전을 발간했다는 이야기. 그녀의 자서전은 250페이지 분량으로 2002년부터 틈틈이 써온 일기와 글을 묶어 펴낸 것이라고 해. 엘리아나는 긴 병원생활을 하고 있지만 예술과 미술, 이탈리아어, 작업치료, 그림 그리기 등 배우기를 게을리 하지 않았다고 해.

두 기삿거리에서 우리가 얻을 수 있는 메시지는 뭘까? 그래, 맞아. 자신의 불행을 기회로 전환한 거지. 너희들 중에도 혹시 자신이 불행하다고 느끼는 사람이 있으면 이 두 사람을 보고 용기를 가져보길 바래.

자, 그럼 Ⅱ단원 문학의 수용에 대해 배우기 전에 목차부터 다시 한 번 보자. 앞서서 이재선 선생님과 살펴보았겠지만 지금 우리가 어디로 흘러가고 있는지 중간 점검이 필요해. 선생님은 개인적으로 책을 대하면 제일 먼저 목차를 먼저 살펴보는 습관이 있어. 그것이 소설이든 에세이든 어학 책이든 간에. 목차를 보면 그 책의 전반적인 흐름을 대략 알 수 있지. 그리고 책을 읽은 후, 지은이는 어떤 사람인지도 살피고.

… 〈목차설명 생략〉 …

우리가 이번 학기에 공부하고 있는 문학 1 문학의 성격에서 '문학이란 무엇인가' 하는 문학의 개념과 문학이 하는 일, 즉 문학의 역할에 대해서 배웠고 그 다음, 문학의 기초갈래를 배웠어. 문학의 갈래는 4분법 체계에 따라 서정, 서사, 극, 교술로 나눠지는데 서정은 예를 들어? 그래, 시. 서사는? 소설. 극은? 희곡. 교술은? 수필. 맞아.

애들아, 그럼 문학이 우리에게 제공해 주는 건 뭘까?

그래, 즐거움. 문학적 쾌락은 일상에서 느끼는 충동적 감정이나 자극과 달라. 쾌락에는 심리적 쾌락과 육체적 쾌락이 있는데 육체적 쾌락은 몸이 즐거운 거, 본능에 가까운 거라면 심리적 쾌락은 예를 들어 우리가 밀턴의 시를 읊고 베토벤의 음악을 감상하면서 어떤 감흥 같은 것을 느끼는 거를 말해. 우리가 황금의 부재를 느끼면 돈을 추구하게 되고 돈이 충족되면 지적인 삶을 추구하게 되고 앎이 충족되면 예술을 추구하게 되는데 제일 꼭대기가 예술이야. 문학작품도 마찬가지로 언어예술이지. 너희들 고급스러운 게 좋아? 저급한 게 좋아? 예를 들어 길거리에서 무조건 3000원짜리 신발짝 같은 삶이 좋아? 아님, 명품코너에서 파는 와, 저 구두 갖고 싶다하고 누구나 선망하는 그런 삶이 좋아? 고급이 좋지? 그래, 문학은 그렇게 우리에게 정신적인 쾌락을 제공해주는 고급 예술이야.

그밖에 문학이 우리에게 제공해 주는 것 중에 또 어떤 게 있을까?

그래, 깨달음. '아하' 하고 깨달을 수 있는 통찰력을 주지. 전체를 두루 살필 줄 아는 통찰력이 생기면 삶에 대한 안목이 생기기도 해.

다음엔? 그래, 인성의 도야. 마음을 다듬을 수 있게 해주지. 쉽게 말해서 드라마를 보다보면 주인공을 괴롭히는 적대자가 있고 주인공을 도와주는 조력자가 있잖니. 적대자가 주인공을 괴롭히면 괴롭힐수록 연민을 느끼기도 하는데, 그런 걸 카타르시스라고 하기도 해. 영혼이 정화되는 거. 적대자가 나쁜 행동을 하는 걸 보면서 아, 나도 저렇게 해야겠다 해? 아니지. 적대자의 행동에 분노를 느끼기도 하면서 아, 나는 저렇게 행동하면 안 된다는 걸 자연스럽게 알게 되지. 문학 작품에 나오는 인물들을 통해서도 그렇게 마음을 다듬게 되는 거야.

또 어떤 게 있을까? 그래, 경험의 확대. 경험에는 간접적 경험과 직접적인 경험이 있는데 너희들은 직접적인 경험을 하기에는 많은 제약이 따르지. 그러기에 책을 통해 간접적 경험을 해야 하는 거야. 고요한 가운데 책에 푹 빠져 몰입해 봐. 주말에 기계 따위에 미쳐서 시간을 허비하지 말고. 그리고 다양한 경험을 하면 좋은 이유는 삶을 살아가다 보면 매순간 선택의 기로에 서게 되는데, 예를 들어 전공은 무엇으로 할까, 대학은 어디로 갈까, 어떤 사람과 결혼할까, 무엇에 가치를 두고 살까, 경험을 많이 해 본 사람들은 경험을 적게 한 사람보다 아무래도 인생에 있어서 그런 중요한 선택을 할 때 지혜롭게 하겠지. 시행착오를 덜 하게 되고.

박사학위를 받고 해외유학까지 다녀온 전도 유망한 교수도 초등학교도 안 나온 할머니의 경험과 연륜을 따라 잡을 순 없는 거야. 젊은 교수는 지식은 있으되 지혜는 부족하지. 그러니까 삶의 지혜는 공부 잘

한다고 얻어지는 게 아냐. 지혜는 많은 경험에서 비롯된다. 지혜나 사랑, 도덕 그런 표현들이 흔한 말 같지만 그만큼 소중해서 많이 다뤄지게 되는 거야. 우리가 무턱대고 하기보다는 문학을 왜 해야 하는지 알고 가야해서 문학이 우리에게 제공해주는 것에 대해 다시 한번 짚어 봤어. 여기까지가 지난 시간까지 배웠던 문학이란 무엇인가, 문학의 성격에 관한 것이야.

Ⅰ단원에서 문학이란 것이 뭔가 알게 됐으니 자, 이제 Ⅱ단원 문학의 수용에선 문학을 어떻게 받아들일 것인가에 대해서 얘기 나눠 보도록 하자. 그럼 문학의 심미적 수용에서 심미적이란 뭘까? 그래, 아름다움을 살펴 찾으려는 것. 우리가 흔히 예술가들은 심미안을 가졌다고 해. 심미안은 아름다움을 살펴 찾는 안목. 예를 들어 그림 그리는 사람이 멋진 풍경을 보고 그림으로 연상하거나 음악을 하는 사람이 새소리를 듣고 음악으로 표현한다든지 예술가들에겐 보통 사람들이 갖지 않은 그런 안목이 있는 거야. 그러니까 심미적 수용은 예술 작품 따위를 감성으로 받아들여 즐기는 걸 말해. 작품을 읽고 그냥 끝나는 게 아니라 깊이 느껴 음미함으로써 사유가 깊어지는 거야.

자, 그럼 학습목표를 다 함께 큰 소리로 읽어 보자. 시~작.

1. 내용, 형식, 표현의 유기적인 연관을 고려하며 작품을 수용한다.
2. 섬세한 읽기를 바탕으로 작품을 다양한 맥락에서 이해하고 감상하며 평가한다.
3. 이해와 감상 및 평가의 결과를 자신의 삶과 관련하여 내면화한다.

…〈이하 생략〉

너희들에게 문학에 대해 해 주고 싶은 말이 너무 많다보니 서두가 길어져서 진도를 다 못 끝냈는데, 오늘 못 다한 이육사의 〈절정〉은 다음 시간에 마무리하도록 하자.

　이로써 나의 어줍지 않은 문학수업은 끝이 났다. 비록 지도안에 충실하진 않았지만 내 소신대로 아이들에게 문학이란 뭔가 어렴풋이 알게 해준 것 같아 나름 흡족했다. 저만치 들려오는 아이들의 박수소리에 다소 희미해진 '문학수업에 대한 나의 열정'이 살짝 일렁였다.

▸ 국어시간_박연심정　　◂ ◂ ◂

　"조센징! 조센징! 빨리 멈추어라! 멈추지 않으면 총을 쏘겠다. 탕~ 탕~. 그러나 그 사나이는 한손으로 담장을 짚고 넘어 몸을 피하려고 한 집에 숨었는데 숨을 곳이 없자 아낙네의 치마 속으로 들어가 숨었고 그 여인은 그 사나이를 숨겨주어 목숨을 구하게 되었다. 그 사나이가 바로 독립군 군자금을 마련하고자 만주에서 조선 땅으로 들어온 김좌진 장군이었다. 장군은 그 여인의 집에 한 동안 머물다가 다시 만주로 돌아가고 이후 그 여인이 아이를 낳는데 그가 바로 김두한이라는 사나이였으니 …"

　내가 중학교 2학년 때의 국어시간이다. 우리는 매일 한 시간씩 있는 국어시간이 지겹다기보다는 선생님의 구수한 입담과 사실적인 표현 때문에 국어시간이 45분이라는 것이 너무도 아쉬웠다. 선생님은 항상 본시 수업을 일찍 마치고 김두한 일대기를 시리즈로 이야기해 주셨다. 선생님께서 입실하셔서 "저번 시간 진도 어디까지 나갔냐?"라고 물어보시면 "김두한이가 종로에서 깡패 11명과 만나 담을 디디고 돌려차기하는데까지 했는데요!"라며 아이들은 이구동성으로 외쳤다. 그러면 선생님께서 수업 조금만 하고 이야기하자며 우리들에게 협상을 요청하신다. 그러면 우리는 "좋아요!"하며 중요한 부분 필기도 하고 교과서에 밑줄도 치며 수업에 집중을 했다. 행여나 선생님께서 심기가 불편하셔서 이야기를 하지 않으시면 우리만 손해니깐.

이와 같이 항상 기대 속에 맞이하는 국어시간, 2학기 중간쯤 청천벽력과 같은 소식이 전해졌다. 김두한 일대기가 채 끝나기도 전에 선생님께서 인천으로 전근을 가신다는 것이었다. 그 구수한 선생님의 입담을 그 이후로 들을 수가 없었다. 선생님 뵙고 싶습니다!

내가 고등학교 때 고전시간에 알아듣지도 보지도 못하는 고전책을 읽자니 외국어를 공부하는 것 같고 외워도 이해가 가지 않으니 돌아서면 잊어버리는 것이 당연하였을 것이다. 그러니 수업은 재미있을 리가 없었다. 선생님께서는 시조니 규방문학이니 무조건 외우게 하고 외우지 못하면 엎드려 뼛쳐에 몽둥이찜질을 하셨다. 맞지 않기 위해서 외웠다.

가거라 삼각산아 다시보자 한강수야
고국산천을 떠나고자 하랴만은
시절이 하 수상하니 올동말동 하여라

동지(冬至)ㅅ달 기나긴 밤을 한 허리를 버혀 내어
춘풍(春風) 니불 아래 서리서리 너헛다가
어론 님 오신 날 밤이여든 구뷔구뷔 펴리라

외우고 또 외우고, 외우기 위해 리듬을 타야 했고 자면서도 노래를 불렀다. 시간이 지나니 내 머리 속에 깊이 남아 지금도 외우는 시조가 되었고, 친구와 이야기할 때도 고전에 나오는 어휘를 섞어가면서 나름 대로 유식한 티를 내려고 한 적도 있었다. "유세차(維歲次) 모년 모월 모일에 미망인 모씨(某氏)는 두어 자 글로써 침자(針子)에게 고하노니 …"로 시작하는 바늘을 의인화하여 안방 여인네들이 자신의 심정을 토로 한 내용인 〈조침문〉에서 고전문학의 호기심과 흥미를 맛보게 되었다. 이러한 영향으로 나는 고전에 관심을 기울이게 되었고, 한문을 전공하 게까지 되었다.

결혼 전 지금 나의 아내와 둘이서 버스를 타고 여행을 간 적이 있다. 뭔가는 유식해 보이고 싶고 로맨틱한 남자로 보이고 싶어 시조를 한 수 읊었는데 "이화에 월백하고 은한이 삼경인제 / 일지춘심을 자규야 알랴마는 / 다정도 병인 양 하여 잠 못 이뤄 하나니"를 감정을 섞어가 며 들려주니 지금의 내 아내가 너무 멋있게 본 것 같았다. 결국 아내는 나의 마수에 걸려들었고, 나와 결혼까지 하고 말았던 것이다.

▶ 난 한문교사입니다 _박종훈   ◀ ◀ ◀

아이들이 어느 날 수업시간에 질문을 했다. "선생님은 어떻게 한문교 사가 되셨어요?" 느닷없는 질문에 대충 둘러대며 답변을 했지만, 그 중 요한 질문을 스스로에게 한번도 하지 않고 살아왔음을 생각하니 부끄 러운 마음이 들었다. 나는 어떻게 한문교사가 되었지? 자기 직업에 대 한 자기정체성도 없이 살아왔던 지난 시간을 성찰하게 된다.

내가 태어난 곳은 강원도 평창군 봉평면의 산골 마을이다. 지금은 동계올림픽 개최 예정지로 세상에 널리 알려져 있지만, 내가 어렸을 때 전기도 들어오지 않고 사방이 산으로 둘러싸인 두메산골이었다. 나의 한문과의 인연은 산골마을에서 아이들을 모아놓고 한학을 가르치시던 할아버지로부터 시작되었다.

할아버지는 젊은 시절부터 마을의 아이들을 모아놓고 한학을 가르치셨던 훈장님이셨다. 마을의 크고 작은 행사에 자문 역할도 하셨던 동네의 지식인이었다. 6남매 가운데 막내인 내게만 한학을 가르쳐주셨는데, 할아버지께서는 내게 소학을 가르쳐주시다가 돌아가셨다. 지금도 해 저물면 사랑방에 등불을 켜 놓고 늦은 시간까지 책을 읽으시던 할아버지 모습이 떠오른다. 한문과의 인연은 이렇게 어린 시절부터 시작되었다. 한글보다는 한자를 먼저 읽을 수 있었으니깐 참 빠른 조기교육이었다. 어린 나이에 한자를 읽고 쓸 수 있다는 것에 큰 자부심을 가지고 있었던 기억이 난다.

두 번째 인연은 고등학교 때이다. 1학년 겨울방학 때 KBS에서 진행하는 '출발 동서남북'이라는 퀴즈 프로그램에 우연히 출연하여 준우승을 했다. 퀴즈 문제에 한문과 관련된 문제가 많이 나와서 쉽게 문제를 풀 수 있었다. 퀴즈 문제 중엔 천자문 맨 마지막 한자가 무엇인지 물어보는 문제도 있었다. 그 이후 이용석 한문선생님은 특별할 것 없는 나에게 관심을 가지시고 수업시간마다 질문을 하셨고 책도 주셨다. 한문선생님과 친해지게 되면서 한문 공부에 새로운 재미를 붙이게 되었다. 선생님의 관심과 칭찬은 한문시간을 늘 기다려지는 시간으로 만들어버렸다. 자연스럽게 대학 진학도 큰 고민 없이 한문교육학과를 선택하게 되었다.

선생님의 애정 어린 관심과 말 한 마디가 한 사람의 인생을 바꾸어 놓을 수 있다는 사실을 다시금 생각하게 된다. 시인 정호승이나 소설가 박완서 같은 사람도 선생님의 칭찬 한 마디에 작가의 길로 들어섰다고 하지 않던가. 선생님의 진심어린 칭찬은 학생에게 힘이 되고 미래를 선택하는 나침반이 되는 것이다. 반대로 선생님의 말 한 마디가 아이에게 씻을 수 없는 상처로 남을 수 있다는 사실을 생각하면 더욱 말의 소중함과 위대함을 느끼게 된다.

한문은 군생활로도 이어졌다. 나는 서울경찰 3기동대 교통중대에서 근무하였는데, 그 당시 운전면허증의 이름이 한자로 되어 있어서 교통경찰들이 애를 먹고 있었다. 대원들을 상대로 일주일에 3시간씩 한자 교육을 하였는데, 교육이 있는 날엔 전날 야간근무를 자청하고 열심히 공부를 하였으니, 대원들보다 내게 더 유익한 시간이었다. 군대에서 허가받고 공부를 할 수 있었으니 말이다. 고맙게도 대원들이 한자공부를 재미있게 들어주었던 기억이 난다. 군인들에게 교육은 정말 피곤하고 지루한 시간인데 ….

대학을 졸업하고 교사가 된 후 지금까지 고등학교 한문 교사로 20여 년을 지내 왔으니 한문은 참으로 질긴 인연이다. 유능한 교사의 덕목은 여러 가지가 있지만 먼저 따뜻한 인간애가 필수다. 인간애가 필수인데 이것이 가장 어려운 공부인 것 같다. 대학원도 이번이 두 번째다. 대학원을 통해 전문 지식을 쌓는 것도 중요하지만, 옛 선인들의 공부가 그러했듯 심성수양이 동반된 학문이래야 진정한 공부라는 것을 요즘 들어 새삼 깨닫게 된다. 평생 동안 공부해야 하는 직업이 교사인 것 같다. 교사는 수업으로 모든 것을 보여주고 평가받는다. 세상은 거침없이 변화하지만 인간 심성의 발전은 더딘 것 같다는 생각이 든다. 수업시간에 무엇을 가르쳐야 할 것인가? 더욱 고민되는 부분이다. 한문은 다른 과목에 비해 진도나 수능시험의 부담에서 어느 정도 빗겨나 있다. 부담 없이 수업할 수 있어 좋다. 물론 부담 없음으로 수업이 끝나서는 안 될 것이다. 삶에 있어 매양 소중하지 않은 시간은 없겠지만 수업 시간의 소중함과 어려움을 요즘 들어 더욱 느끼게 된다. 아름다운 세상을 이야기하고 과거를 여행하며 미래를 꿈꿀 수 있는 수업이 되기 위해서는 부단히 공부하고 노력해야 할 것이다. 오늘도 한문 수업 시간 아이들과 눈을 맞추며 즐겁고 재미있게 가르치려 노력하고 있다. 어렵고 힘든 일도 많지만 이 고통을 즐겁게 준비할 것이다. 즐겁지 않은 마음으로 수업하면 과연 아이들이 수업에 흥미를 느낄 수 있을까?

　내가 먼저 즐겁고 내가 먼저 행복해야 하겠다. 그 즐거움과 행복감이 아이들에게 전해져서 아이들도 즐겁고 행복하기를 소원한다. 늦은 밤 교실 창밖으로 환하게 빛이 쏟아진다. 미래를 위하여 고통스럽게 인내하며 공부하는 아이들에게 내일은 휴식 같은 수업을 해야 하겠다. 너희들의 뜨거운 노력은 헛된 일이 아니라, 이 세상의 참된 주인이 되기 위한 훈련이라고 …. 한문교사가 될 수 있도록 많은 사람들이 도와주었듯이 나도 아이들이 긍정과 희망을 볼 수 있는 창이 될 것이다. 그리고 열정적으로 가르치고 교직을 진정으로 사랑하는 교사가 될 것이다. 그것이 나를 한문교사로 이끌어주신 인연에 보답하는 일이며 내 생애의 의무가 될 것이다. 난 한문교사입니다.

▸ 나의 국어 시간_서정호 ◂ ◂ ◂

　나에게 가장 기억에 남는 국어 수업은 고3때 독서 수업이었다. 독서라는 과목이었지만 사실상 수능 언어영역을 공부하는 시간이었다. 그저 수능 공부를 하는 수업이었음에도 가장 기억에 남는 이유는 선생님이 너무나 좋아서였다. 선생님이 좋았던 이유는 수업방식도 있었지만 학생들을 사랑하는 마음이 굉장히 크셨기 때문이다.

　이 선생님은 학생들이 수업시간에 졸아도 혼내시는 일이 없으셨다. 야단을 치기보다는 교실 앞으로 불러내서 안아주시고 흔들어 깨워주시고 안마를 해주셨다. 다른 선생님들은 조는 학생이 있으면 수업 도중에 화를 내시거나 점수를 깎곤 하셨는데 이 분은 고3이면 공부하느라 얼마나 피곤하겠느냐며 다독여 주셨다. 가끔씩 학생들이 피곤해서 힘들어 할 때면 재밌는 이야기도 해주시곤 했다. 선생님은 학생들을 내 새끼, 아가, 행복을 주는 아이 등 사랑이 듬뿍 담긴 표현으로 부르셨다. 고등학교, 특히 고3 선생님이라 학생들과 시간을 굉장히 많이 보내서 우리를 가르치는 제자로 보기보다는 키우는 자식으로 여기셨던 것같다. 나의 경우를 예로 들면, 나는 독서 수업을 굉장히 열심히 들었다. 사실 자랑할 일은 아니지만 고3때 나는 거의 수업을 듣지 않고 독학을 했었는데, 이 수업만큼은 나에게 잘 맞고 재밌어서 항상 초롱초롱한 눈으로 열심히 참여하면서 들었다. 그래서 내가 교무실에 갈 때면 항상 '행복을 주는 아이'가 왔다며 두 팔 벌려 환영해 주셨다.

　수업 방식도 독서 수업은 달랐다. 학생들이 보다 이해하기 쉽도록 재미있는 예를 들어 설명해 주셨다. 또 학생들의 참여를 권유하셨는데 간혹 학생들의 대답이나 생각이 틀리거나 수업의 방향과 다를 때도 학생들의 생각을 존중해 주시고 "그렇게도 생각할 수 있겠구나." 하시며 다독여 주신 후 수업의 방향에 맞게 답을 정정해 주셨다. 내가 이 선생님의 수업 방식을 좋아하는 이유는 특별히 수업 내용을 외우게 하는 경우가 없었고 수없이 반복하는 일도 없었지만 다음 시간에 보면 지난 시간의 수업내용이 또렷하게 남아 있었기 때문이다.

학생을 가르치는 입장에서 나는 과연 아이들에게 따뜻하게 사랑으로 대하는지, 나의 수업이 아이들의 기억에 남을지, 정말로 도움이 되는 수업인지 다시 한번 생각해 보게 된다. 돌아오는 월요일엔 수업하면서 따뜻하게 학생들 이름을 불러줘야겠다.

▸나의 국어 시(詩) 수업_성창국 ◂ ◂ ◂

"밑줄 쫙! 돼지 꼬리 땡야!"

80년대의 국어 시 수업 시간을 풍자한 어느 개그 프로그램을 기억하십니까? 모 유명한 사설 학원의 강사를 흉내 낸 말투며, 수업 방식 등을 그대로 옮겨와 연출하면서 인기를 끌었고, 당시 우리의 대학입시 제도에 따른 교육의 문제점을 제대로 반영한 사례라는 평을 받았던 프로그램이었습니다. 이 코미디 프로그램처럼 빡빡한 수업으로 대학진학이라는 크나 큰 화두 속에 당시를 살았던 우리의 기성세대들은 그렇게 중고교 시절을 보내고 지금 이렇게 사회 곳곳에서 열심히 살아가고 있습니다.

국어과 수업을 담당하고 있는 교사의 한 사람으로서 당시의 강의, 주입식 수업과 현재 내 자신이 교단에서 펼치는 수업이 별다를 게 없다는 생각을 종종 하곤 합니다. 우리 아이들은 지금의 내 모습과는 전혀 다른 모습에 다른 사고를 하고 있습니다. 과연, 내가 가르치는 방법이나 내용이 이 학생들에게 얼마나 영향을 주고 있으며 '내가 제대로 가르치고는 있는가?'라는 의문을 던져볼 때가 근래에는 부쩍 많아졌습니다.

예전에 '가, 갸, 거, 겨…', 단순히 문맹을 벗어나기 위해, 잘 읽고 싶어서, 알고 싶어서, 글을 깨우치고 알아가는 재미에 푹 빠져 진심으로 배움의 기쁨을 만끽하던 시대와는 달리, 지금은 진정한 배움의 기쁨, 아니 앎의 기쁨을 느낄 수 있는 수업의 현장은 찾아보기가 너무 힘이 든 게 사실입니다. 오로지 남들보다 더 나은 점수와 경쟁에서의 우위를 차지하기 위한 전략적 도구로 전락 되어 가고 있는 것이 교육의 현실입니다.

시(詩) 본래의 느낌과 시인이나 시적 화자의 감정을 듬뿍 담아 한껏 목청을 가다듬으며 낭송을 하고, 각자가 그 느낌을 발표해 보며 서로의 감정을 확인해 보는 시 수업은 찾아보기가 힘듭니다. "이거 시험에 나와요?" 이 한마디에 모든 의욕이 일순간에 무너지고 금세 얼굴에는 잔뜩 찌푸린 인상만 남게 됩니다. 무엇이 문제인지는 누구나 다 아는 사실입니다.

그렇다면 어떻게 하는 것이 바람직한 시 수업일까? 기존에 많은 수업 모델들이 만들어져 활용되고는 있지만 실제 자신의 수업에 적용하기는 무척 어렵게 느껴집니다. 그러나 좋은 교사가 되기 위해서는 늘 좋은 수업이 뒷받침이 되어야 하듯이 자기 수업에 대한 연구와 연찬이 지속적으로 이루어져야 할 것입니다.

하루가 멀다고 달라지는 세태에 누가 더 많이 알고 누가 더 잘 가르치는가에 대한 부담보다는 우선 우리 학생들이 국어 수업시간을 통해 요구하는 것이 무엇인지를 잘 파악하여 수업을 진행하는 것이 급선무인 것 같습니다. "이거 시험에 나와요?"보다는 "선생님, 정말 멋진 시입니다!"라는 감탄사가 절로 나올 수 있도록….

▸ 국어, 유쾌를 탐하다_신선영

문득, 교생실습 기간 동안 실습학교 선생님들께 교육을 받았던 생각이 난다. 내가 실습을 나갔던 학교는 나의 모교였는데, 각 부장 선생님들과 교감, 교장 선생님들께 연수를 받을 수 있는 프로그램이 준비되어 있었다. 연수 내용은 앞으로 좋은 선생님이 되기 위해 어떤 노력을 해야 하는지, 학생들에게 올바른 가르침을 주기 위해 교사의 자세는 어떠해야 하는지, 최상의 수업을 위해 어떤 준비를 해야 하는지 등에 대한 내용이었다. 일주일 동안 계속된 교육은 내가 앞으로 선생님이 되는데 있어 밑거름이 될 좋은 시간이었다. 특히 지금도 기억나는 것은 '수업'에 대한 것이었다. 교사에게 가장 중요한 것은 '수업'이라고 하셨다. 수업을 잘하는 것이 무엇보다도 중요하며, 학생들에게 신뢰감을 줄 수 있는 시간이라고 하셨다. 그래서 연수를 맡은 선생님들께서도 수업을 잘하기 위해, 재미있는 수업을 위해 끊임없이 노력하신다고 하셨다.

학원에서 수업을 진행하다 보면 아이들의 솔직한 반응에 상처를 받을 때가 많다. 특히 국어는 글을 읽으며 수업하는 경우가 대부분이다 보니 "재미 없어요", "지루해요", "내용 읽어봐서 다 알아요" 하는 등의 말들을 많이 한다. 그럴 때마다 어떻게 해야 아이들에게 재미있고, 즐겁게 수업을 해 줄 수 있을까에 대해 많은 고민을 하며 나의 무능력함에 힘들 때가 많았는데, 학교에서 수업을 오래 하신 베테랑 선생님들께서도 끊임없이 노력하신다는 이야기를 들으니 무능력하다고 한탄만 하던 나의 모습에 절로 고개가 숙여진다.

중학교 시절 '국어는 지루한 과목'이라는 편견을 깨 주신 선생님이 계신다. 난 좀 특이하게도 중학교 3년 내내 한 선생님께 국어를 배웠다. 매해 바뀌어야 정상이었을텐데 3년을 한 선생님께 배우다니 지금 생각해도 기적 같은 일인 것 같다. 남자 선생님이셨는데 학교에서 가장 키가 큰 선생님이셨다. 생기신 것과는 다르게 수업시간에 재미를 위해서라면 망가지는 모습을 보이시는 것도 마다하지 않으셨고, 어려운 내용을 쉽게 설명해 주시기 위해 다양한 이야기들을 접목시켜 주시기도 하셨다. 마의 시간이라 불리는 5교시에도 조는 아이 없이 대부분의 아이들이 선생님의 수업에 집중했었다.

지금 생각하면 그 선생님께서 45분의 수업을 하기 위해 얼마나 많은 준비를 하셨는지 알 수 있을 것 같다. 그리고 그 일이 얼마나 귀찮은 일인지도…. 처음 학원에서 수업을 할 때 아이들에게 내가 가르치는 국어는 정말 재미있는 과목, 재미있는 시간이라는 인식을 심어주고 싶어서 이런 저런 얘기를 수도 없이 했던 것 같다. 수업과 관련된 이야기나 개그를 찾기 위해 인터넷을 뒤지고 유머가 나와 있는 책을 찾아 읽어가며 수업 준비를 열심히 했었다. 하지만 학원일이 익숙해지고 긴장이 풀어지면서 그러한 일들은 귀찮은 일들이 되어 버렸고, 난 간신히 수업준비만 해 가는 강사가 되어 있었다.

항상 느끼는 거지만 처음 맘먹은 일을 꾸준히 해 간다는 것은 굉장

히 어렵고 힘든 일인 것 같다. 특히 수업에 있어서는 더더욱 그런 것
같다. 교재의 내용이 대부분 몇 년 동안 반복되는 것이다 보니, 따로
수업 준비를 할 필요성을 느끼지 못할 수도 있기에 나태해지기가 너무
나 쉽다. 그러나 중학교 때 국어선생님께서는 항상 아이들이 수업에
참여하고 적극적으로 받아들일 수 있도록 최선의 노력을 다해 주셨다.
선생님께서 우리에게, "너희들을 가르치기 위해 정말 많은 준비를 했
다." 말씀해 주시지 않아도, 우리는 알 수 있었다.

멀지 않은 미래에 학교에서, 학생들을 가르치기를 꿈꾸는 나에게 중
학교 시절 국어 선생님의 모습은 많은 귀감이 된다. 그때 그 시절 내가
느꼈던 것처럼, 우리 반 아이들이 느꼈던 것처럼, 국어는 지루한 과목
이 아니라 재미있고 유쾌한 과목이라는 인상을 심어줄 수 있는, 그런
국어시간을 만들고 싶다.

재미있고 유쾌한 국어시간! 생각만으로도 벅차다. 하루 빨리 그런 시
간이 왔으면 좋겠다.

‣ 진심으로 대해준 선생님이 되고 싶다_오현민 ◂ ◂ ◂

교직에 첫 발을 내딛고 줄곧 인문계 고등학교에서만 8년 가까이 교
직생활을 하고 있다. 교직에 처음 들어왔을 때 가졌던 국어 수업에 대
한 생각들이 8년이 지난 지금 어떻게 바뀌었는지를 생각해 보는 것이
매우 조심스럽고 두려운 것은 무엇 때문일까? 아마도 처음에 가졌던
순수함과 열정이 이제는 노련미와 융통성이라는 그럴 듯해 보이는 것

들에 묻혀 퇴색해 가고 있음을 확인하는 것에 대한 두려움 때문은 아닌
가라는 조심스러움은 있다. 하지만, 지난 국어 수업을 돌아보건대 교육
과정에서 가르쳐야 할 국어과목의 학습요소들을 나는 어떠한 레시피로
요리하여 학생들에게 '게눈 감추듯' 맛나게 먹게 할 것인가에 대한 관
심으로 지금까지 국어 수업을 해 오고 있는 것 같다.

레시피 1. 학기 초 국어 수업 시작 전 학생들과의 레포 형성을 위해 3시간
　　　　　정도 학생들의 자기소개가 아닌, 교사(나)의 자기소개 실시
레시피 2. 학습 동기 유발을 위해 다루어질 텍스트와 관련된 학생들의 개인
　　　　　적 경험 및 나의 경험, 관련된 이야기 등을 꺼내 얘기를 나누면서
　　　　　즐거움과 흥미를 느끼게 하는 수업방식
레시피 3. 학습목표 달성을 위해 치밀하고 조직화된 발문들을 설계하여 발
　　　　　문에 대한 해답을 찾아가는 과정을 중점적으로 다루어 가는 수업
　　　　　방식
레시피 4. 수업 중 다루는 내용을 학생들의 수준에 적합한 어휘나 용어로
　　　　　재구성하여 학습내용을 보다 쉽게 느낄 수 있게 유도하는 수업
　　　　　방식
레시피 5. 문학의 경우 감상능력의 신장을 위해 학생들 스스로 감상의 방향
　　　　　을 설정하여 작품을 지속적으로 감상해 보게 하는 수업방식
레시피 6. 비문학의 경우 표지와 훑어 읽기 및 메모를 통해 단락의 중심 내
　　　　　용을 끌어내고 이를 통해 주제문을 구성해 보는 수업방식

8년의 시간이 쌓여 제법 다채로워지고 풍요로워진 레시피로 난 오늘
도 자신감 있게 아이들과 수업을 했다. 그간 국어 수업에 대한 학생들
과 학부모들의 불만족으로 인한 민원을 받았던 적이 한 번도 없고, 국
어 수업에 대한 학생들의 설문 평가에서도 괜찮은 평가를 받고 있어서

국어 교사로서 무난하게 가고 있다는 생각이 들기도 한다. 하지만 '이게 다가 아닌데…'라는 생각이 자꾸 가슴 속 깊숙이 체한 사람처럼 더 부룩하게 남아 있는 느낌이 든다. 어떤 날의 국어수업에서는 학생들의 눈이 너무나 반짝거리며 몰입하는 모습을 보이다가도, 어떤 날은 멍한 눈으로 바라보는 것은 그 자체가 나의 국어수업에 대한 아이들의 숨김없는 평가라 생각된다. 그러면 더욱 더 '이게 다가 아닌데… 뭔가 부족한데…'라는 생각이 하루 종일 가시질 않는다. 하긴, 교직 경력 30년이 넘은 선배 수학 선생님도 아침마다 거르지 않고 그날 가르칠 내용에 대한 교재 연구를 성실히 하시는 모습을 볼 때, 자신의 교과에 대해 항상 겸손한 자세로 부단히 연구하는 모습은 교사가 평생 가지고 가야 할 당연한 도리라 생각되기도 한다.

이런 관점에서 내가 스스로 부족함을 느끼고 뭔가 새롭고 풍요로운 교과 수업을 끝없이 생각하고 있다는 점은 고무적이라 할 수 있겠다. 허나, 요즘 느끼는 부족함은, 연구자로서의 겸손함에서 나온 것과 조금은 다른 성질의 것으로 느껴진다. 수업에서 학생들과의 교감을 위해 그들과 공감할 수 있는 관심사나 문화, 감정 등을 나누는 것이 점점 약해지고 있다는 부족함이랄까. 어떻게 보면 이제는 내가 나이가 들어 녀석들과의 세대 차이로 인해 공유할 수 있는 부분이 줄어들고 있다는 것일 수도 있지만, 그보다는 교직에 첫발을 내딛었을 때 가졌던 열정과 순수함이 그만큼 퇴색했다는 점이라 할 수 있을 것이다. 결국, 이 글의 처음에 말했던 교직생활을 돌아보는 것에 대한 두려움을 느낀 이유도 바로 이것을 확인할 것 같은 이유에서였던 것이다.

'훌륭한 국어 수업은 무엇일까?' 물론 경력이 쌓이면 '다양한 레시피'

에 따라 여러 재료를 적절하고 효율적으로 사용하여 최상의 맛을 내는 수업을 할 수 있을 것이다. 하지만 이 요리는 누구에게나 최상의 맛을 내는 요리는 아닐 것이다. 어찌 보면, 특별한 요리법 없이 원재료 고유의 맛을 음미할 수 있는 요리가 최상의 맛을 내는 요리로 받아들여지는 학생들도 많을 것이다. 이제 8년 정도의 경력에서 나는 다시금 처음의 열정과 순수함을 다잡는 새내기 국어교사로 되돌아가자. 그리고 화려하고 다채로운 수업보다는 학생들 개개인의 성향과 기호, 관심에 보다 많은 관심을 가지고 이를 수업에 반영하는 교사가 되자. 그러면 진정 교직을 떠난 후 내가 가장 듣고 싶은 교직생활에 대한 제자들의 평가로, '진심으로 대해 주었던 선생님'이라는 소리를 듣게 될 테니 말이다.

▸ 가장 신나고 즐거운, 나의 국어 시간_장소형 ◂ ◂ ◂

지난 5월, 모교로 교생실습을 나갔던 나는 고3 때 담임선생님을 다시 뵐 수 있었다. 교무실에서 마주친 내 얼굴을 쳐다보시던 선생님은 "소형아!" 하며 내 이름을 불러주셨다. 졸업한 지 8년이나 지났고, 그간 한 번도 찾아뵙지 못했던 이 못난 제자를 이렇게 또렷하게 기억하신다니! 감동과 감격의 재회를 하고 선생님과 이런저런 대화를 주고 받는데, 선생님께서 갑자기 이런 질문을 던지셨다.

"그래, 소형이 1,2학년 때 담임선생님이 누구셨지?"

"저 1학년 때는 강연단 선생님, 2학년 때는 임봉녀 선생님이요."

"그래? 두 분은 어떤 과목이셨지?"

"두 분 다 국어셨어요."

"아~ 네가 그래서 국어국문을 선택하게 되었구나."

"… 네? … 아 … 그런가요?"

선생님과 대화를 마치고 돌아서는데, 방금 하신 그 말씀이 계속 생각났다. 학부는 국어국문을, 다시 대학원은 국어교육을 전공으로 선택하는 동안, 난 단 한 번도 내 선택의 이유를 그런 방향으로 생각해 본적이 없었다.

국어국문학과를 선택하는 학생이라면 대부분이 그러하듯 초등학교 시절부터 글짓기를 잘한다는 칭찬을 듣고, 나름 메이저급이라고 할 수 있는 대회에서 상을 탄 경험도 있었으므로 자연스레 이 길로 접어들었다고 생각해왔다. 지금까지 그것은 오롯이 나의 선택이었고, 나의 결정이었다고 생각해왔다. 그런데 선생님의 말씀을 듣고 생각해보니, 나는 여태껏 그 영향력을 간과하고 있었던 것이다. 국어를 즐겁게 느끼게 해주셨던 나의 선생님들, 나의 국어시간들. 그것이 지금의 나를 만든 것이라는 것을.

집으로 돌아와 책상 밑에 처박혀있던 고등학교 국어 교과서를 꺼내 보았다. 10년이 넘도록 열어보지 않아 먼지가 뽀얗게 쌓였지만 그 시절 나의 흔적이 고스란히 남아 있었다. 깨알같은 글씨로 빼곡하게 필기된 교과서에선 누군가가 억지로 시켰다면 절대 나올 수 없는 즐거운 기운이 느껴졌다. 즐거움으로 가득했다.

책장을 덮고 나를 가르쳐주신 국어 선생님들을 떠올려 보았다. 늘 재밌는 이야기로 웃음이 가득한 수업을 만들어 주신 선생님, 학생으로서의 본분과 규칙, 질서를 강조하셨던 선생님, 학생을 인솔하기 위해 나가신 백일장 대회에서 당당히 수상하신 선생님도 계셨다. 생생하게 떠오르는 기억이 신기할 정도였다. 필시 이 모든 분들이 지금의 나를 만들어주신 것이리라.

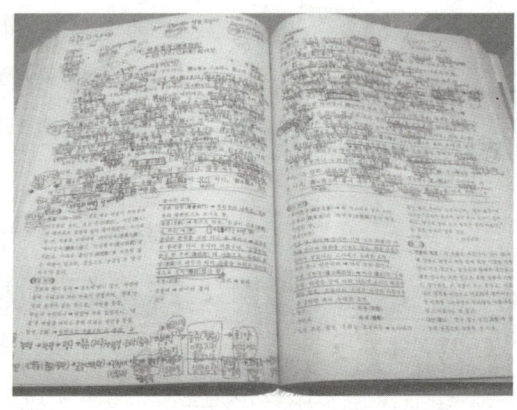

즐거운 추억을 떠올리며 한편으로는 마음이 무거웠다. 이제 교사의 길을 걷고자 하는 나에게 또 하나의 과제가 주어진 것 같았다. 내가 가르칠 아이들에게 어떤 국어 선생님이 될 수 있을까. 좋은 영향력을 미칠 수 있는 선생님이 될 수 있을까. 나의 즐거운 국어시간, 사랑하는 국어선생님. 그 모두가 지금의 나를 만들었듯이 나도 어느 누군가의 즐거운 국어시간이, 사랑하는 국어선생님이 되고 싶다, 진심으로.

▸ 내게는 선망의 시간_정미나　◂ ◂ ◂

내게 국어선생님이라는 존재는 선망의 대상이자, 가장 큰 비판의 대상이었다. 가장 관심 가는 분야를 가르치는 선생님이기 때문에, 그리고 기대가 큰 과목의 선생님이기 때문에 그 시간에는 항상 많은 마음의 동요가 생기곤 했다. 기왕이면, 내가 좋아하는 과목이니까 높은 인격을 가진 분이 가르치기를, 또 기존의 방식이 아닌 새로운 방식의 수업이 이뤄지기를 바랐다. 수업시간에 언급되었던 작품은 대부분 다 찾아보았고, 선생님이 감명 깊었다고 했던 소설은 죄다 검색해보았다. 내게는 국어시간이 새로운 세계를 알 수 있는 통로이자 매개체였던 것이다.

그러다가 그 선생님이 우리 반에 수업하러 오시게 되었다. 학교 전체에서도 '학원식 강의'를 전문적으로 한다고 소문이 나 있는, 그 선생님의 수업을 듣고 나면 내가 왜 오답을 했는지 알 수 없게 되며 오히려 나의 실책이 의아스러워진다는, 유명한 수능맞춤식 교육 선생님이 고3반에 배정되었던 것이다. 선생님의 수업은 실로 대단했다. 왜 '학교식 강의'라고 하지 않고 '학원식 강의'라고 하는지, 왜 고3반에 배정되었는지 알 수 있을 정도의 족집게 강의가 펼쳐졌다. 모의고사 오답노트를 작성하고 난 후 선생님과 수업하고 나면, 문제접근이 더 쉬워졌고 수능 국어 역시 대충 어떤 유형인지 파악할 수 있게 되었다.

그렇지만 내게 그 선생님은 좋은 분이 아니었다. 수능식 강의, 정말 효율적이고 더할 나위 없이 필요한 강의였고, 선생님의 실력을 한 번도 불신한 적이 없었다. 어떨 때는 나중에 저 선생님을 뛰어넘을 정도로 효과적인 수업을 할 수 있을까 하는 고민이 될 정도였다. 그렇지만 그분의 수업 내내 느껴지는 선생님에 대한 인격적인 괴리가 효율적인 수업만큼이나 나를 괴롭히곤 했던 것이다.

선생님은 지금 생각해보면 굉장히 이상한 취미를 가진 분이셨다. 요새 이런 일이 벌어지면 성추행이다 뭐다 학교에 신고를 당하고 아이들의 반발을 일으킬지는 모르지만, 분명 악의와 이상한 의도는 없는 취미였다. 그래도 생각만으로는 뭔가 이상한, 여학생들의 생활상을 사진으로 찍는 것이 취미인 분이셨다. 생활상이라고 해서 꼭 수업 중간에 복

도를 지나다니면서 사진을 찍어대는 변태적인 취미가 있으신 분은 아
니었고, 그냥 체육대회나 수학여행 때 전체 아이들의 사진을 사진사와
분담해서 찍으시는 모양이었다. 문제는 편애였을 것이다. 특정한 몇몇
여자아이들을 좋아해서 늘 그 친구들의 사진만 찍어준다. 그 선생님
의 '라인'이라는 것도 생겼을 정도니 선생님의 사진 대상은 알만했다.

10대의 예민한 시기에 몇몇의 여학생만 좋아하는 남자 선생님이라
니, 아이들의 오해를 사기엔 충분했던 것 같다. 수업시간 내내 선생님
이 좋아 보이지 않았던 것도- 수학여행 갔을 때, 내게도 선생님이 같이
사진을 찍자고 했는데 괜한 거부감에 "싫어요."라고 거절했던 기억이
난다.- 그 시간만 되면 왠지 모르게 흥미가 떨어졌던 것도 그 때문이었
을 것이다. 내게 있어서 국어시간은, 다양한 작품을 공부하는 것만이
아닌 선생님이 가진 인격과 인생의 가치관 역시 선망의 대상이 될 수
있는 그런 시간이었던 것이다.

지금 생각해보면 수업은 수업이고, 선생님은 선생님이었을 텐데 왜
그때는 수업시간만 되면 선생님의 능력에 대한 존경과 반대로 인격에
대한 미움이 교차했는지 알 수가 없다. 그래도 앙금이 남았던 모양인
지, 내게는 그 수업시간은 실력으로 뛰어넘고 싶은 시간이자 감정적
괴리의 시간으로 남아있다. 게다가 인격에 대한 선망의 골은 메워지지
가 않아 지금에 와서도 나를 괴롭히곤 하는 것이다.

▶ 오래도록 고맙도록_채희령 ◀ ◀ ◀

학원에 있을 때, 수업이 많이 잡힌 날은 하루에 7시간을 내리 연달아 강의를 하기도 했다. 누구에게 쫓기듯 쉼 없이 달려 수업을 다 마치고 나면, 아이들이 "안녕히 가세요~"라고 해맑게 인사하는 말에도 대답할 힘조차 없이 맥이 빠진다. 이렇게 지친 기색을 거침없이 표현하고 당당하게 찡그릴 수 있는 이유는, 적어도 수업 시간에는 100% 에너지 넘치게 임했기 때문이다. 언제부터인가 나는 이것을 수업 철칙으로 정해놓고 그대로 지키려고 노력했다.

나는 몇 번이고 되풀이해서 가르친 교과서 작품이지만, 지금 수업을 듣고 아이는 시험을 앞두고 너무도 간절하게 보고 있는 작품이기 때문에 지겹지 않게 생생하게 가르쳐줘야 한다. 학생과 나 사이에 문학 작품이든, 비문학 지문이든, 문법 내용이든, 무언가 가르치고 배워야 할 것이 있다면, 나는 학생의 눈높이에서 처음 보는 양 새로운 양 호기심 넘치는 태도로 수업을 한다. 다소 이해가 어려운 부분은 "선생님도 어젯밤에 이거 3번 읽고 겨우 이해했어~"라고 공감대를 형성해준다. 그리고는 "그래도 한국말이라 그런지 읽고 또 읽고 또 읽으니 이해가 되더라. 무서워 할 거 없어. 다시 한 번 같이 보자."하고 편견과 두려움이 없어지도록 다독여준다.

아마도 이런 연기를 하게 된 이유는, 내가 어릴 때부터 수학 시간에 너무도 엄숙한 분위기에서 경직된 채 울면서 문제를 풀었던 트라우마 때문인 것 같다. 유독 수학선생님들은 다 날카롭고 무서운 인상이었고, 문제를 풀지 못하면 호되게 혼을 내셨다. 다른 친구들에 비해 수학적인 두뇌 회전과 학습 속도가 느렸던 나는, 나만 이해 못해서 문제를 못

푼다는 열등감, 불안감에 가슴이 두근거렸었다. 그때 내 눈높이에서 화를 내지 않고 차근차근 설명해주고 반복해주는 그 누군가가 있었더라면 어땠을까 하는 아쉬움이 들었다.

나는 처음에 뜨거웠다가 점차 미지근해지고 결국엔 싸늘하게 식어 차가워지는 관계가 너무도 싫다. 처음엔 차가운 듯 했지만 점차 데워져 미지근해지고 나중에는 따뜻해지는, 그리고 그 따뜻함을 유지할 수 있는 그런 관계가 좋다. 종종 따뜻함이 지나쳐 뜨거워질 때가 있어도 괜찮다. 온도를 유지하려는 노력으로 적어도 차갑게 식지는 않을 테니 말이다. 나의 국어 수업 시간도 그랬으면 좋겠다. 낯선 작품을 만났을 때의 거부감, 고전이나 문법은 어렵다는 부담감, 처음이니까 당연히 차가울 수 있다. 나도 너희와 똑같이 읽기 싫고 풀기 어렵다는 능청스러운 연기를 하면서 함께 이해하고 문제를 해결해가는 성취감을 공유하는 과정으로 처음의 차가움을 미지근하게 데워주고, 나중엔 학생들과 더불어 나까지 따뜻해질 수 있도록 하고 싶다.

교생실습 중에 처음 수업했던 날이 기억난다. 내가 하기에 따라서 길어질 수도 짧아질 수도 있는 수업 시간. 하필 내가 맡은 부분은 아이들이 가장 좀 쑤셔 하는 중세국어, 작품도 아닌 훈민정음 제자 원리.

학원 아이들을 가르칠 때에는 이미 학교에서 한 번 배우고 온 부분을 복습시키는 거라 부담이 덜 했는데, 학교 수업은 온전히 나한테 배우는 것이 처음이기 때문

에 쉽게 잘 가르쳐야 한다는 부담 그 자체였다. 그래서 여태껏 써왔던 '선생님도 너처럼 어렵고 몰라. 그러니까 같이 해보자!' 하는 전략은 통하지 않을 것 같았다. 그래서 '선생님이 미리 공부해왔는데, 이렇게 하니 쉽고 재미있더라. 들어볼래?' 하고는 전략을 바꾸었다.

"전 세계적으로 수없이 많은 문자들 중, 창제자와 창제원리가 명확히 밝혀진 문자는 한글밖에 없다는데 너무 소름끼치고 경이롭고 눈물이 날 것 같지 않니? 선생님은 훈민정음 언해본 읽고 세종의 정신에 감동받아서 눈물이 다 고였어."라고 한껏 과장된 목소리로 수업을 시작했다. 다행히 아이들도 호기심 어린 눈으로 "네~ 소름끼쳐요~ 멋있어요~" 하고 대답을 해주었다. 시작이 반이다. 이어서 초성/중성/종성 체계를 설명하며 인터넷 용어인 'ㅂㅖㅂ'을 활용하기도 했고, ㄱ에서 획을 하나 더 하면 ㅋ이 되는데 소리가 더 거세진다는 것을 우스꽝스럽게 과장된 발음으로 설명하기도 했다. 한 명도 엎드리지 않고 집중해서 들어주었다. 그동안 자신의 한글 파괴에 대한 태도를 반성하기도 했다. 사실 나도 고등학교 때 훈민정음 배울 땐 외우기 싫고 지루했는데, 이제야 재밌는 척 설명하는 내 음흉한 전략에 속아주다니. 그리고 그 전략 속 내 열정을 받아주다니.

내가 짜낸 전략1, 전략2는 분명 다른 방식이지만, 수업 시간 내내 지치지 않고 생기 있게 소리쳐 가며 수업을 이끌어간다는 공통점이 있다. 쥐꼬리만큼 짧은 경력과 경험으로 나만의 수업 전략을 두 가지나 세웠으니, 앞으로 더 다양한 환경에서 더 많은 수업을 하다보면 아마도 나만의 전략 10까지는 생기지 않을까 싶다. 언젠가는 전략들을 섞어서 사용하는 나만의 수업 노하우가 쌓이겠지.

학생 인권

제6장 학생 인권

> ▸ 그들에게 '자유'와 '책임'
> 둘 다를 가르쳐야 한다 ···_권은애  ◂ ◂ ◂

   학생 인권이라? '학교 폭력'이 최고의 유행어가 되기 전 교육계를 비롯해 사회를 떠들썩하게 했던 화두였다.

   학생들은 인간이다. 그러니 당연히 인간으로서 존중받을 권리가 있다. 누가 그것에 반기를 들겠는가? 학생 인권 문제를 들고 나오면 당연스레 따라오는 것이 체벌에 관한 문제이다. 그러나 체벌하지 말라는 얘기가 어디 어제 오늘의 이야기인가? 내가 처음 신규교사 발령을 받기 전 연수에서 장학사가 그랬다. 학생들이 무슨 짓을 해서 때리지 않으면 안 되겠다 싶거든 차라리 포기하라고 그냥 놔두라고.

   궁극적으로 어떤 명분을 댄다고 해도 체벌은 폭력이다. 폭력은 교육이란 이름 하에 정당화될 수 없다. 전적으로 동의한다. 하지만 오늘날의 학생 인권 문제는 단순히 학생을 때리고 안 때리고의 문제는 아닐

듯싶다. 나는 문득 정작 당사자인 학생들의 생각이 궁금해졌다. 우리끼리 아무리 떠들어봐야 내 입장일 뿐이니까.

학생들에게 쓰기 과제를 주었다. 학생 인권이라는 주제로. 아이들은 나를 원망의 눈길로 쳐다보았다. 나에게도 그렇듯 쓰기 과제는 아이들에게 커다란 고통이다. 수행평가 할 거 아니니까 부담없이 쓰라고 했지만 대부분의 아이들은 부담을 가지고 열심히 썼다.

결과는 좀 의외였다. 학생 인권을 보장해 주는 것이니 긍정적으로 평가할 거라고 예상했었는데, 의외로 인권 보장을 원한다거나 더 많은 자유가 보장되어야 한다는 의견은 한 학급에 4~5명도 안 됐다. 대다수가 학생 인권 혹은 학생인권조례에 대해 매우 부정적인 견해를 드러냈다.

학생들의 글을 읽으니 오히려 머리가 복잡해졌다. 그들의 글에서 이 문제와 관련해서 몇 가지의 대립구도를 발견할 수 있었다. 첫째는 학생과 교사의 관계이다. 부정적인 견해를 가진 대부분의 글에서 학생인권조례 이후 교사들은 모든 권위를 빼앗긴 채 굴욕적인 통제불능의 상태에 빠져 있었다. 때문에 수업은 붕괴되고 규칙은 힘을 잃었다. 우리 마음을 알아주는구나보다는 비참하다는 생각이 들었다.

둘째는 소위 '일진'이라고 불리는 아이들과 다수 아이들과의 관계이다. 학생인권조례가 결국 '일진'들에 의해 악용되면서 오히려 다수의 선량한 아이들은 피해를 보고 있다는 것이다. 선생님들이 통제권을 잃자 무관심하거나 방조한다는 것이다. 결국 인권 보장이 폭력의 가해자를 눈감아주는 바람에 피해자가 속수무책으로 당한다는 것이다.

학생들은 자신들이 완전한 인간, 혹은 성숙한 인간이 아니라고 했다. 같은 전제에서 그렇기 때문에 더 자유를 주어야 한다는 주장이 있었고,

실수에 대한 엄격한 훈계나 체벌이 필요하다는 주장도 있었다.

체벌은 당연히 없어져야 한다. 그러나 체벌이 없어진다고 해서 규칙이 무너져서는 안 된다. 선량한 다수가 고통을 겪어야 하기 때문이다. 그리고 또 다른 종류의 폭력의 희생양이 되어 버리기 때문이다. 그렇다면 체벌을 대체해서 폭력을 막는 방법이 필요하다. 이를테면 더 엄격하고 단호한 규칙이. 이 부분에서 나는 또 다른 딜레마를 만나게 되었다. 끊임없이 속을 끓이는 저 소수를 끌어안을 것인가? 다수를 위해 소수를 버릴 것인가? 답이 나오지 않는 문제에서 생각을 멈춘다.

인권조례 발표 이후에 그에 대안으로 다양한 방법들이 모색되고 있다. 상벌점제나 학생자치법정 같은 것. 내가 화가 나는 것이 이 부분이다. 자유는 늘 책임과 함께 하는 것이다. 선심 쓰듯 자유를 주기 전에 자신이 안아야 할 책임을 먼저 가르쳐야 했다. 그러나 어른들은 그것에 무관심했다. 그리고 지금 아이들은 혼란스러워한다. 인권을 보장한다면서 왜 치마 길이가 짧다고 훈계를 듣는지, 왜 화장을 하지 말라고 하는지. '일진'이라고 불리는 아이들이 제 세상을 만난 듯 활개를 치고 다니는 학교가 자신들의 울타리가 되어 줄지.

학생들의 글에서 인상적인 몇 부분, 그들의 혼란스러움으로 이 글을 맺을까 한다.

- 인권조례가 통과된 이후 그것을 가장 잘 이용하는 사람은 소위 우리가 말하는 일진들이다. 정부와 교육청이 일진들을 위한 법을 만들었다는 것이다.
- 학생 인권이 있어 어른들이 체벌을 심하게 한다거나 하는 것을 줄일 수 있었지만 몇몇 학생들은 그것을 역이용해 오히려 학생 인권이 무슨 벼슬

인 것처럼 생각한다.

- 학생다운 모습을 강조하며 만든 규칙들. 그런데 학생다운 건 무엇일까? 검은 짧은 머리에 정장에나 입는 와이셔츠, 조끼에 넥타이, 이런 옷들이 학생답다는 걸까? 그냥 단지 선생님들이 애들 관리를 편하게 하기 위해 만든 규칙이라고밖에 생각이 들지 않는다.

- 사람은 실수하는 동물이다. 그러다 보니 실수를 한다. 더군다나 질풍노도의 시기라고 불리는 청소년들이다. 무엇을 잘못했으면 예전에는 선생님이 혼내시는 선에서 끝났다. 하지만 지금은 생기부에 적는다. 이러면 학생들의 인권을 챙겨주는 것이 아니다.

- 어째서 학생들은 맞아야 정신차리는 짐승 취급을 당해야 합니까? 학생 인권은 그 동안 부당하게 대해진 학생들에게 기본적인 자유권을 준 합당한 것이라 믿습니다.

▸ 학생은 임신 또는 출산으로 차별받지 않을 권리를 가져도 되는가?_김소라 ◂ ◂ ◂

지난 2월 경기도의 지원으로 운영되는 미혼모 대안교육 위탁기관인 동방누리학교에서 첫 졸업식이 열렸다. 예쁜 아가를 안은 두 명의 졸업생은 가족의 지지를 받으며 대학 진학을 앞두고 있다고 신문기사는 전했다. 사진 속에 갓난쟁이를 안고 있는 어린 엄마는 환하게 웃고 있었다. 그녀가 지난 1년 동안 겪었을 마음 고생을 생각하니 가슴이 뭉클해졌다.

'임신과 출산으로 차별받지 않을 권리'는 인정되어야 하느냐는 질문에 거의 대부분의 사람들이 당연한 소리를 뭘 묻느냐고 반응할 것이다.

하지만 그 주체가 초·중·고 학생이라면?

2012년 1월 26일 서울특별시 학생인권 조례가 공포되자 일부 보수 신문사와 시민단체에서는 '5조 차별받지 않을 권리 중 임신과 출산을 이유로 차별받지 않을 권리를 가진다.'는 규정을 두고, 미혼모를 양성화하고 조장한다는 비난 여론을 쏟아내었다. 차별을 금지하는 것이 어떻게 양성화하고 조장한다는 것으로 이어지는지 그 사고의 회로가 참 궁금하기는 하지만, 우리 사회가 가진 청소년 미혼모에 대한 인식을 잘 보여주는 예라고 보여진다.

청소년 미혼모가 가지게 되는 차별받지 않을 권리는 임신으로 인한 자퇴 종용, 퇴학 등의 징계로 인해 박탈당하는 학습권을 보장하는 것과 연결된다. 국가인권위원회(2010)는 해마다 청소년 미혼모가 5천명~6천명으로 추산되고, 설문결과 청소년 미혼모의 87.6%가 학업을 계속하기를 원하는 현실을 감안하여 교육과학기술부장관, 각 시도 교육감 등에게 미혼모 학습권을 인정하고 편견과 낙인을 해소하는 방안을 마련하도록 권고했다. 이에 최근 미혼모 대안학교가 만들어지고, 정규학력을 유지하는 기회가 마련되고 있지만 이는 전국 12개 시·도에 15개 학교에 불과하며 학업을 지속하는 전국 10대 미혼모는 2.5%에 불과하다.(교육과학기술부 자료 참조) 또 대안학교에 들어가고 싶어도 학교장이 허가해주지 않아 입학하지 못하는 경우도 있다고 한다.

학생은 임신과 출산을 이유로 차별받지 않을 권리를 가져도 되는가? 그렇다. 청소년 미혼모에 대한 논의가 이루어질 때 그 주체에 대한 배려나 소수자의 인권 보호라는 관점은 배제된 경우가 많다. 청소년 미혼모가 양산되는 현실을 개탄하고 그 예방책을 강구하는 것도 의미 있지만, 청소년 미혼모가 당장 직면한 문제들, 특히 학업을 지속할 수 있는 학습권 보장에 대한 실질적 방안이나 대책을 마련하는 것이 더 시급하다. 학업을 중단하는 것은 청소년 미혼모가 앞으로 사회에서 경제적 약자로 전락하게 되고, 아이를 양육하는 과정에서 여러 가지 또 다른 사회적 문제가 발생할 가능성이 크다는 것을 의미하기 때문이다.

▸ 가을보리에게서 배우다_노성호 ◂ ◂ ◂

바야흐로 봄인데, T.S.엘리엇의 말마따나 4월은 잔인한 달인가 보다. 천둥 번개를 동반한 폭우에 강풍까지 옷깃을 여미게 만드는 요즘이니 말이다. 부활절이 다가오고 있는데도 또 한 번의 성탄절을 맞이해야 할 것만 같은 착각은 비단 나만의 전유물은 아닐 듯하다. 하지만 분명 봄은 오고 있다. 다만 그 봄을 만끽하기 전에 치러야 할 준비가 아직 우리에게 남아 있는 것일 터. 가을에 심긴 가을보리가 혹독한 겨울의 눈보라를 견디며 자라야 이듬해 봄에 튼튼한 보리로 자라서 알찬 열매를 맺을 수 있듯 말이다.

땅 속에 묻힌 순간부터 열매를 맺는 봄까지의 시간은 가을보리에게 얼어붙은 시간, 어떻게 해서든지 피하고 싶은 시간일 것이다. 하지만 가을보리는 그 시간을 참고 견뎌내야 한다. 이듬해 알이 굵은 보리로 거듭 태어나기 위해서는 기필코 악을 써가며, 어금니를 깨물어 가며 인내하고 극기할 수 있어야 한다. 그것은 누가 시켜서 견디는 것도, 어떤 혜택을 보고자 참는 것도 아니다. 그것은 다만 가을보리 자신이 살아가는 방법이고, 자신의 일생을 완성해 나가는 과정이 된다. 그렇기 때문에 농부의 보살핌에 기대어 꾀를 부릴 수도 없고, 추위가 싫다하여 따스한 봄에 심겨지길 원해서도 안 된다. 꾀를 부리다가는 진정 얼어 죽게 될 것이고, 봄에 심겨졌다가는 키만 웃자란 쭉정이로 전락하고 말 것이다. 그래서 가을보리는 스스로 겨울을 이겨내고 봄을 맞이하며 자신을 완성해 간다.

학교에서도 가을보리의 삶은 그대로 적용된다. 학생들은 가을보리가 굳건히 겨울을 이겨내듯 학창시절이라는 혹독한 시간을 참고 인내하며 자신을 완성해 나가는 시간으로 삼아야 한다. 하지만 세상은 그들에게서 겨울을 앗아갔다. 겨울이라는 때의 소중함을 망각하게 했다. 심지어 그러한 때가 있음을 알려주는 농부 같은 교사들에게 봄만 전해주고, 온실 안에서만 재배하라고 친절한 강요를 하고 있다. 그렇다보니 학생들은 점차 겨울을 살아갈 엄두를 못 내고 있고, 자신이 가을보리인지도 모른 채 삶을 살아가고 있다. 그래서 쉽게 지치고, 쉽게 잠들며, 쉽게 포기해 버리는 일이 많다. 입에 단 것들만 찾아 폭식하면서 스스로의 삶에 대한 절제력과 통제력을 상실한지 오래고, 쓴 것은 거들떠보지도 않기에 정작 몸에 좋은 것들은 낭비해 가면서 매우 의존적인 꽁생원님 들로 변모해 가고 있다.

자신의 손을 떠난 빵 봉지가 어디로 가는지는 중요하지 않다. 배만 부르면 되니까. 자신의 입에서 어떤 욕설이 흘러나오고 있는지 감지하는 것은 불필요하다. 자신의 짜증만 욕에 실려 사라져 버리면 그만이니까. 자신 앞에 선생님이란 사람이 서 있는지 어쩐지 구분하는 일도 귀찮다. 학교에서 잠을 충분히 자둬야 학원을 갔다가 밤늦게까지 PC방에서 "자!리!주!삼!"을 외쳐댈 테니까. 옆 짝꿍의 이름을 알아야 하나? 나의 베·프(best friend) 최신 스마트 폰이 있거늘. 더 이상 그들에게 '사랑의 매'를 드는 선생님은 없다. 대신 묵인하고 참고 넘어가는 선생님들만 있을 뿐. 혹독하게 때려서라도 가르쳤고, 맞아가면서도 배우려 했던 열정은 자취를 감춰버렸다. 대신 주 5일제 수업과 자율야자만이 그들을 교문 밖으로 친절히 안내하는 네비게이션 역할을 하고 있다. 오! 나의 가을보리들.

그들이, 그리고 내가 장차 이 봄의 짧은 꽃샘추위나마 제대로 견뎌낼 수 있을까? 가을보리에게서 배우자! 그 찬란한 인내와 견딤을. 스스로 개척해 간 인고(忍苦)의 운명을.

▸ 학생인권_박다희　　◂ ◂ ◂

난 늘 학교와 교육제도에 불만이 많은 학생이었다. 아침 7시에 등교해서 10시까지 아이들을 좁은 교실 안에 붙잡아 두고 오로지 대학이라는 골을 향해 달려가라고 가르치는 학교와 교육제도가 싫었다. 운동하고 친구들과 교류하고 정서적으로도 많은 것을 배워서 올바른 인간으로 성장해야 할 시기에 몸무게를 늘리기 위해 살찌우는 사육장의 돼지들처럼 갇혀 있는 현실이 최소한의 학생인권조차 묵살해 버리는 것이 아니고 무엇이겠는가.

나의 학창시절로부터 십년이 넘게 지난 요즈음의 상황도 그때나 별반 다를 게 없다. 5년이면 강산이 변한다는 요즘인데도 우리의 교육계는 좀처럼 변하지 않는다. 야근을 하고 늦게 퇴근을 하다보면 그 시간에 하교하는 아이들을 볼 때가 있다. 하나같이 소금에 절인 배추처럼 축 늘어져 있는 모습들이다. 아침 일찍 등교해서 하루 종일 학교에 있다가 그 시간이 돼서야 집으로 향하는데 오죽하겠는가. 근로자도 최대 근로시간이 정해져 있는데 학생들은 그마저도 보장받지 못한다. 그 모습이 너무나 안쓰러워 내 자식만은 이런 한국의 교육현실에서 고통받게 하고 싶지 않다는 생각을 했다.

그런데 요즘 뉴스에서 떠드는 학생인권은 조금 다른 곳에 초점이 맞추어져 있다. 학생들의 두발 자유화나 복장 자유화, 체벌 등이다. 학생들의 입장에서도 그 부분을 가장 중요하게 여기며 자신들의 주장을 내세우고 있는데 나는 그것이 참 이상하게 느껴졌다. 정작 인간으로서 보호받아야 할 부분에 대해서는 뒷전이고 그저 헤어스타일과 복장 등의 자율화를 가장 중요한 인권 보호의 길인 양 주장하고 나서는 것은 이해가 가질 않았다.

학생들 개인의 개성을 인정하는 것이 학생인권을 보장하는 것이기는 하겠지만 그것이 가장 핵심적인 사항은 아니라고 본다. 학생들이 이런 부분에만 유독 집착을 하게 되는 것은 학교의 지나친 규제 때문으로 보인다. 귀 밑 몇 Cm 이하의 머리카락과 학교가 정해놓은 규정에 맞는 교복이 학생들의 비행을 구분짓는 척도는 아닌데, 학교는 그것을 기준으로 학생들을 구분하고 그 기준에 맞지 않으면 불량한 학생으로 치부해 버린다. 때문에 학생들은 그 문제에 민감하게 반응하고 더 중요하게 보장되어야 할 인권은 잊은 채 그저 두발이나 복장이 자율화되면 자신들의 인권을 보장받는 길이라고 여기는 것 같다.

일방적으로 학교가 정해놓은 규정에 어긋나면 문제라고 낙인찍는 교육 현실에 길들어져 있는 아이들은 다수와 다르면 왕따를 시키고,

남들과 다르다고 느끼는 아이들은 그 고통을 견디지 못하고 자살로 생을 마감하기도 한다.

아이들이 정말로 누리고 싶어하는 권리는 한 인간으로서 인정받고 개인의 행복을 추구하며 살 권리일 것이다. 학교와 정부기관은 개인의 행복이라는 것의 다양성을 인정하고 획일화된 규제보다는 다양성을 인정하며 최소한의 규제를 통해 여러 색깔을 가진 아이들이 각자의 색깔을 뽐내며 예쁜 무지개빛을 낼 수 있도록 도와야 할 것이다. 가두어두기보다는 자유 속에서 스스로의 울타리를 치며 자신을 지켜나갈 수 있는 아이들로 키워내는 것이 우리 교육의 숙제가 아닌가 한다.

▶ 학생인권_박미경   ◀ ◀ ◀

'학생인권조례'는 그동안 학교에서 발생하는 교사들의 무분별한 폭력과 폭언을 고발하고 교사를 상대로 처벌하는 것, 학생들의 인권존중의 방편으로 만들어진 법안이다. 피해 학생과 학부모들의 목소리가 커지면서 억압받는 교육환경을 개선하여 좀 더 자율적인 환경을 조성함으로써 학습효율, 창의력 향상 등을 마련하고자 함에서 비롯된 것이다. 취지는 좋으나 거기에 따른 폐해도 적지 않다.

얼마 전 충북 음성의 한 여자중학교에서 선생님이 반 학생들 앞에서 무릎을 꿇고 사죄했다는 기사가 보도되었다. 사건의 전말은 과학교사가 중력의 원리에 대한 설명을 하기 위해 반에서 가장 뚱뚱한 여학생과 가장 마른 여학생을 앞으로 불러내 둘이 손을 꼭 잡도록 한 다음, 서로 힘껏 잡아당기라 했다고 한다. 당연히 가장 마른 여학생이 뚱뚱한 여학생에게 끌려 올 수밖에 없었다. "큰 힘에 의해 작은 힘이 끌려오는 것을 '중력의 원리'라고 하는 것이다."라는 과학교사의 설명이 끝나자 수치심을 느낀 뚱뚱한 여학생이 갑자기 울음보를 터뜨렸고 한 여학생이 "선생님, 저 애한테 사과하세요. 아니, 무릎을 꿇고 비세요."라고 했다고 한다. 그런 상황에 놓이자, 과학교사는 어떻게든 상황을 수습해야 한다는 강박관념에 사로 잡혀 결국 여학생 앞에 무릎을 꿇고 사죄했다는 것이다.

그 외에도 담배를 빼앗고 야단치던 교감선생님을 주먹과 발로 폭행한 대구 중학생사건, 일산 모 고등학교 생활지도교사가 학생에게 폭력당한 사건, 심지어는 50대 여교사와 10대 여중생이 교실에서 서로 머리채 잡고 몸싸움을 하는 등 교권이 바닥에 떨어졌다고 하지만 오호통재로다! 학교에서 사제지간에 이런 진풍경을 연출할 줄이야. '스승의 그림자도 밟지 마라' 했던 옛말은 이제 아스라이 먼 기억으로 사라져 가고 있다. 교사의 권위가 실추했다고는 하지만 교사의 훈계를 참지 못한 학생이 주먹질을 하는 세상! 이런 실태가 과연 아이들 탓일까. 옹알이를 하고 아장아장 걸음마를 시작하고 엄마, 아빠를 보며 방끗방끗 미소 짓던 그 너무나 사랑스럽고 저마다 고귀한 존재였을 아이들이 이렇게 되기까지는 분명 무엇엔가 영향을 받았으리라.

한국교총에 따르면 지난해 학생과 학부모의 교사 폭언 및 폭행 사례는 2001년에 비해 10배 수준으로 늘었다고 한다. 교사가 학생을 때렸다는 이유로 학부모가 교사의 뺨을 때리기도 하고, 어떤 교사는 고교생 학부모로부터 폭행을 당해 턱뼈가 부러진 사례도 있다. 가정교육이 학교교육의 근간을 이룬다는 말이 틀린 말이 아니다. 아이들은 '부모를 반영하는 거울'이다. 우리 아이들이 안하무인으로 행동하는 가장 근원적인 문제는 가정에서의 훈육지도에 있다. 물론 가정 뿐아니라 교사에게도 책임은 있다. 사랑의 매, 교권이라는 미명 하에 행해지는 폭력행사 어디까지가 정당한가.

최근 대구의 한 중학교에서 교사에게 폭력을 당한 중학생이 뇌출혈로 수술을 받게 된 사건이 발생했다. 기사에 따르면 다른 반 친구에게 빌려 준 필통을 받으러 갔다가 그 반 담임교사가 왜 왔냐고 하면서 다른 학생들이 지켜보는 가운데 성기를 툭툭 건드려 비위가 상한 학생이 대항하는 과정에서 교사의 눈 밑에 작은 상처가 났다고 한다. 이에 화가 난 교사는 학생을 교무실로 데려가 학생의 다리를 걸어 넘어뜨리는가 하면 머리채를 잡고 목재 캐비닛에 3~4차례 부딪히게 하는 등 흥분한 모습을 보였고 쓰러진 학생을 발로 밟고 열쇠절단기를 들어 위협을 가했다고 한다. 주변 교사의 만류로 교사의 폭행에서 벗어난 학생은 울면서 보건실로 향했고 다음날 학생은 구토 증세 등을 보여 병원에 후송됐는데 뇌출혈 진단을 받았다고 한다. 그 외에도 작년에 인천 소재의 한 중학교 여교사가 학교 체험학습 집합 시각에 늦었다며 두 뺨과 머리를 여러 차례 때리고 배를 발로 걸어 차 파문이 일었다. 여교사가 학생을 폭행하는 동영상을 보고 나도 한 아이의 엄마로서 가슴이 먹먹해졌다.

교사도 인간이기에 아이들의 버르장머리 없는 모습에 순간 울컥할 수 있다고는 하나, 한두 대가 아닌 수십 대가, 혹은 뇌출혈 진단을 받을 정도가 과연 정당한 체벌인가. 입장을 바꿔서 교사 자신의 아이가 학교에서 수십 대의 뺨과 머리를 맞고 돌아왔다면 어떻게 대응하겠는가 묻고 싶다. 물론 일부 교사의 사례이긴 하나, 결국 본분을 망각한 일부

몰지각한 교사의 행위가 교권의 실추를 더욱 부추긴다. 선생님은 단지, 직업인으로서 아이들을 가르치는 것이 아니다. 아이들보다 먼저 태어나 더 많은 것을 알고 있는 사람으로 아이들을 좋은 방향으로 이끌어야 하는 교사는 그 어떤 직업인보다 '중용의 자세'를 취해야 한다.

학생인권조례에 대한 찬반 논란이 갑론을박 분분하다. 그러나 모든 정치, 경제, 교육 시스템은 선진국을 따라가기 마련. 선진국에선 이미 진작부터 교사가 존경의 대상이라기보다 단지 직업인으로서의 의미가 커진지 오래다. 어찌 보면 우리나라는 현재 선진국의 수순을 밟고 있는 중, 과도기 절차를 밟고 있는 중이란 생각이 든다. 우리나라도 학생이 잘못하게 되면 '사랑의 매'를 대신하여 즉각적으로 경찰서에 신고하는 날이 오진 않을까 염려가 된다. 예전에는 선생님의 매, 선생님의 말씀이 곧 법인 적이 있었는데…. 다른 나라 제도의 좋은 점을 배워서 점차적으로 개혁하고자 하는 취지는 좋으나 선진국의 잘잘못을 거르지 않고 마구잡이로 수용해서 진득하게 고수해 오던 우리의 '얼'마저 차츰 잃어버리고 있는 건 아닌가 하는 생각에 조금은 씁쓸하다. 사람은 회귀 본능을 가지고 있다. 언젠가 스승의 사랑 가득한, 진심 어린 충고와 '사랑의 매'가 그리워질 날이 오게 되겠지. 하지만 어쩜 우린, 이미 돌이킬 수 없는 형국으로 치닫고 있는지도 모르겠다.

▶ 학생 인권! 그 미로에 서다_박종훈

급격한 변동의 시기에는 그동안 한 점 의심 없이 인정받아 온 것들을 지키려는 집단과 이를 혁신하려는 집단이 상호 충돌하는 일이 비일비재하다. 그러나 일순간 모든 것을 변화시키려는 시도는 많은 문제점을 노출하고 혼돈의 시간만 길게 한다. 시간이 충분히 주어지고 담당 주체들의 능동적이고 자발적인 참여가 이루어진다면 분명히 생산적인 합의점을 찾을 수 있을 것이다. 교육감 선거에서 진보 인사들이 교육의 수장으로 선출되면서 학생 인권을 보호해주자는 외침이 높아졌다. 그들의 진정한 의도가 무엇인지 따지기에 앞서 학생 인권에 대한 논의는 반드시 필요하고 절실한 문제임에 동의한다.

흔히 인권은 "사람이 개인 또는 나라의 구성원으로서 마땅히 누리고 행사하는 기본적인 자유와 권리"라고 규정된다. 서울시 교육청에서 발표한 학생인권조례의 주요 내용도 위의 정의에서 크게 벗어나지 않는다. 학생인권조례의 주요 내용은 다음과 같다. 차별받지 않을 권리, 폭력으로부터 자유로울 권리, 정규교과 이외의 교육활동의 자유, 두발·복장의 자유화 등 개성을 실현할 권리, 소지품 검사 금지, 휴대폰 사용 자유 등 사생활의 자유 보장, 양심·종교의 자유 보장, 집회의 자유 및 학생 표현의 자유 보장, 소수자 학생의 권리 보장, 학생인권 옹호관, 학생인권교육센터의 설치 등이다. 내용들 중에는 교육현장에서 부작용을 발생시킬 우려가 높은 것도 보이지만 대부분 보장받아야 할 내용들이다. 그렇다면 지금까지 대한민국의 교육은 학생으로서의 자유와 권리인 인권이 무시되어 왔단 말인가?

학생 인권이 강조되면서 교권에 대한 침해도 증가하고 있다. 교사에 대한 막말, 불손한 태도, 학부모의 교사 폭행, 심지어 어린 학생들의 교사 폭행은 정도를 넘어선 심각한 사회문제가 되고 있다. 인권은 책임과 의무가 반드시 수반되는 권리임을 가르쳐야 한다. 교사도 사회로부터 신뢰를 받지 못하면서 교권만을 주장할 수는 없다. 서로의 탓만 하고 있을 수는 없다.

교육현장에서 학생인권조례의 부작용을 지적하는 목소리가 높다. 두발, 복장 등 표현의 자유는 교육 환경 조성에 심각한 문제가 되고 있으며, 휴대폰 사용으로 교실에서의 기본 활동인 수업에 심각한 방해가 초래되고 있다. 설문조사에 의하면 동성애, 임신 등 성 가치관도 변화되고 있음을 확인할 수 있다. 학생 인권에 대해서는 교사·학생·학부모 모두가 마음의 문을 열고 적극적으로 고민하고 해결방안을 모색해 나가야 한다. 다양성을 인정하지 않고 일률적으로 시행하는 것은 또 다른 폭거다. 존중과 배려를 통해서 서로 토론하고 소통하는 교육적 방법으로 해결해야 한다. 학생 인권이 도마에 오른 이상 덮거나 후퇴시킬 수 없다. 학생의 인권 침해가 있었던 사실을 부정하면 안 된다. 그러나 학생 인권만 강조할 것이 아니라 개선 과정에서 나타나는 부작용도 함께 고민해야 한다. 조건과 환경에 따라 만물이 탄생되듯, 교육도 시류에 맞게 변화해야 한다. 교사는 먼저 진정성을 가지고 학생들의 인권을 보호하고 지켜주었는지 반성해보아야 할 것이다. 학생 인권과 관련하여 교사가 좌절하고 실망만 하고 있으면 안 된다고 생각한다. 그렇게 되면 학생도 학부모도 사회도 그리고 교사 자신도 모두 불행해진다. 교사가 변하면 학생이 변한다는 믿음을 가져야 한다. 사통팔달 소통할 수 있는 교사, 자신의 직업을 진정으로 사랑하는 교사, 자신의 과목에 열정을 가지고 있는 교사, 인간애가 풍부한 교사, 마음이 우주만한 교사, 배려하고 공감하며 인내심 많은 교사, 학생 하나하나의 욕구와 능력을 알아채는 교사 ……. 이 세상 훌륭한 교사들이여! 세상으로 나와라. 인권의 미로는 그 출구를 찾게 될 것이다.

▸ 학생인권조례가 희망하는 학교의 변화상_서정호 ◂ ◂ ◂

학생인권조례가 진정으로 희망하는 학교의 변화는 무엇일까?

첫째, 학생에게 학교는 인권의 산실이어야 한다. 학생은 존중받아야 한다. 왜냐고? 초·중등 시기는 존중받음을 통하여 발돋움하고 성장하며 존중받음의 경험을 통하여 타인에 대한 존중과 사회계약의 기본전제를 내면화하기 때문이다. 학교폭력과 같은 사고를 예방하기 위하여 인권을 가르치는 것은 아니다. 학교의 존재 그 자체가 인권의 역사를 전하고, 인권의 가치를 공유하는 시민을 형성하기 위해 제안된 것이다. 공교육은 프랑스혁명의 가장 구체적인 결실이다. 계몽사상과 프랑스혁명이 공교육건설을 통해 꿈꾸었던 이상(理想)은 공교육을 통해 사회계약의 규칙을 공유하고, 신분의 굴레에서 벗어나 누구에게나 공평한 자기계발의 기회를 제공함으로써 자유와 평등을 진정으로 실현하는 것이었다. 인권과 민주시민이란 무엇보다 체험을 통한 배움의 대상이다. 공기 마시듯 들이마셔야 하며, 생존권을 요구하듯 인권과 민주주의는 인간의 생태계로서 모두에게 보장되어야 한다. 공교육은 인권과 민주주의의 생태계여야 한다.

둘째, 교사에게 인권은 교사의 전문성의 산실이어야 한다. '학생의 인권도 좋지만, 교사의 교권은 어쩌라고?'와 같은 표현이 종종 내뱉어지는데 명확히 할 것은 학생의 인권과 교사의 교권은 큰 흐름에서 비례한다. 또 교사의 교권은 학생의 인권에 근거를 두는 것이며, 학생의 인권을 보장하는 약속과 세부적 장치가 없다면 교사의 교권을 보호하는 규칙이나 틀도 불가능하다. 돌아보면 그동안 교사에게 교권이 없었던 이유는 학생을 권리의 주체로 바라보거나 학교를 권리 실현의 사회계약적 시스템으로 보지 않았기 때문이다. 헌법이나 교육기본법, 초중등교육기본법의 그 어떤 명시적 규정과 상관없이 학교는 맹목적으로 교사의 입장에서 교육활동을 진행하기 위한 편리를 교사 자신의 수완에 내맡겼다. 학생을 장악하고 통제하는 것은 오로지 교사 개개인의 능력이었다. 결국 교사는 교육의 전문성과는 다른 길로 내몰렸다. 보호 관리하는 자이거나, 교과지도의 기능적 일꾼이었다. '생활지도'가 지배하는 학교현실에서 '생활교육'의 자리는 없었다. 면학분위기 형성에 방해되는 것을 제거하는 '생활지도'가 강조될 때 학생 내면의 다양한 성장을 읽어내고 지원하는 '생활교육'은 불가능했다. 학생인권조례는 생활교육이 살아나고 부흥할 것을 기대한다. 기존의 통제와 집체 위주 생활지도를 줄이고, 개개의 다양성을 주목하고 자치 체험을 장려하는 생활교육의 학교를 키워갈 것이다. 이 점에서도 올 것이 오고야 만 것이다. 생활교육 관련 사이비전문성들을 솎아내는 담론도 활발해질 것이다. 손쉬운 통제, 자발적 복종을 유도하는 카리스마, 교사 간 협력보다는 개인의 수월성으로 전문성을 구가하거나 사육사나 조련사 수준의 탁월하지만 목적이 불순한 그 모든 방법들에 이르기까지, 교육행정의 논리에까지 학생인권조례는 변화를 요구할 것이다. 학생을 까다롭고 섬세한 존재로 바라볼 때 학생을 다루는 교사의 깊고 심오한 전문성도 요구된다. 학생을 통제와 관리의 대상으로만 바라본다면 교사의 전문성에 대해 무엇을 기대하겠는가? 교사의 전문성에 대한 관점이 정립될 때에 교사의 전문성을 지원하는 교육행정의 전문성에 대한 기대도 높아진다. 삼류 여인숙의 종업원에게 전문성이란 어불성설. 그러나 일급 호텔이라면 다양한 전문성을 필요로 할 것이다. 외국어와 여행지식, 우아한 소통방법까지 말이다. 일류 호텔의 전문가로 모시겠다는 학생인권조례를 도리어 침입자로 취급해서는 안 된다.

셋째, 학부모에게 학교는 연대의 근거지가 될 것이다. '지역의 공동체성'을 회복시켜 줄 것이다. 학생인권조례는 학생의 다양성을 존중하는 학교의 구체적 설계로 고민을 발전시켜 갈 것이며 공부를 못하거나 가난한 학생의 학부모도, 장애학생의 학부모도 학교에 아쉬운 소리 구걸하지 않고 학교사회에서 소외되지 않으며 교사와 협력하는 주체로서 학부모와 학부모 조직의 역할을 설계해야 할 것이다.

넷째, 학생인권조례는 시민에게 학교가 실질적인 민주주의의 터전으로 자리잡을 것을 기대하게 한다. 학생인권조례가 단지 학생이 학교로부터 상처받는 것을 보호하는 정도의 열매를 줄 것이라고 기대하는가? 학생인권조례는 학교백화점의 종업원이 고객에게 어떻게 서비스해야 한다는 친절수행규정이 아니다. 그렇게 생각하고 있다면 당신 또한 학생을 생명체가 아닌 보호받아야 할 귀한 물건으로 취급하는 것이다. 그러므로 지금의 시점에서 학교를 인권친화적 민주시민교육의 터전으로 변화시키는 적극적 설계가 필요하다. 성평등교육이 없는 남녀합반

이 갖는 역기능처럼 인권교육, 민주시민교육의 적극적 설계 없이 학생
인권조례만 선포될 때, 그 결과는 결코 낙관할 수 없다. 학생인권조례
는 학교의 변화를 향한 다음 단계의 시나리오를 감추고 있는 것이다.

▸ 인권조례의 진짜 얼굴?_성희영　　◂ ◂ ◂

'학생인권'이라는 단어를 생각하면 제일 먼저 '학생인권조례'가 떠오
른다. 그래서 학생인권조례에 대해 인터넷 검색을 해 보니 "학생의 인
권이 학교교육과정에서 실현될 수 있도록 함으로써, 학생의 존엄과 가
치 및 자유와 권리를 보장하기 위해 제정된 대한민국 각 교육청들의
조례이다. 경기도교육청의 학생인권조례를 시점으로 서울, 광주교육청
은 학생인권조례를 공포하였다."라고 나와 있다.

경기도에 학생인권조례가 발표된 후, 학교에서는 조례에 대한 내용
을 프린트해 주고는 담임이 직접 학생들에게 연수를 하라고 했다. 나의
학생 시절에 '인권'이란 게 있었나? 배운 기억이 없는 나는, 나조차 납득
이 되지 않는 그 상황에 아이들과 함께 프린트를 읽기 시작했다. 차별
받지 않을 권리, 폭력으로부터 자유로울 권리, 정규교과 이외의 교육활
동의 자유, 두발, 복장 자유화 등 개성을 실현할 권리, 소지품 검사 금
지, 휴대폰 사용 자유 등 사생활의 자유 보장 …. 열심히 읽어 주고 있
는 도중 한 학생이 나의 말을 톡! 자르며 질문한다.

"샘! 결론은 학생들에게 자유를 주겠다는 거죠? 이제 복장도, 머리도,
핸드폰도 제 맘대로 해도 된다는 거네요?"

"의도를 잘못 해석하지 말라고 샘이랑 같이 읽는 거니까 끝까지 들

어보라니까!" 아이의 말에 알 수 없는 짜증이 확 밀려온 나는 버럭 소리를 질러 버렸다.

"야야~ 그게 아니라 샘들이 이제 우리 못 때린다는 거야." 소위 노는 애들은 얼굴을 활짝 펴며 신이 났다. 참, 난감하지 않을 수 없다. 단지 두발 복장 검사를 하지 않는 것이, 때리지 않는 것만으로 모든 학생의 인권을 보호할 수 있는 건지.

조례가 발표된 후 '학생부'라는 명칭을 '학생생활인권부'로 바꾸고는 교문 앞에서 학생들의 용의복장 검사를 하면 안 된다고 했다. 그 대신 학교 안에서 더욱 강력하게 복장 단속을 하고 벌점을 주라고 한다. 또한 휴대폰 사용 자유 등 사생활의 자유를 보장한다지만 실상은 아이들이 아침에 학교에 오면 교탁에 놓인 핸드폰 가방에 자신의 번호 속에 차곡차곡 핸드폰을 꽂아 넣는다. 핸드폰 넣는 가방은 핸드폰을 더욱 잘 걷으라고 학교에서 일괄적으로 구입해 줬다. 그리고 정규교과 이외의 교육활동의 자유가 있다고 하는데, 그와 관련한 이야기이다. 올해 1학기 방과후학교 프로그램을 개설할 때 아이들의 자발적인 참여를 유도했고, 자발적인 참여를 유도하다보니 학생들의 신청이 저조했다. 그래서 방과후학교 담당부장님께서 실적(?)이 별로인 반의 담임들을 모두 소집해서는 몇 명 이상, 몇 강좌 이상을 무조건 채우라고 하셨다. 담임들의 능력을 보이라는 말씀을 노골적으로 하신다. 자유라면서, 담임이 개별 면담을 해서라도 강좌를 채우라는, 얼굴만 자유인 자유권을 주셨다. 이것 참….

지금은 누구를 위한 학생인권인지, 무엇이 진짜 학생인권을 지켜주는 것인지 정말이지 모르겠다. 일부 학생들은 자신들의 권리만을 주장하느라 선의의 다른 친구들이나 선생님들의 권리는 안중에 없고, 학교는 아이들에게 조례와 상관없이 편의상 지도하고 있다. 아이들에게 진정 필요한 것이 어떤 것인지 파악이 안 된, 그 누군가의 독단적인—그 나름의 창의적이고 혁신적인 생각이라 여기고 있는— 학생인권조례 때문에 수많은 곳에서 진통을 겪고 있다.

학생들이 실패했는데 선생인 내가 성공했다 말할 수 없고, 학생들이 성공하고 선생인 내가 실패했다 말할 수 없다. 교사와 학생이 함께 공존하는 세계. 그것은 인위적이고 강압적으로 이루어지는 것이 아니라고 생각한다. 모든 문제의 해법은 우리들 자신에게 있는 것이니 교사와 학생, 학교가 함께 성공하기 위한 대안이 필요할 것이다.

▸ 학생인권? 헐! _신선영　　　◂ ◂ ◂

새로운 학기가 시작되기 전, 나는 내가 과외하는 아이들과 다음 학년이 되면 어떻게 생활할 것인지에 대해 대화를 나누곤 했다. 지난 겨울방학에도 이제 곧 중학생이 될 아이와 이런저런 학교생활에 대해 이야기를 나누었는데, 그날의 주제는 귀걸이, 파마, 그리고 일명 '짧치'라 불리는 짧은 치마에 대한 것이었다. 난 내가 알고 있던 대로 중학생이 되면 귀걸이를 해서도 안 되고, 파마는 더더욱 안 되며, 짧은 치마도 날라리 학생들만 입는 것이라고 하면서 그 아이에게 중학교 생활에 대해 자세히 알려 주었다. 그리고 몇 달 후, 중학교에 입학한 아이는 새로운 사실을 나에게 알려 주었다. 귀걸이를 해도 되고 파마는 과하지만 않으면 된다는 것이었다. 심지어 피어싱까지도 괜찮단다. 짧은 치마는 안 되긴 하지만 많은 학생들이 입고 다니고 있으니 자기도 시간이 좀 지나면 치마를 줄이겠단다. 이게 도대체 무슨 일인지? 난 이해가 가지 않았으나 그 학교가 이상한 것이라고 생각했다.

얼마 전, 나는 교생실습을 다녀왔다. 내가 다녔던 학교를 학생이 아닌 선생의 자격으로 다시 찾으니 감회가 새로웠다. 학교는 내가 다녔을 때와는 많이 달라져 있었다. 가장 먼저 눈에 뜨인 것은 실내화를 신지 않는 것이었다. 똑같은 실내화를 신고 복도를 누볐던 나의 학창 시절 모습과는 달리 다양한 신발을 보며 자유분방함을 느낄 수 있어 좋았다.

학교생활이 그럭저럭 적응이 되어 갈 쯤, 학생들의 머리 모양이 눈에 띄기 시작했다. 파마머리, 염색머리, 샤기컷을 한 머리 등 다양한 머리 모양들…. 난 그러한 풍경이 너무나 신기해 담당 선생님께, 학생이 저런 머리 모양을 하고 다녀도 되는지 여쭤 보았다. 난 당연히 '교칙 위반이다'라는 대답을 들을 줄 알고 여쭤 본 것인데 뜻밖에도 괜찮다는 것이었다. 요즘에는 저런 걸 함부로 금지하면 학생 인권을 침범하는 일이되어 문제가 커질 수 있으므로 조심해야 한다는 것이다. 요즘 애들이 흔히 하는 말로 '헐!'이다 싶었다. 학생인권? 헐! 정말 별개 다 학생인권이다. 내가 과외하는 아이의 학교만 이상한 것이 아니었다. 비록 '학생은 파마를 하면 안 된다. 염색을 하면 안 된다.'라는 것은 고정관념일지라도, 학생은 학생다운 모습을 해야 행동도 학생답게 하게 된다고 생각한다.

알면 보인다고 했던가? '학생 인권'이라는 단어가 뇌리에 박힌 날부터 학교에서 일어나는 모든 일들이 인권과 연결되기 시작했다. 수업시간에 엎드려 있는 아이를 함부로 혼내는 것도 인권 침해! 잘못했다고 벌을 주는 것도 인권 침해! 적당한 체벌도 인권 침해! 내가 학교 다닐 때만 하더라도 전혀 문제가 되지 않던 것들이, 모조리 하면 안 되는 것이 되어 버렸다.

하루는 이러한 모습들이 너무 답답해 다른 선생님들과 대화를 나누게 되었는데 한 선생님께서 '인권이 학생을 망친다.'고 말씀하셨다. 난 100% 그 말에 공감했고 정말 교육이 잘못된 방향으로 가고 있다고 생각했다. 교생실습 기간 중 참관 수업을 많이 했는데 그때마다 느낀 건 선생님들께서 정말 힘드시겠구나 하는 것이었다. 수업시간에 잘못을 저지르는 아이가 있어도 따끔하게 혼낼 수 없는 분위기, 정말 마음이 아팠다.

어린 사람들이 잘못한 일이 있으면 매를 들기도 하고, 예의에 어긋난 행동을 했을 때 올바른 예의범절을 가르쳐 바른 방향으로 이끌어 주는 것이 어른이 할 행동이 아닌가! 그런데 요즘 우리 사회 분위기는 '학생 인권'이라는 미명 아래 필요한 행동들을 금지시키고 있는 듯하다. 학생 폭력 사건이 많이 일어나는 이유 중 하나도 아이들이 뭐가 옳고 그른지 모르기 때문이라고 생각한다. 학생 인권을 따지기 전에 학생들에게 올바른 삶의 모습이 어떤 것인지에 대해 알려 주는 것이 먼저가 아닐까?

어린 시절 부모님께 혹은 선생님께 혼나면서 그것이 인권 침해라고 생각했던 사람은 없을 것이다. 오히려 잘못되어가고 있는 모습이 보이고 있음에도 불구하고 그것을 혼내지 않고 방관하는 것이 더 큰 인권 침해라고 생각한다.

학생의 인권, 당연히 지켜줘야 한다고 생각한다. 그러나 어떻게 하는 것이 진정 학생 인권을 지키는 것인지에 대해서는 다시 생각해 봐야 할 때인 것 같다.

▸ 학생인권조례, 기본이 우선이다_장소형 ◂ ◂ ◂

'초등학생, 여교사 폭행', '교사의 상습폭행 … 학생들 진정서 제출', '학부모가 교사 폭행' …. 일주일에도 몇 번씩 이런 기사가 헤드라인을 장식하는 요즘이다. 며칠 전에는 학생인권조례를 공포한 이후로 교사 폭행은 줄어들고, 오히려 학생 폭행이 늘어났다는 뉴스를 접하기도 했다. 안타깝기도 하고 황당하기도 한 이러한 일들이 내 주변에서도 심심 찮게 일어나고 있다. 그러나 불행하게도 이런 일들은 하루 이틀 겪는 일도 아닐뿐더러, 나는 사교육 현장에 있어서 그런지 학생인권조례를 현실적으로 체감하지는 못한다. 가끔씩 학원 협회에서 보내는 포스터 따위에 '정규교과 이외의 교육활동의 자유' 조항을 내세워 학생들이 학 교의 방과 후 수업을 거부할 수 있게 하자는 - 학원 입장에서 학교의 강제적 방과 후 수업은 적이다. - 내용을 보며 넘어가는 정도니까.

말도 많고 탈도 많은 학생인권조례를 곰곰이 생각해보니, 마음이 답 답해졌다. 그리고 '군사부일체(君師父一體), 임금과 스승과 아버지의 은혜는 하나다.' 2012년의 오늘에, 이 먼지 쌓인 말을 다시 꺼내본다. 학원에서 중학교 아이들을 만나다보면 그들에게 욕설은 감탄사 정도의 단어이며, 야구동영상은 핸드폰 필수품이라는 것을 알게 된다. 물론 내 수업 시간에도 별의 별 행동과 비속어가 난무하는데, 내가 그 때마다 주의를 주며 하는 레퍼토리가 있다. "방금 했던 말을 부모님께 문자로 보내든지, 오늘 집에 가서 똑같이 말씀드려 봐. 만약에 부모님께서 그냥 웃으면서 넘어가시면 선생님도 아무 말 안할게." 지금까지의 승률은 100%, 이렇게 이야기하면 대부분의 아이들은 알아듣고 넘어갔다. 너무나 단순하지만 명료하지 않은가. 부모님께 지켜야 할 예절을 선생님께 지키는 것, 자기 자식에게 할 수 있는 일을 학생에게 행하는 것. 서로간의 예절을 지키는 것, 그것이야말로 모든 일의 출발점인 것이다. 이렇게 말을 써 놓고도 그것이 얼마나 어려운 일인지는 나 자신도 잘 알고 있다. 아마 모든 선생님이, 학부모가 그것을 알 것이라 믿는다.

자, 이제 화두는 던져졌다. 학생인권조례의 근원적 문제가 이것이다. 교사와 학생 사이에서 일어날 수 있는 일, 예절과 도덕적 규범을 바탕으로 해야 할 공간에 문서화된 법적 규제가 들어온 것이다. 예절이 상황과 맥락을 중심으로 돌아가는 유동적인 것인 반면, 법은 모든 경우를 담을 수 없다. 따라서 법은 선을 그어버린다. '폭력으로부터 자유로울 권리'는 '나를 열 받게 한 교사를 폭행할 수 있는 권리'가 되어버렸다. '소수자 학생의 권리 보장'은 '소수자 흡연 학생의 담배 필 수 있는 권리 보장'으로 인식된다. 학생의 자유는 어디까지 허용되어야 할 것인지, 그 규제는 선생님으로부터 나오는 것인지 변호사로부터 나오는 것인지 설명해주지 않는다. 학생인권조례라는 벽이 등장하면서 교사는 쉽사리 아이들에게 접근할 수 없게 되었고, 몇몇 아이들은 그것을 이용하여 자신의 입맛에 맞게 얼마든지 변용 가능한 무기로 사용하고 있다.

스승과 부모의 은혜가 하나와 같다면, 학생인권조례는 부모와 자식의 관계에 법을 만든 것이나 다름없다. 앞뒤가 뒤틀렸다. 학교 현장이 바로 잡히고 아이들이 즐겁게 학교를 다닐 수 있게 하는 것은 법적 제도장치가 아니다. 상호간의 사랑과 배려와 예절과 도덕이 첫 번째이다.

이 첫 번째 기초를 잃어버린 학교 현장에서 지금 필요한 것은 사랑과 예절의 회복이지, 법적 규제가 아니다. 그리고 기본을 잊은 법적 규제가 얼마나 위험할 수 있는지 다시 한번 생각해야 한다.

오늘자 뉴스, 담배 피는 아들을 체벌했다는 이유로 교사의 턱뼈를 골절시킨 학부모. 난 또 쓴웃음을 지으며 진정한 교육은 어디에서 오는지 생각한다.

▸ 단순한 존중인데_정미나 ◂ ◂ ◂

인권이라는 주제를 일주일 내내 생각하면서 조금은 떨리고, 위태로운 밤이 찾아왔다. '인권'이란 도대체 뭘까. 어디까지가 인권이고 어디까지는 인권이 아닐까. 사람들의 억울한 일을 전부 얘기한다면 그것은 인권을 얘기했다고 할 수 있을까. 게다가 '학생의 인권'이라니, 발걸음이 조금 더 조심스럽다. 나는 아직 학생이고, 또 어느 순간에는 선생님이 되어 있을텐데 운을 얼마나 뗄 수 있을지 자신이 없다.

초등학교 무렵, 내가 반장이었던 시절. 당시 담임선생님은 육상부 출신이라 굉장히 엄격했다. 선생님께서는 반장은 학생들을 대표하기 때문에 더 엄하게 다스려야 한다는 생각이 강했던 분이라, 나를 다른 학생보다 훨씬 엄격하게 대했다. 처음에는 이러한 훈육 방식에 별다른 이의가 없었다. 그런데, 다른 아이들이 '너만 그렇게 세게 때리다니 너무한다.'라는 말을 듣고부터는 괜한 설움이 치밀었다. 그게 계기가 되어 반대표로 맞고 난 후, 체벌에 대해 선생님께 말씀드렸더니, 예상치 못하게 돌아오는 말은 '갑자기 왜 이렇게 버르장머리가 없어졌냐.'는 것이었다.

'버르장머리'. 그게 어디서 유래된 말인지는 알 수 없었으나, 학생으로서 부당함을 이야기하다 보면 늘 나오는 말이었다. 내가 건의했던 말이 무슨 말이든, 선생님 입장에서는 본인이 하는 일이 못마땅하다는 걸 노골적으로 표현하는 것처럼 들렸을 테니, 어린 학생에게서 듣는 것은 '버릇없어' 보였으려나. 그렇게 생각하다 보면, 버르장머리와 인권을 얘기하는 선은 어디까지인가가 항상 모호하다. 내가 '인간답게 존재하기 위해서 당연히 가지는 권리' 중에서 발언권은 어디까지 포함할 수 있는 걸까.

학생들의 인권을 위해 두발 자유화를 외치고 체벌 금지를 권장하는 요즘이다. 학생들이 인간으로서 누릴 수 있는 최대한의 자유를 위해 제도적으로 권리를 보장해주는 것이다. 그러나 아직까지도 이 제도 역시 일선에서는 '말도 안 된다.'는 지적이 많다. 학생들이 잘못한 것에 대해 처벌하는데, 학생이 학생다운 모습으로 있는 것에 대해 인권이 무슨 말이고, 제도가 웬 말이냐는 것이다. 인터넷에 가끔 충격 영상으로 떠도는, 선생님의 머리끄덩이를 잡고 늘어지는 학생의 모습이나, 어른보다 더 심한 화장과 머리스타일로 학교를 돌아다니는 아이들만 봐서는 이 제도는 없어져야 맞고, 오히려 인권 자체를 주장하는 것이 마땅치가 않다.

그러나, 누구에게나 유년기는 있었고, 우리는 누구나 학생시절의 부당한 체벌과 억울함을 경험해봤을 것이다. 합당하지 못한 일이었지만, 성적 권한이 선생님께 있어 말을 못했던 기억. 개인에게 벅찬 일임에도 학교라는 명목 하에 동원되었던 행사, 제도 기타 여러 행정적인 절차

들. 속으론 못마땅해 하고 욕하면서도 학생이니까, 학교에서 하라는 대로 하지 않으면 부당한 결과가 오니까 말없이 묵묵히 했던 날들. 그렇기에 학생의 인권이란 더 이상 학생들만의 '버르장머리'없는 발언이 되기 전에, 미리 머리 큰 어른들이 외치고 생각해봐야 하는 일이 아닐까.

인간으로서 누리는 인간답게 있을 수 있는 권리와 자격이라니, 참 등따시고 배부른 소리다. 그렇지만 우리도 한 사람의 학생이었고 인간이었으며 소리내기 어려운 일원 중 하나였지 않은가. 그러기에 소심하게나마 내가 어른이, 그리고 선생님 입장이 되어 학생들에게 부당한 일을 지시하기 전에 외쳐보려는 것이다. 학생의 인권? 그것은 버르장머리 없는 소리가 아니고, 윗선에 대한 반항이 아니며 단순한 인격적 존중이라고.

▶ 예전에는, 지금은, 그리고 앞으로는_채희령 ◀ ◀ ◀

교권 vs 학생인권. 하나, 둘, 셋, fight! 이번에는 누가 이겼나? 대결의 주제 따위는 무엇이든 중요치 않다. 대결이 벌어진 원인도 그다지 중요치 않다. 선생님이 학생을 누르거나, 학생이 선생님을 누르거나 오직 결과에만 모든 관심이 집중된다. 이게 학교 현장의 모습이다. 선생님이 진심을 담아 혼내고 학생이 고개 숙여 뉘우치고 반성하는 훈훈한 풍경은 더 이상 없다. 오히려 학생이 소리치고 선생님이 혼나거나, 선생님이 이성을 잃고 헐크로 변해 더 큰 문제를 발생시킨다.

교생실습 나갔을 때, 교육실습생들을 담당하셨던 선생님께서 실습 마지막 날 조회시간에 해 주시던 말씀이 생각난다. 너무 감명 깊어서 교생일지에 메모해 두었던 것을 옮겨본다.

"요즘 '교권'이라는 단어가 언론의 필터링을 거쳐 사람들에게 전달되는 메시지는 바로 '교권붕괴'이다. 교권은 이미 땅에 떨어져서 존재하지 않는 것이 되었고, 학생인권조례안만 존재한다고 강조한다. 그러나 학생인권조례안의 有/無가 문제의 핵심이 아니다. 20여 년 전에는 초임교사가 초임교사의 티가 전혀 나지 않았다. 교사 전문성의 문제가 아니라, 아이들이 교사를 대하는 자세의 문제이다. 그 당시에 학생들의 인권은 존재하지 않았나? 왜 요즘에서야 학생인권이 하늘에서 뚝 떨어져 등장이라도 한 마냥 강조하는가. … 유아기부터 예절교육은 경시한 채 지식 교육만 주입한다. 학교에 입학을 하고 학년이 올라가더라도 오로지 공부, 입시만을 강조하기 때문에 소위 '공부 좀 하는 아이들'의 예의 없는 행동이나 잘못은 자연스레 덮인다. 해마다 5월 15일, 스승의 날이라고 일컫는 날에도 언론에서는 '촌지' 문제를 부정적인 측면에서 강하게 보도한다. 극소수의 학부모와 교사로 인해 교육계 전체가 왜곡되는 것이 너무도 괴롭다. 요즘 교권이 붕괴된 것은 부정할 수 없는 사실이다. 아이들을 벌주기는커녕 꾸짖기도 겁나는 세상이다. 퇴직 시기가 한참 남았는데도 벌써 회의감과 자괴감에 명퇴하는 교사의 수는 점차 늘어가고 있다. 교사는 점점 무력해지는 존재가 되어버렸다."

참으로 값진 말씀이었다. 학생들의 자세, 그리고 언론의 태도, 그로 인한 영향, 다시 악순환, 또 비슷한 결과. 결국은 교사들의 무기력 초래. 또 악순환.

흔히 교사들은 '문제아'라는 존재를 만나면 우선 '문제 부모'를 탓한다. 가정교육을 어떻게 받았기에, 집에서 부모에게 배운 게 무엇이기에 등. 편부 혹은 편모 슬하의 자녀들, 정부의 도움이 없이는 생활이 곤란한 환경의 아이들, 친구들 간 갈등과 소외로 반항심과 폭력성이 큰 아이들. 학교에서 문제를 일으키는 아이들의 사정을 따져보면 대부분 이런 것들이다. 담배 피우고 가출하고 친구 때리고…. 어디 이런 순수한 문제뿐인가. 요즘 아이들은 가정형편도 교우관계도 전혀 이상 없는데, 그저 교사를 인격적으로 모독한다. 교복 주머니 속에 있는 휴대폰을 믿고, 체벌 금지를 믿고 교사의 무능함을 아프게 꼬집어 아주 영악하게 조롱한다.

우리가 고리타분한 과거의 것을 배우는 이유는, 과거를 통해 현재를 진단하고 미래를 예측하기 위해서이다. 학교도 사람들이 모여 이룬 시간과 공간인데 학교라고 왜 역사가 없을까? 돌이켜보자.

과거에는 어머니나 할머니가 꼭 집에 계셨기에 기본적인 예절은 학습이 아니라 체득할 수 있었고, 형제들이 북적북적해서 첫째부터 막내까지 나름의 서열을 인정하고 존중하며 배려하는 법도 배울 수 있었다. 밥상머리교육, 즉 가정교육이 튼튼했다. 그러나 요즘은 맞벌이 가정이 많고, 외동이 많기 때문에 아이들은 학교를 벗어나면 사교육 기관에 맡겨지거나 홀로 지내는 시간이 많다. 과거에 당연히 집에서 배웠어야 할 것들을 배우지 못한 채 신체와 지식만 자라고 있다. 과거에는 오로지 글자 하나 더 배우기 위해서, 책 한 권 더 보기 위해서 학교에 갔다. 지금은? 충분히 학교 밖에서도 지식을 얻을 수 있다. 학교에 원하는 것은 더 이상 지식만이 아니다. 세상이 달라지면, 그에 발맞춰 가장 먼저 교육이 달라져야 한다. 교육은 한 사람의 인생을 좌지우지 할 수 있는 중요한 과정이기 때문이다. 그래서 과거가 아닌 현재는, 아이들이 교복을 입고 교문을 지나 교실로 들어오는 순간, 그 순간부터는 '한 가정의 아이'가 아니라, 온전히 학교 담장 안에 앉아 있는 '한 교실의 아이'이다. 집에서 가르칠 수 없는 것을 학교에서 대신 가르쳐야 한다. 대신 맡았기 때문이다.

국민들은 자신들의 손으로 선출한 국회의원이나 대통령에게 자신의 권리를 위임하고, 선출된 자들은 국민들에게 약속한 정책이나 공약을 이행하면서 신뢰를 얻는다. 마찬가지로, 한 가정의 부모들도 교사에게 자신의 아이를 전문적으로 교육하고 보살펴주길 기대하며 맡기고, 아이가 별 탈 없이 긍정적으로 변화, 발전될 때 교사라는 존재를 신뢰한다. 그러나 우리는 국회의원을 '그 놈이 그 놈인 것들' 혹은 '말뿐인 것들'이라며 불신한다. 현재 학교라는 기관도 어쩌면 그 수준까지 떨어져 있는 것이 아닐까 싶다. '강 건너 불구경하듯'한 교사들의 안일한 자세 때문이다. 비록 남의 아이를 억지로 맡았지만, 암묵적으로 잘 보살피고 잘 가르치겠다는 계약이 전제되었다는 생각을 가져보자. 그 의무를 이행해야만 눈에 보이는 수입이든, 눈에 보이지 않는 존경이든 정당하게 받을 수 있다고. 그렇게 한 명이라도 포기하지 않고 악착같이 끝까지 잡고 늘어져 가르치고 품어준다면 그 아이도 나아가 그 아이의 부모도 교사의 권리를 드높여 줄 것이다. 교사가 먼저 아이의 권리를 인정해주고 존중해주었기 때문이다.

아이는 아이이다. 교사 개인이 경험해보지 않은 아예 다른 환경과 사고와 마음을 지녔더라도, 도저히 이해할 수 없는 큰 사고를 저질렀어도 아이는 아이이다. 먼저 다가가 팔을 벌리고 서 있어 준다면 경험 그 이상의 것으로 아이를 온전히 품어줄 수 있을 것이다. 두 개의 홑문장이 하나의 겹문장으로 합해질 때, A문장이 B문장을 안으면, 안긴 B문장은 '문장'보다 작은 '절'로 변한다. 교사와 같은 위치에서 같은 크기의 '문장'이기를 부르짖는 아이들을 한번 안아보고자 한다면, 그 아이는 분명히 자신의 목소리를 낮추고 몸집을 웅크려 교사의 품으로 쏙 안겨서 기꺼이 '절'이 될 것이다.

교권 추락의 원인을 변화하는 시대, 교육제도, 부모들, 아이들의 탓으로 돌리지 않았으면 좋겠다. 교사는 더 이상 드높여야 하는 외경심의 대상이 아니다. 학생도 마냥 때리고 소리쳐서 복종하게 만들 수 있는 대상이 아니다. 폭력을 휘두르고 존경 받는 자체를 교권이라고 착각해서도 안 된다. 학생인권조례안으로 교권이 붕괴된다고 생각해서도 안 된다. 1교시부터 8교시까지 긴 시간을 아이들과 눈 맞추고 대화하고 살 부비며 생활하는 과정에서 얼마든지 아이들의 인권을 지켜주고 교사의 교권을 지켜낼 수 있다.

눈에 보이지 않지만, 지금 이 순간에도 학교 곳곳에서는 선생님들이 아이들을 혼내고 칭찬하며 사랑 가득 품어줄 것이다. 앞으로도 그럴 것이라고 믿는다.

학교 폭력

제7장 학교 폭력

▶ 국어 시간에 욕을 가르치다_권은애

오늘 수원으로 출장을 다녀왔다. 뚜벅이라 물어물어 찾아간 도교육청 출장은 험난한 여정이었다. 느닷없이 갑자기 날아온 출장 "도덕, 국어 수업을 통한 학교폭력 예방 교육을 위한 교사 연수"라 한다. 의무적으로 국어 교과에서 한 명은 가야 한다고. 교무회의 빠진다고 좋아라 나갔는데, 역시 자동차 없이 수원은 참 멀기도 했다.

도덕은 그렇다 치고 국어 수업을 통해 학교폭력을 어떻게 예방한다는 건지, 학교폭력이랑 국어가 또 어떻게 연결이 지어지는 건가 불안해하며 갔는데, '언어폭력'에 대한 이야기였다. 학교폭력 중에서 언어폭력 피해가 50%가 넘어 가장 큰 비율을 차지한다고 했다. 맞는 얘기다. 신체적 폭력이 아니면 잘못이 아니라고 생각하는 요즘 아이들. 욕설이나 비속어가 귀를 틀어막게 할 지경이 된 지가 오래다. 국어 수업을 통해 올바른 언어 습관을 기르기 위한 교수 학습 자료를 개발했다며 경기도 내의 모든 중고등학교 국어 교사를 한 명씩 불러모은 것이었다.

연수를 받고 있자니 작년에 있었던 어처구니없는 일이 떠올랐다. 채널을 이리저리 돌리다 마침 EBS에서 방송하는 다큐멘터리를 보게 되었다. 제목이 "욕, 해도 될까요?" 평소에 아이들 욕설과 비속어 때문에 골치가 아프던 터라 방송을 열심히 보았다. 2부작으로 구성된 다큐에는 청소년들의 욕설 실태, 욕을 많이 쓰면 어휘력이 현저히 저하된다는 연구 결과, 욕을 많이 하는 학생들과 욕을 하지 않는 학생들의 문제해결력 실험 결과 등 다양하고 흥미로운 내용들을 통해 욕의 문제점을 환기시키고 있었다. 특히, 욕의 뜻을 풀어서 설명함으로써 의미도 모른 채 습관적으로 욕을 사용하는 학생들이 충격을 받는 모습은 우리 아이들에게 보여주면 좋겠다 싶었다.

그런데 얼마 후 '학생 언어문화 개선을 위한 국어 교육'이라는 제목으로 바로 이 다큐를 국어 수업 시간을 통해 학생들에게 보여주라는 공문이 왔다. 한 시간 국어 수업보다 훨씬 의미가 있으리라 생각하며 아이들에게 방송 내용을 보여 주었다. 3학년들은 진지하게 방송을 보았고, 시청 후에 '학급에서 누가 욕을 제일 많이 하는가?' 등 제법 심도 있는 이야기가 오고갔는데, 문제는 1학년이었다.

방송에서 쉴 새 없이 욕을 하는 학생들의 모습을 보여주는데, 지X, X발 등으로 욕을 자막처리하고 쉼 없이 '삐이' 하는 신경 긁는 소리가 계속 나왔다. 그런데, 폭포수처럼 내뱉는 방송 화면의 욕설을 아이들이 수수께끼 풀듯 재미있게 따라 하는 것이었다. 저건 뭐다, 뭐다, 하는 식이었다. 순식간에 교실은 욕설의 바다가 되었다. 어이가 없었다. 역시 아이들은 무엇을 상상하든 그 이상을 보여주었다. 결국 1학년은 두

반에 보여주다 말고 중단했다.

일은 그 며칠 후에 벌어졌다. 욕 풀이를 흥미롭게 본 한 녀석이 수업 시간에 다른 녀석들에게 아주 열심히 욕을, 그 의미를 풀어서 했단다. 예컨대, "이 간질 발작을 할 녀석아!" 이런 식으로. 그런데 그 정도가 도저히 글로 쓰기가 힘든 얘기를 수업 시간에 그것도 수업 중인 여선생님 앞에서 지껄였던 모양이었다. 충격을 받은 선생님은 훈계를 하다가 학생부로 보내려고 했고, 녀석은 국어 수업 시간에 한 건데 뭐가 잘못이냐며 교실을 뛰쳐나갔다고 했다. 국어 시간에 무얼 했냐고 다른 선생님들이 묻는데 정말 기가 막혀서 죽을 지경이라는 말이 절로 나왔다. 욕 좀 그만하라고 방송을 보여줬더니, 졸지에 더 심한 욕을 수업 시간에 가르친 꼴이 되어 버렸다.

요즘 아이들 웬만한 자극에는 반응도 하지 않는다. 그런 심한 말을 자신이 수시로 하고 있다는 사실에 충격을 받는 게 아니라, 욕의 의미가 얼마나 혐오스러운가를 알게 되자 더 재미있었나 보다. 물론 이 일은 못 말리는 극소수의 말썽꾸러기들이 벌인 일이다. 하지만 아이들의 언어폭력은 이미 도를 넘었고, 그들은 점점 남의 고통에 둔감해지고 있다. 사이코패스가 따로 있겠는가? 남의 감정을 읽어 내지 못하고 남의 고통을 재미있다고 느끼는 아이들. '학교폭력'이라는 것이 결국 그들의 작품이 아닌가?

며칠 전에 우리 반 아이 하나가 다쳐서 구급차에 실려간 일이 있었다. 그런데 2학년 여학생 하나가 구급차 바로 앞에 붙어 서서 그 모습을 촬영하고 있었다. 구급차를 처음 봐서 신기했단다. 화가 난 우리 반 녀석들의 고함 소리에 여학생은 삼십육계 줄행랑을 쳤다. 누군가 고통을 견

딜 수 없는 응급상황인데, 그 아이는 그게 신기하고 재미있는 구경거리였나 보다. 나에게 촬영 사실을 들키지 않았으면 그 여학생은 촬영 영상을 인터넷에 올려 또 한번 학교를 뒤집어 놓았을지도 모른다.

　남의 고통을 읽을 줄 모르는 아이들. 남의 감정에 공감하지 못하는 아이들. 저 아이들의 감정의 흐름을 틀어막아 놓은 것은 과연 무엇일까? 옳고 그름을 구분하지 못하는 아이들을 아무리 윽박질러도 아이들은 다시 돌아서면 남의 고통에서, 거친 욕설에서 쾌감을 얻고, 스트레스를 해소한다. 슬프고 답답한 일이다.

▸ 열정과 무관심 사이_노성호　　　◂ ◂ ◂

　모의고사를 본다. 살얼음판을 걷듯 오금이 저려오고, 손바닥은 이미 땀으로 흥건히 젖어있다. 긴장과 초조의 연속인 시험. 끝이 난다고 해도 해방감을 느낄 수 있는 시간은 아주 잠시 뿐이다. 바로 다음날 매타작이 이어지기 때문인데, 이를 면하기 위해서는 성적을 1점만이라도 올리면 된다. 많이 올릴 필요는 없다. 그것은 중요하지 않다. 반면에 1점이라도 떨어졌다? 그때부터는 팬티를 한 장 더 입고 학교를 가야 할지, 아니면 안에다 때 이른 두툼한 내의를 입고 가야 할지, 그것도 아니면 체육 시간을 핑계 삼아 체육복이라도 껴입고 가야 하는 것인지 고민이 시작된다. 어느 때는 '아예 전학을 가 버릴까?'하고 생각하기도 한다.

　졸음이 쏟아진다. 몸을 일으키는 것은 고사하고 눈을 뜨기조차 힘에 겨운 아침이 밝아온다. 그래도 일어나서 학교를 가야 한다. 1분이라도 늦으면 아직 멍이 빠지지 않은 허벅지에 더욱 선명한 매 자국이 생겨버릴 것이다. 그렇게 등교를 했으니 하루 종일 완전 소금에 절여진 김장 배추 마냥 피곤에 절어 매 시간을 보내고 만다.

시간이 갈수록 학업 능력이 향상되고 아는 것이 많아져야 하는데, 그것보다는 학과목 선생님들의 눈을 피하는 기술만 늘어간다. 야간 자율학습 시간도 매 한가지다. 독서실 사감 선생님은 일명 '죽도 아저씨'였는데, 자다가 걸리면 그 아저씨의 '죽도(竹刀)'로 '죽도'록 얻어터지기 때문에 우리는 그 아저씨를 그렇게 불렀다. 그 아저씨도 본인의 별명을 알고 계신다. 매타작 소리를 한 번 듣고 나야 공부가 잘 됐다. 매타작 소리 없이 조용히 시작되는 야자 시간은 폭풍 전야 같았다.

교문에 들어서면 '성실!'이라고 크게 구호를 외치면서 거수경례를 한다. 나의 경례를 받아주시는 상관은 교문지도 나오신 선생님과 3학년 학생회 간부들이다. 우리는 그렇게 인사를 나누며 학교에서의 하루를 시작하지만, 지각을 했다 치면 인사는 필요 없다. 한 대의 묵직한 매와 벌점만이 필요할 뿐. 이윽고 아픈 엉덩이를 어루만질 틈도 없이 교실로 입장하지만, 거기에는 담임선생님의 매가 기다리고 있다. 그런데 어느 날은 불시에 가방 검사를 하면서 소지품을 확인하는 대대적인 작업이 벌어지기도 한다. 만일 학교 담장 밖에서 안쪽이 제대로 보이기라도 하면 눈치를 채고 잠시 가방 속을 들여다보며 마음의 준비라도 할 텐데, 이건 뭐 모퉁이를 돌면 바로 낭떠러지에 닿는 듯 가방 검사를 당해야 하는지라 어떻게 손 쓸 틈도 없다. 그렇다고 가방 속에 뭐 신통한 것들을 넣어 다니는 것도 아닌데, 떨리기는 왜 그리 떨리던지. 도살장으로 끌려가는 순한 양처럼 그렇게 순순히 가방 검사에 응하고 만다.

이때 복장과 두발은 기본 옵션으로 깔끔하게 장착되어 있어야 한다. 그렇지 않으면 한 대 맞거나 아니면 머리에 고속도로가 뚫리게 된다.

쉬는 시간 종이 울리기 얼마 전, 소위 우리 반 일진들의 움직임이 수상쩍다. 서로 결의에 찬 눈빛들을 해 가지고는 어디론가 출동할 기세다. 잠시 후, 종이 울리자마자 그들은 링 위에 올라 선 복서들처럼 거칠게 달려 나가서 이내 다른 반 일진들과 혈투를 벌이기 시작한다. 나머지 우리들은 우르르 몰려나가 쌈닭들의 피 튀기는 혈전을 감상하면서 그 대가로 인공적인 링을 만들어준다. '우리 반은 내가 지킨다!'는 사명감이 있었던지 그들은 참 열심히 싸워댔다. 소란스런 낌새를 알아차리신 학생부장 선생님의 출현이 아니었다면, 연장전에 이어 승부차기까지 간다 해도 끝장날 것 같지 않았던 주먹다짐들이 그때는 참으로 빈번했다.

요즘도 모의고사를 보기는 본다. 한 학기에 한 번? 많아야 두 번 정도다. 그나마 얼마 전 있었던 모의고사는 달라진 수능 시험의 경향 분석과 적응의 기회로 삼겠다며 성적에 반영하지 않으니까 그냥 한 번 봐보라는 식이었다. 시험 날 학생들은 그렇게 여유로워 보일 수가 없었다. 수업도, 야자도 없으니 맘 편히 시험보고 일찍 귀가할 수 있어서 신이 나는가 보다. 1점만이라도 더 올려보려는 열정적인 학생은 찾아보기 힘들다. 대신 일찍 답안지 마킹까지 끝내시고 오침에 들어가신 어르신들 구경에 기가 다 빠져버릴 지경이다. 그들을 깨우면서 끝까지 포기하지 말고 시험을 보라고 소리라도 칠 양이면, 도리어 시험에 방해된다면서 조용히 해 달라고 항의하는 무(無)개념 종결자가 툭 튀어나오기도 한다. 시험을 망치거나 못 봐도 뭐라 그럴 사람이 이제는 없다.

뭐라 그럴 수도 없는 시대가 되어 버렸다. 몸에 딱 달라붙게 바지와 치마를 재단해서 입고 다니는 요즘 아이들이 선생님 회초리의 충격을 줄여보고자 내의와 체육복을 껴입고 학교를 다녔던 그때를 이해할 수 있을까?

이제 교실 속 풍경은 졸음의 수준이 아니다. 선생님의 눈을 피해 책으로 얼굴을 가려가며 졸거나 스스로 자기 뺨을 때리고, 허벅지를 꼬집어가면서 잠을 쫓으려던 노력은 없다. 그냥 대 놓고 잔다. 반장의 차렷, 경례 소리에 맞춰 인사를 하는 동시에 바로 책상 위로 슬라이딩 해 버리는 아이가 있고, 심지어 의자를 가지런히 놓고 자신의 침대에 눕듯 편히 누워버리는 아이도 있다. 앞 시간의 지루했던 수업 때문에 잠에 빠져들었던 것이 쉬는 시간을 지나 다음 시간까지 이어지는 경우도 많다. 아무도 깨우지 않고 그냥 내버려 두면 하루 종일 잘 기세다. 흔들어 깨우면 오히려 짜증을 부리는데, 신기하게도 죽어 자던 녀석이 급식 때가 된 것은 어찌 그리 잘 아는지! 늦지 않고 제때에 먹으러 간다. 학생인지라 공부 때문에 피곤에 절어 있는 모습은 예나 지금이나 똑같다손 치지만, 지각해도 허벅지를 맞을 일이 없고, 야자 시간에 자다가 걸려도 '죽도(竹刀)'를 휘두르시던 '죽도 아저씨'처럼 죽도록 혼내고 나무라는 선생님들이 별로 없기 때문에 "아기 아기 잘도 잔다!" 아이들의 소란스런 웅성거림으로 시작된 야자 시간은 잠시 후부터 폭풍 전야다. 끝날 때까지.

일주일에 한 번 교문 임장지도를 나간다. 등교하는 학생들과 눈을 마주치고 손을 흔들며 인사를 나누자는 교장 신부님의 뜻에 따라 행하고 있는 아침 행사다. 여느 때보다 일찍 출근해야 하는 부담이 따르지만, 그래도 밝게 웃으며 아침 일찍부터 아이들을 만날 수 있다는 생각에 들뜨기도 한다. 교문 앞에 서 있으면 인사를 크게 하면서 교문에 들어서는 아이들을 만나게 된다. 하지만 '후기 인상파' 마냥 얼굴에 먹구름을 잔뜩 드리우고 마지못해 인사하는 아이들도 많다. 그런 아이들에게는 오히려 내가 더 굽실거릴 정도로 인사를 하면서 맞이하곤 하는데, 그때마다 한 대의 묵직한 매와 벌점으로 따끔하게 혼을 내서라도 인사하는 것을 가르치고 싶은 충동을 억제하느라 애를 먹기도 한다. 게다가 지각생들은 왜 그리 많은지? 등교 시간을 엄수하고자 종종 걸음을 걷는 아이들은 그나마 낫다. 하지만 그 시간을 훌쩍 넘겼는데도 어슬렁어슬렁 빨대 꽂은 우유를 마셔가며, 귀에는 이어폰을 꽂고, 슬리퍼를 쫙쫙 끌며 등교하는 아이들이 많다. 불시에 하던 가방 검사? 했다가는 아주 난리도 그런 생난리가 벌어질 수는 없을 것이다. 하기야 하라고 해도 할 수가 없다. 애들이 가방을 들고 와야 가방 검사를 하든지 말든지 하지. 가방도 없이 학교 오는 애들이 수두룩한 것을 뭐. 깔끔한 복장과 두발은 기본 옵션이라 했던가? 교복 비슷하게만 입고 와 주면 감사하단다. 샛노랗게 염색만 안 하고 오면 예쁘단다.

　요즘 일진들은 자신의 주먹에 피를 묻히거나 반을 위한 투쟁에 목숨 걸고 매달리지 않는다. 또한 드러내 놓고 활동하지도 않는다. 대신에 더욱 교활하고 치사하게 자신의 존재를 과시하면서 기세를 떨치고, 듣도 보도 못했던 욕설들을 해 가면서 상대의 허점을 파고든다. 그래서 겉으로는 아무 문제도 없는 듯 보이지만, 그 속은 점점 전이되어가는 암 세포처럼 아이들 사이에 퍼져 결국 누군가를 깊은 수렁에 밀어 넣고서야 일단락되는 경우가 많다. 더 큰 문제는 소외 현상이 매우 심해졌다는 것이다. 급우의 이름을 모르고 지내거나 심지어 그 애가 자기네 반 친구인지조차 모르고 지내는 경우도 있다. 자신과 친하게 지내는 몇 명이 아니라면 그는 친구도 아니다. 맘에 들지 않고 뜻이 통하지 않을 땐 '따'시키면 그만이다. 주먹다짐을 하며 피를 보는 일이 생기기는 했어도, 그때는 별로 그렇지 않았던 것 같은데.

교사의 열정적 관심이 지나친 간섭으로, 학생을 향한 교사의 열정적인 지도편달이 폭행으로, 매를 대며 깨워서라도 가르치려 했던 교사의 열강(熱講)이 잠을 자도 묵인되는 자유 시간으로, 영웅 같았던 내 친구의 열정적인 주먹이 소인배의 손가락질로 탈바꿈해 버린 오늘, 나는 그 열정과 무관심 사이에서 몸부림치고 있는 것인지도 모른다. 과거의 지나친 열정이 오늘의 무관심을 낳았는지, 아니면 오늘의 무관심 때문에 과거의 지나쳤던 열정이 그리운 것인지 잘은 모르겠지만, 분명한 것은 한 가지다. 우리는 그렇게 살아왔고, 살아가고 있다는 것이다.

▶ 열병을 앓고 있는 아이들_박미경   ◀ ◀ ◀

언제부터인가 히키코모리, 이지메, 오타쿠, 니트, 프리타 같은 일본의 사회 현상이 우리나라에도 차츰 침투하고 있다. 예전엔 없었던 이례적인 현상. 학교폭력의 원형인 왕따의 근원지는 본디 일본의 이지메로부터 시발되었다. 『그러니까 당신도 살아』라는 자서전을 쓴 청소년문제 전문 변호사인 오하라 미쓰요는 중학교 시절 집단 따돌림을 당해, 할복자살시도를 하고 결국 학교를 자퇴한 비행 청소년이었다. 왕따로 인해 10대를 야쿠자와 결혼, 어머니를 폭행하는 등의 비행으로 낭비했다고 한다. 오하라 미쓰요는 1965년생이므로 일본에선 한참 전부터 '왕따'라는 사회적 분위기가 조장되었다는 것을 알 수 있다. 즉, 왕따는 잘못된 일본 문화의 유입이라 볼 수 있다.

요즘 우리 사회는 단순히 왕따를 넘어서 학교폭력과 자살이라는 풍토가 만연하고 있다. 최근 대구 중학생 자살 사건으로 인해 심각한 사회문제로 부각된 학교폭력의 양상은 중학생 일진회 검거사건에서도 알 수 있듯이 단순 탈선의 차원을 넘어 범죄의 단계에 이르러 흉포화되고 있다. 우리 아이들을 이처럼 황폐화시키는 원인은 무엇일까? 누가, 무엇이 우리 아이들을 자살로 내몰고 있는 것인가?

사회가 각박해지면서 한 자녀를 둔 가정의 증가와 맞벌이 부부의 증가, 그리고 이혼, 별거, 사망 등으로 결손가정이 늘어나면서 가족 간의 대화가 단절되고 있다. 게다가 획일화된 입시 위주의 주입식 교육에 시달린 아이들은 나름의 돌파구로 정서적, 정신적 허기를 메우기 위해 불건전한 게임 등에 탐닉하며 자신들의 일상을 파괴해 가고 있다. 또한 각종 매스미디어의 무자비한 폭력성 노출, 그것들로 인한 부작용으로 자신만의 틀에 갇혀 자기중심적인 생각에서 벗어나지 못하고 더 나아가 사회문제를 일으키는 불씨가 된 것이다. 일말의 소통을 꿈꾸던 아이들이 타들어가는 마음을 가라앉힐 여유 없이 지내다가 충동적 동기에 의해 폭력과 자살로 이어지게 된 것. 내 마음을 털어놓고 이야기할 그 누군가가 필요하다고 외쳐대는 그 소리 없는 아우성과 몸부림을 우리 어른들이 외면하고 묵살한 건 아닐까? 결국 학교폭력의 원인은 입시 위주의 주입식 교육풍토, 인성교육의 부재, 가정에서의 방임, 불건전한 여가 시간으로 인한 정신의 피폐화, 무엇보다도 가족 간의 대화 단절,

다른 사람들과의 의사소통의 부재에 따른 것이다.

만약 부모와 자식 간에 주말에 가끔 자전거를 타며 혹은 산길을 오르며 인생에 대한 따뜻한 대화가 오고 갔더라면, 선생님과 학생 간에 여행, 서클 활동 등을 통해 삶에 대한 진솔한 대화가 있었더라면, 친구 간에 돈독한 우정의 대화가 있었더라면, 15세 중학생의 자살이라는 참상은 일어나지 않았을 것이다. 피해자인 학생뿐 아니라 가해자 학생들도 마찬가지. 날개도 미처 펴 보지 못한 15세 나이에 징역 2년 6월이라니…. 학교폭력을 예방하기 위해 일침을 가할 필요가 있다지만 세상에 첫 발을 내밀기도 전에 사회로부터 낙인을 찍혀 버린 아이들. 피해자이든 가해자이든 간에 어찌 보면 어른들이 만들어 놓은 교육환경에 우리 아이들이 이처럼 곤욕을 겪고 있는지도 모르겠다.

얼마 전 오바마 대통령이 방한했었다, 한국 방문 이후 '미국은 한국의 뜨거운 교육열을 배워야 한다'는 취지의 발언을 하며 한국의 교육열을 칭송했다고 한다. 그건 오바마가 우리나라의 뜨거운 교육열 이면에 어린 중·고생들의 잇따른 자살이라는 폐단이 있다는 실상을 모르고 한 소리란 생각이 든다.

다양한 써클 활동과 경험 위주의 토론으로 생각의 깊이를 넓혀주고 자유로운 사고와 개성을 존중해 주는 미국의 중·고등학교의 교실 문화. 중·고등학교 때 강압이나 억압이 아닌, 다양한 경험을 통해 내가 진정으로 좋아하는게 뭔지, 내가 잘 하는게 뭔지, 자신이 정말 버릴 수 없는게 뭔지 자연스럽게 알게끔 하는 교육. 그런 것들이 선행된 후 미국 학생들의 진짜 공부는 대학에 입학해서 시작된다. 반면에 우리나라 교육은 어떤가? 한참 정신적·육체적으로 성장할 나이에 공부에 대한 불안, 우울, 압박감에 찌들어 있다가 대학에 입학해선 정작 한량 같은 시간을 보내는 학생들이 적지 않다. 그도 그럴 것이 고등학교 때 이미 한바탕 쏟아 부었기 때문에 지쳐서일게다.

아이들의 역량은 저마다 다르다. 어떤 아이는 힘이 세고, 어떤 아이는 운동을 잘 하고 또 어떤 아이는 얼굴이 잘 생겼거나 예쁘고, 어떤 아이는 노래를 잘 하거나 춤을 잘 추고 어떤 아이는 공부를 잘 한다. 각자의 역량과 그릇이 저마다 다른데 공부만 하라고 윽박지르고 몰아가는 강퍅한 현실에 놓인 우리 아이들. 마치 아이들과 부모들이 다 함께 손잡고 한 곳을 향해 바라보며 경주를 하는 듯. 그 획일화된 거대한 틀에서 한 치라도 이탈하게 되면 아웃사이더로 몰아가는 가혹한 세상. 어른인 나도 숨이 막힐 지경인데 우리 아이들은 오죽할까? 물론 이해는 간다. 좋은 대학이라는 관문을 통과해야 인생이 수월해진다는 것을 경험적으로 알고 있어서 우리 아이들만큼은 척박하게 살아가지 않길 원하는 것이 부모의 심정이라는 것을.

허나, 우리 아이들은 지금 혹독한 열병을 앓고 있는 중!

학교는 작은 사회다. 친구들과 부딪혀 가면서 사람들과 소통하는 법을 배우고 그 과정에서 우리 아이들은 성격을 형성해 간다. 제각기 다른 인간의 유형 속에서 어떤 상황에 놓였을 때 어떻게 대처해야 하는지, 더 큰 사회로 나아가기 전에 사람들과의 '조화(harmony)'를 배워야 한다.

우리 아이들에게 공부에 대한 억압과 불안이나 우울함을 해소할 수 있는 '소통의 장', '발산의 장'을 마련해주고 작은 일이라도 도전하고 성취할 수 있는 '기회의 장'을 마련해주면 학교가 덜 삭막하지 않을까? 작은 성공의 희열을 맛본 아이들은 더욱 자신을 확장해 나가면서 결국 큰일을 성취할 수 있는 자신감을 얻게 된다. 아이들에게 무턱대고 공부하라고 몰아가기보다는 아이들이 긍정적인 방향으로 나아갈 수 있도록 가정에서든 학교에서든 사회에서든 그런 제도적 장치를 마련했으면 한다.

▶ 학교 폭력_박연심정　　◀ ◀ ◀

　인류가 탄생한 이후로 전쟁과 폭력이 없었던 적은 없었다. '역사'라고 하는 것은 실상 승리자의 기록이었다. 강자가 약자를 정복하면서 인류의 역사는 이어져 왔다. 그러나 강자가 약자를 정복할 때는 힘의 우세보다는 명분과 도리가 우선되었으며, 또 다른 폭력으로부터 약자를 보호해 줌으로써 자신들의 권력을 보장받을 수가 있었다. 그러한 권력의 정당성은 법으로 명문화되었고 그래서 약자는 법이라는 이름 하에 보호를 받게 되었던 것이다.

　그러나 사회가 아닌 학교라는 공간은 배움의 장으로서 폭력을 제어하는 사람은 교사이고 교사의 권위는 절대적인 것이었다. 그럼에도 불구하고 현재의 학교 상황은 그렇지 않다. 힘센 학생들의 인권은 있어도 약한 학생들의 인권은 침해당하고, 약한 학생들의 인권을 보호해줘야 할 교사는 힘센 학생들의 인권 보호라는 이름 아래 교권까지 침탈당하는 지경에 이르게 되었다.

　과거의 학교폭력이 일회적이고 육체적 고통을 가하는 것이었다면 오늘날의 학교폭력은 지속적일 뿐 아니라 육체적 고통에 정신적 고통까지 수반하는 경우가 대부분이다. 이러한 학교폭력은 단순한 학교 내의 문제가 아니다. 가해학생은 가해학생대로, 피해학생은 피해학생대로 가정에서의 문제점을 안고 있는 것이 일반적이다. 최근 이슈가 된 대구 중학생 자살사건의 피해학생 부모는 교사였다. 학교현장에서 누구보다도 그 심각성을 잘 알고 있는 교사의 자식이, 그것도 부모가 없는 자기 집에서 지속적으로 친구들로부터 피해를 입었다. 이것은 무엇을 말하는 것일까? 오늘날에는 대부분 맞벌이를 하면서 자식을 키우다 보니 그만큼 혼자 있을 때가 많다. 그러나 자식은 돈으로 키우는 것이 아니다. 중요한 것은 사랑과 관심이다. 그 학생을 자살로 내몬 것이 다만 가해학생 뿐일까? 가해학생도 이 사회의 피해자이다. 학교폭력 가해학생의 인성검사 결과를 보면 대부분 위험군으로 나온다. 즉 심한 스트레스와 불안감, 자살 충동 등, 이 모든 것은 누구의 책임이겠는가? 우리 학생들은 가정에서 안정을 찾지 못하고 학업 성취에 대한 지나친 부담감으로 인한 스트레스를 받고 있다. 피해학생이나 가해학생 모두 이 사회의 피해자이다. 가해자는 다름 아닌 기성세대인 부모들이라고 할 수 있다. 그래도 예전 부모들은 경제적으로 풍족하게 키우지는 못했지만 자식에 대한 희생과 진정한 사랑이 있었다. 편부·편모 가정, 조손 가정, 소년·소녀가장 가정 등의 경우, 예전에는 가족의 사망이 그 원인이었지만, 오늘날에는 부모의 이혼이 주된 원인이며 그에 따라 자식들은 정서불안으로 내몰리고 성격 형성에 지대한 영향을 받게 된다.

그러면 학교에서는 학교폭력에 어떻게 대처해야 할 것인가.

첫째, 근본적인 문제해결의 중심은 가정이 되어야 하고 가정에서 해결을 못할 때에는 정부가 그 책임을 져야 한다. 그러나 정부는 그 책임을 학교 현장에 전가시키고 학교에서의 생활지도는 담임이 주로 책임을 진다. 피해학생을 보호하고 가해학생을 선도하는 것이 교사의 책무임은 당연하다. 그러나 앞에서 언급한 바와 같이 학생의 잘못된 행동은 근본적으로 가정에서 비롯되는 것이고 그 책임은 당연히 부모에게 있다. 사안이 발생했을 때 가해자에게 조치가 내려지면 보호자가 반드시 동반하여 가해자 처분을 받아야 되고, 이행하지 않을 경우 그 부모는 반드시 사법적 조치를 받아야 한다. 그리고 피해학생의 경우에도 대부분 별 조치가 없이 지나가는 경우가 있는데, 정부의 재정으로 심리치료를 받게 하고 부모도 반드시 치료에 참여하도록 해야 한다.

둘째, 학교에서는 안전망이 구축되어야 한다. 현재 학교폭력을 예방한다고 학교에 C.C TV를 설치하고 지킴이, 학교보안관 등을 배치하고 있는데 모두 다 좋다. 그러나 학생들을 지도하는 교사들에게 주어진 권리가 예전보다 너무 미약하다. 현재 학생 사안으로 문제가 발생하면 언론이고 인권단체고 교육청이고 모두 학부모의 편이다. 일방적으로 당하는 것은 학교이고 교사이다. 이와 같은 상황에서 소신 있게 학생들을 지도할 수 있겠는가? 현재 학교에는 가해학생의 인권은 있어도 피해학생의 인권이 가해학생들에게 짓밟히듯이 교권도 가해학생이나 일탈학생들에게 유린당하고 있다. 교사의 지도에 불응하는 학생들에게는 퇴학과 같은 강력한 조치가 필요하다. 현재는 학생이 아무리 잘못하더라도 학교나 교사가 학생을 끝까지 책임지고 지도하라고 한다. 교권은 없고 의무만 주어지는 이 현실에서 교사들이 할 수 있는 것은 무엇이란 말인가?

학생들은 누구나 학교에 와서 즐겁게 생활하고 공부하며 어떠한 외부 압력으로부터도 보호받아야 한다. 그것은 가정, 학교, 국가가 모두 힘을 합하여 노력해야 할 문제이다. 그리고 법적 제도를 강화하여 폭력을 단지 자라나는 아이들의 성장과정의 하나 정도로 인식하는 태도를 바꾸어야 한다.

▸ 학교 폭력!
우리 모두의 힘이 필요합니다_박종훈 ◂ ◂ ◂

우리 몸에 병이 걸리면 먼저 병의 심각성을 인식하고 그 원인을 파악해야 할 것이다. 그리고 가장 적합한 치료 방법을 찾아 성실하게 치료하고, 건강한 몸이 유지되도록 철저히 관리를 해 나가야 할 것이다. 여기에서 제일 중요한 것은 반드시 병을 고치겠다는 본인의 의지와 주위의 정성어린 도움이다.

올 초 교과부가 전국 1만1363개 초·중·고 학생을 대상으로 조사한 '학교 폭력 실태조사'와 한국청소년정책연구원에서 조사한 '아동·청소년 정신 건강 실태 조사'의 결과를 보면, 대한민국의 교육현장은 '학교 폭력'이라는 중증의 심각한 병에 걸려있다고 해도 과언이 아닐 것이다. 전국 9579개교의 32만3000여명이 "우리 학교에 폭력 조직이 있다"고 대답했으며, 폭력피해 장소도 46.90%가 학교 안에서 발생되었다고 한다. 이밖에도 학생들과 친숙한 통신 매체인 SNS (소셜네트워크서비스)나 인터넷을 통한 폭력, 수시로 자행하는 언어 폭력 등 폭력의 양상도 다양하다. 더욱 심각한 것은 청소년 5명 중 1명이 자살을 계획해 본 적이 있는 것으로 나타났다는 점이다. 여기서 청소년의 자살 계획이란 막연히 생각으로만 하는 것이 아니라 방법과 장소 등 구체적 계획을 세워본 적이 있는 경우를 말한다. 최근 언론에 집중 보도된 폭력과 왕따로 인한 자살은 이제 드물게 발생되는 사건이 아니다. 고등학생의 경우 학업에 대한 스트레스로 인하여 우울과 불안증을 나타내는 비율이 조사대상 학생의 78%에 이른다. 지금 대한민국의 많은 학생들은 폭력과 공부 스트레스로 우울한 청소년기를 보내고 있는 것이다.

현재 상황을 보면 학생 스스로가 면역력을 키워 병을 이겨내기에는 여러 가지 어려움이 있다. 가정과 학교·사회가 힘을 합쳐 손쓸 수 없는 병으로 발전하기 전에 시급히 치료하고 예방해야 한다.

모든 증상이 그러하듯 예방이 최선이지만 초기에 병을 발견하면 치유가 수월해진다. 폭력의 가해자나 피해자는 대화와 관찰로 초기에 그 징후를 발견할 수가 있다. 부모나 교사가 평소 아이와 소통이 잘 되고 친밀감을 유지하고 있다면 인지하기가 쉬워지고 치료도 어렵지 않게 되지만, 그렇지 않을 경우엔 폭력의 정도가 심해졌을 때 알게 되는 경우가 많다. 부모와 교사가 자신의 일에 쫓겨 아이들과 소통할 수 없는 환경이 폭력의 가해자와 피해자를 양산하는 것은 아닌지 반성해야 할 것이다. 인식의 문제에 있어서 우리 가정과 학교는 폭력으로부터 안전하고, 가해 학생이 없다고 믿는 마음이 폭력의 싹을 만드는 단초임도 알아야 한다.

부모님도 자식을 감싸며 교사를 폄하하고 심지어 폭행하는 것이 자식의 장래를 망치는 일임을 분명히 각성해야 한다. 이런 부모님이 어떻게 자식에게 바른 가치를 가르치겠는가?

학교에서도 폭력이 발생되면 부모와 교사, 유관 단체가 연계하여 책임 있는 자세로 처리해야 한다. 가해자도 피해자도 모두 치료를 받아야 하는 대상이다. 최근 폭력에 대하여 학교가 은폐·축소하거나 수수방관하는 경우가 있는데 그것은 교육자의 소임을 포기하는 것이나 다름없다. 보신에 급급하여 폭력을 쉬쉬한다면 그것은 또 다른 범죄 행위다. 피해 학생에 대한 우선적 보호와 가해 학생에 대한 엄정하고 신속한 조치가 필요하다.

전문가들은 학교 폭력이 인성교육의 약화에서 비롯되었다고 지적하고 있다. 가정과 학교는 물론 우리 사회가 적극적으로 학생들에 대한 인성·감성교육을 실천할 시점이다. 인성은 삶을 살아가는데 있어 가장 중요하고 소중한 기초체력과 같은 것이다. 부모도 아이의 삶 전체를 관통하는 것이 과연 무엇인지 깊이 있게 고민해 보아야 한다. 학교에서는 또래 친구들과의 관계를 통해 인성이 형성되고 성장하게 되는데, 학교가 그 역할을 충분히 하고 있는지 스스로 물어보아야 한다. 현실적으로 많은 어려움이 있지만 이제 교사는 학교 폭력의 예방자이며 해결자로 적극 나서야 한다. 그리고 가정과 학교가 기본적으로 반드시 해야 할 것이 있다. 부모와 자식, 교사와 학생이 서로 애정 어린 관심과 격려로 존중하고 존경하는 관계를 만들어야 한다. 가정과 학교에서 존중받지 못하고 무시당하는 존재가 되면, 자신과 타인의 소중함을 알지 못하게 되고, 또 자신이 필요한 것을 정당하게 요구할 줄 모르게 되어, 부정적이고 폭력적인 모습으로 발전하는 경향이 있기 때문이다.

학교도 이젠 교육 현실에 대하여 좌절하고 한탄만 할 것이 아니라 학생들을 변화시킬 독창적이고 다양한 지도방법을 만들고 실천하는 자세가 요구된다. 폭력에 대한 교육도 동영상 시청이나 강연보다는 학생들 수준에 맞는 연극(역할극·뮤지컬)이나 노래, 춤 등을 통해 학생들이 쉽게 공감하고 이해할 수 있는 방법으로 접근해야 한다. UCC 동영상 경연대회, 백일장, 체육활동, 동아리활동 등도 더욱 확대하여 서로 쉽게 교감하고 소통하며 해소할 수 있는 방법을 배우고 익히게 해야 한다. 학생 스스로 고충이나 고민을 세상으로 끄집어낼 수 있는 장을 마련해 주어야 한다. 무상급식도 중요하고 시설 개선도 중요하지만 아이들을 위한 우선 순위를 생각하면 안전하고 행복한 학교생활이 우선일 것이다. 학교마다 전문 상담교사가 배치되어 가까운 거리에서 아이들의 고충을 들어주고 도와줄 수 있는 제도적 장치가 확대되어야 한다. 학생들에게 파급력이 높은 언론이나 유명인들도 학교폭력을 근절하는 데 힘을 보태야 할 것이다.

정부의 역할도 사건이 발생될 때마다 부산을 떨 것이 아니라, 장·단기 계획을 세우고 일관성 있게 정책을 추진하여야 한다. 언론에서 방영되는 오락 프로그램도 폭력의 모습을 너무 쉽게 노출시키고 있다. 폭력 학생들의 의식조사에서도 장난으로 하는 비율이 높은 것으로 볼 때 사소한 폭력이라도 노출을 자제해야 한다. 특히 국가 입법기관인 국회에서의 폭력은 정말 반성해야 한다.

학교폭력 피해자를 위한 시설도 대폭 개선해야 한다. 법무부는 학교폭력 피해자를 전국 58개 범죄 피해자 지원 센터를 통해 지원하고 있지만, 지원 센터는 민간 정신병원에 소개하고 치료비를 지원하는 방식이다. 피해 학생들 대부분 정신과 치료를 기피하고 있으며, 치료를 받더라도 서류 하나하나를 챙겨야 하는 방식이라 어려움이 많다. 원스톱으로 치료해 줄 수 있는 유일한 기관인 '스마일 센터'는 서울 한 곳밖에 없다. 신속하게 학교폭력 피해자와 가해자를 분류하여 원스톱으로 치료하고 교정하는 시설을 확충하고 보완해야 한다. 117 학교폭력 신고센터도 개선되어야 할 부분이 있으며, 경찰의 심리치료 전문요원(케어팀)도 전국에 22명뿐이다. 학교폭력은 교육청과 검경이 나선다고 될 일도 아니다. 학교폭력은 어느 한 곳의 노력과 실천으로 이루어지는 것이 아니기 때문이다. 청소년기의 문제는 피해자나 가해자 모두 성인이 된 이후의 문제로 이어질 가능성이 높기 때문에 더욱 그러하다. 결국 학교폭력은 우리 사회의 심각한 문제이며, 나아가 국가의 미래와 관련되는 매우 중대한 문제로 남겨지게 될 것이다. 우리 모두의 힘과 지혜가 필요하다.

학교폭력을 치료하고 예방하는 만병통치약은 무엇일까?. 가정과 학교·사회 모두가 경각심을 가지고 서로 힘을 모아 반드시 근절하겠다는 범국가적인 단호한 의지와 실천이 있어야 하고, 열린 마음의 치료 예방약인 사랑, 배려, 격려, 애정어린 관심과 그 실천이라는 백신을 널리 보급해야 할 것이다. 두 아이의 아빠로서, 1500여명의 학생을 아침마다 만나는 교사로서 치료 예방약을 늘 가슴속에 품고 실천하는 교사가 될 것을 다짐해본다. 이 치료약은 자신의 병든 마음도 치유하는 보너스를 가지고 있다는 사실도 잊지 말자.

‣학교 폭력의 문제점과
교육적 해결방안_서정호 ◂ ◂ ◂

일진회 사건에서 알 수 있듯이 학교폭력은 위험 수준을 넘어 사회문제로까지 치닫고 있다. 최근 학교폭력은 중고생에서 초등학생으로, 남학생에서 여학생으로 번지고 있으며, 단순한 탈선을 넘어 조직화·범죄화 되어 그 문제가 매우 심각하다. 또한 인터넷 폭력사이트를 모방한 범죄도 속출하고 있으며, 학교폭력 때문에 자살하거나 정신질환에 이르는 경우도 있다. 가해학생을 범죄자로 낙인찍고 피해학생을 전학시키는 미봉책으로는 학교폭력 근절은 쉽지 않아 보인다. 엄중한 처벌과 함께 교육적으로 해결하려는 노력이 뒤따라야 할 것이다.

학교폭력을 방치해서는 안 되는 이유는 1차적으로 그것이 가해자나 피해자의 인격적인 성장에 크나큰 상처를 주고 궁극적으로는 더불어 살아가야 할 학교공동체를 파괴하기 때문이다. 동료 학우에게 폭력을 행사하는 학생은 상습적인 폭력행사가 내면화되어 자연스럽게 비행 청소년으로, 반사회적인 범죄자로 이어지는 것이 보통이다. 또한 피해학생은 마음에 큰 상처를 입고 자신감을 잃게 됨으로써 학교 가는 것 자체를 두려워하게 되고 정상적인 일상생활이 불가능한 상태에 빠진다. 그래서 결국은 재미있고 즐거워야 할 배움의 장인 학교가 붕괴되고 폭력을 학습하는 음지로 변질되는 것이다.

삭막한 학교문화를 조장하는 학교폭력을 없애기 위해서는 어떻게 해야 할까? 무엇보다도 우리 교육이 인성교육과 생활지도를 강화하는 방향으로 나아가야 한다. 교사의 상담활동을 강화하여 학생과 공동체적 사랑의 관계를 형성하고 학생들끼리도 다 함께 어우러져 생활하는 학급분위기를 만들어 주는 것이 중요하다. 함께 하는 학급분위기를 만들기 위해서는 학생들 사이에 토론문화가 정착되도록 하고 다양한 학생 자치활동과 수련활동을 장려하여 타인과 내가 다르더라도 인정하는 태도, 타인을 존중하는 태도와 공동체의식을 함양하도록 이끌어 주어야 한다. 학교폭력은 학생들끼리 마음을 연 진실한 대화가 없는 상태에서 서로 무시하고 갈등하는 데에서 비롯되기 때문이다. 또한 교사는 문제학생과 결연을 맺어 지도하는 적극성을 보여야 하며 지속적인 관찰과 상담활동을 펼쳐야 할 것이다.

최근 사회적 이슈가 되었던 학교폭력 문제들은 이전과는 달리 법적인 처벌을 강화하는 방향에서 문제를 마무리하였다. 그러나 교사의 입장에서 본다면 학교폭력 문제는 법적인 해결보다는 교육적 처방이 우선되어야 한다. 그리고 다른 생활지도에서처럼 사후 교정보다는 예방이 최우선이다. 학교가 교육적 처방과 예방을 중심으로 인성교육과 생활지도 영역을 점진적으로 넓혀가고, 학생과 교사, 그리고 학생과 학생이 인격적으로 만날 수 있는 분위기를 만들어 갈 때 학교폭력은 비로소 자취를 감출 것이다.

▸ 학교 폭력, 무엇이 문제인가?_성창국 ◂ ◂ ◂

최근에 여러 차례 매스컴 등에서 회자되고 있는 학교폭력, 과연 우리 학생들은 이대로 안전하게 학교를 다닐 수가 있는 것인가?

사실, 학교폭력은 시대를 막론하고 존재해 왔던 것이다. 그러나 2004년부터는 법령으로 제정되어 지금까지 각계 각층에서 뿌리를 뽑기 위한 노력들을 심도있게 해오고 있다. 그럼에도 불구하고 현재 학교폭력 문제는 그 이전보다 더욱 심각하게 여겨지고 있다. 그렇다면 왜 이렇게까지 학교폭력이 뿌리 뽑히질 않고 갈수록 더 흉포화되고 있는지 생각해 보자.

우선, 학교폭력에 대한 인식의 문제가 아닌가 생각해 본다. 근래의 학교폭력 가해 학생들은 실제 교단에서 지도를 해 보면 현저하게 그 심각성을 인지하지 못하고 있다. 단순히 장난으로만 여겨 자신들이 무엇을 잘못했는지조차도 인정하려 하지 않는다. 더욱 심각한 것은 이 가해 학생의 부모들 또한 왜 자기 자식들의 잘못만 가지고 추궁하느냐는 등 오히려 피해 학생의 문제점을 더욱 심각하게 생각하고 있다는 것이다. 게다가 피해 학생들은 보복이나 협박이 두려워 실제 자신들의 피해 상황을 제대로 알리지도 못하고 은폐하기에 급급하다. 온정적인 태도로 사태를 무마하려는 학교 당국 또한 문제라고 할 수 있다.

둘째는 학생들의 인성 및 사회성 함양에 대한 학교에서의 교육이 미흡하다는 것이다. 학생들 개개인의 인성과 창의적인 모습을 갖추기 위해 교육과정의 개정 등 국가적 차원의 노력이 많이 있었던 것이 사실이나, 이를 실제 현장에서 적용하고 실천해야 하는 단위 학교의 실천은 아직까지도 부족한 것이 현실이다. 일선의 선생님들은 아직도 예전의 방식으로 학생들의 인성을 지도하고 있으며, 체벌금지와 학생인권조례 제정 등으로 인해 그나마 열정적으로 가르치던 선생님들조차도 쉬 포기해버리는 상황이 발생하고 있는 것이다.

셋째는 사회의 돌봄과 치유 기능 약화를 들 수 있겠다. 맞벌이 가정이 확대되면서 학생들이 의지할 곳은 갈수록 줄어들고 있다. 학생들의 인성 및 사회성을 길러줄 지역사회 프로그램과 혜택 등이 확대된다면 학교폭력도 차츰 잦아들지 않겠는가?

이상과 같은 학교폭력의 여러 원인들에 대해 그 대안을 생각해 보자면, 일단은 학교폭력에 대한 인식의 제고를 위해 좀 더 합리적인 방법의 예방교육과 홍보가 필요하다. 또한 학부모 교육과 가해학생 치유 프로그램의 개발, 이를 운영해 줄 사회기관의 발굴과 국가적 지원이 그 어느 때보다도 절실하다. 그리고 다양한 인성 함양을 위한 창의적 체험활동 시간을 효율적으로 운용하여 학생들 스스로 학교폭력에서 벗어나 밝고 건전한 생활을 할 수 있는 기회가 제공되어야 할 것이다.

2012년 봄 교과부는 '학교폭력근절 종합대책'을 발표하였다. 학교뿐만 아니라 지역사회에서도 우리 학생들이 좀 더 안전하고 건강한 생활을 할 수 있도록 교사만이 아니라 모든 사람들이 관심을 가져주어야 할 것이다.

▶ 너도 아프냐? 나도 아프다_성희영   ◀ ◀ ◀

내가 학교폭력에 대해서 처음 생각하게 된 것은 2002년이었을 것이다. 그 해 4월, 뉴스를 보면서 깜짝 놀라지 않을 수 없었다. 낯익은 학교의 모습, 낯익은 선생님들이 장례식장에 무릎 꿇고 앉아 있는 모습, 교실의 풍경들. 내가 2001년에 근무했던 중학교가 뉴스에 나온 것이다. 사건이 일어난 날 점심시간에 B군은 C군이 B군의 친구를 때리고 발로 차는 광경을 목격한 후, 학교에서 나가 자신의 집으로 가서 흉기를 들고 와서 6교시 수업 중인 C군의 반에 들어가서 등 뒤에서 흉기로 수차례 찔렀다. 선생님과 학생들이 보고 있는 가운데 끔찍한 일이 벌어진 것이다. 내가 꿈꾸고 있는 것이 아닐까 생각할 만큼 상상하기 어려운 일이었다. B군은 눈에 띄지 않는 조용하고 평범한 아이였었다. 그런데 그 아이가 그렇게 무서운 일을 벌일 만큼 그 아이를 힘들게 한 것은 무엇이었을까 고민하게 되었고, 한동안 마음이 아팠다.

학교폭력은 꽤 역사(?)가 긴 듯하다. '말죽거리 잔혹사'와 같은 영화에서도 보여주듯 과거의 학교 모습 속에도 폭력은 존재했었다. 그것이 수면 위로 올라온 것은 지난해 말부터 일어난 일련의 사건들 때문일 것이다. 나도 2002년에 그런 일을 경험하고서는 까맣게 잊고 있었던 일이니까 말이다. 작년 겨울에 불거진 여러 가지 일들은 사회의 큰 이슈가 되었고, 마침내 학교폭력에 대한 여러 대책들을 내놓기에 이르렀다.

며칠 전, 겨울방학 때 교과부가 주관하여 실시한 학교폭력 실태 전수조사에서 회수율이 7%밖에 안 되는 우리 학교는 다시 설문조사를 실시하여 보고한 일이 있었다. 아이들은 모르겠지만 그 설문지의 통계는 담임선생님들이 냈다. 무기명이어도 아이들의 글씨체를 거의 다 아는 나로서는 누가 무슨 이야기를 썼는지 확연히 알아볼 수 있어서 아이들의 생활을 들여다볼 수 있는 계기가 되었다. 마지막 질문에 '학교폭력을 줄이거나 방지할 수 있는 방법에 대한 학생의 의견을 적어 주십시오.'가 있었다. 아이들이 대부분 가지는 생각은 "다른 방법은 딱히 없을 것 같고, 처벌의 수위를 높여야 한다.", "관심을 갖고 지켜 보는 게 최선이다."라는 것이었다. 자기들 스스로도 "요즘 아이들은 네가지가 없어서"라는 말까지 썼으니 말 다했다.

학교폭력이라는 문제는 어느 한 쪽만 발을 동동 구르고 있다고 해결되는 것은 아니라고 생각한다. 맨 처음 얘기한 것처럼 학교폭력은 학생들이 피해자와 가해자가 되지만 교사도 같이 아프고, 그 부모들도 함께 아픈 문제이다. 학교폭력이 '내 탓'인지 '네 탓'인지를 가리기보다는 아이들의 마음을 어루만져주기 위해 세심한 관심과 노력이 필요하다고 본다. 미즈타니 오사무의 『얘들아, 너희가 나쁜 게 아니야』라는 책의 옮긴이의 말에 이런 구절이 있다. "아이들의 가슴에 멍 하나 없이, 어찌 숱한 시간을 행복으로만 채워갈 수 있으랴. 아이들은 한 알 한 알 시간이란 알맹이를 씹어가며, 그 떨떠름하고 톡 쏘는 쓰디쓴 맛을 알아갈 것이다. 그리고 시간이 흐를수록 자신이란 존재에 귀와 마음을 열어갈 것이고, 세상을 알아갈 것이다. … 필요한 건 단 하나, 누군가의 따스한 온기다. 옆에서 가끔 쳐다봐주고, 이야기를 들어주고, 눈물도 같이 흘려주고, 웃어줄 수 있는 그런 아주 소박한 관심. … 그 누군가는 바로 가족이며, 학교이며, 선생님이어야 한다. 아이들 옆에 질긴 껌처럼 달라붙어서, 비가 오면 우산이 되어 주고, 눈이 오면 따스한 외투가 되어주어야 할 어른들이다. … 결국 아이들도, 어른들도 외로운 거다. 사는 게 다 그렇지 않은가. 서로가 서로에게 바라는 건 … 오직 관심이다."

'교사'라는 이름을 가진 나는 그들의 아픔에 얼마나 관심을 가지고 있는지 돌이켜 보면서 또 미안해지고, 마음 아파졌다.

▸ 대화가 필요해!_신선영   ◂ ◂ ◂

　학원에서 근무할 때 나와 이름이 비슷해, 이름을 부르기 민망한 학생이 있었다. 수업시간마다, 오늘은 자연스럽게 불러야지 하며 얼마나 노력했던지 …. 그때의 내 모습을 생각하면 지금도 웃음이 난다.

　내가 근무했던 학원은 대부분의 아이들이 초등학생 때 들어와 중학생 때까지 다녔었는데 그 아이 역시 초등학교 5학년 때부터 중학교 1학년 때까지 다녔었다. 그러다 보니 자연스럽게 그 아이의 성장과정을 지켜 볼 수 있었다.

　신영이는 공부도 잘하고 피아노도 잘 치는 학생이었다. 낯을 많이 가려 나와 친해지는 데 시간이 좀 걸리긴 했지만, 이름이 같다는 공통점 때문이었을까? 나중에는 선생님과 제자 사이에 할 수 없는 이야기들까지도 털어 놓을 수 있는 사이가 되었다. 그런데, 그런 신영이가 힘들다는 이유로 중학교 1학년이 끝날 즈음 학원을 그만 두었다. 신영이 역시도 다른 아이들이 그랬던 것처럼 사춘기를 겪는구나 생각이 되어 내심 걱정은 되었으나 워낙 착하고 성실한 아이라 잘 이겨낼 거라 믿고, 자주 놀러오라는 인사를 끝으로 헤어지게 되었다.

　눈에서 멀어지면 마음도 멀어진다고 했던가? 그렇게 신영이를 보지 않은지 10개월 정도가 지났을 때였다. 잊고 있던 신영이가 뜬금없이 사복을 입고 학원에 찾아왔다. 평일이었고 학교에 가 있어야 할 학생이 교복도 아닌 사복을 입고 학원에 온 것이 너무도 의아해 보자마자 "잘 지냈어?"라는 인사 대신 "학교 안 갔어?"라는 말이 먼저 나왔다. 거의 1년 여만에 본 것인데 안부 인사는커녕 "학교 안 갔어?"라니, 내가 생각해도 한심하다.

갑자기 찾아온 신영이는 그간 있었던 일들을 이야기해 주었다. 학원을 그만두고 겨울방학 동안 알게 된 언니들이 있는데 소위 일진이라 불리는 언니들이란다. 처음에는 그 언니들과 노는 것이 너무 재미있어 계속 따라다녔는데 방학이 끝나고 학교에 가면서부터 언니들이 이상한 것들을 많이 시켰다는 것이다. 처음 시켰던 것은 생일파티를 위한 돈 10만원 가져오기였는데, 1학년 교실에 들어가 모금을 해 오라고 시켰단다. 신영이는 어리둥절했지만 언니들이 시키는 일이라 안할 수 없어 하게 되었는데 그 뒤에도 그런 일을 빈번하게 시켰다고 한다. 나는 신영이에게 나쁜 일인걸 알면서 왜 했냐고 물으니, 시키는 것을 하지 않으면 언니들에게 구타를 당한다며 무서워서 할 수밖에 없었다고 이야기해 주었다. TV에서만 보던 일이었다. 그런 일이 내 주변 학생에게 일어나다니 믿을 수 없었다. 그간 학교폭력이란 것은 다른 나라의 이야기라고 생각했다. 아무리 매스컴에서 떠들어 대도 나와는 상관없는 이야기라고 생각했다. 그런데 내가 아끼던 학생이 그런 일을 겪다니! 무서웠다. 하지만 더 무서운 것은, 평일임에도 불구하고 신영이가 학교에 가지 않은 이유였다. 신영이는 일진 아이들과 어울리며 폭력을 행사하기도 했는데, 1학년 아이 중에 그들 맘에 들지 않는 아이가 있었단다. 그 아이는 영악(?)해서 선배들을 피해 다녔는데 그것이 괘씸해 일진 선배들과 신영이가 그 아이의 집까지 찾아가, 그 아이의 집에서, 그 아이를 폭행했다는 것이다. 그 아이는 자신의 집에서 선배들에게 맞다가 도망쳐 나와 경찰서에 신고를 했고 이 일이 학교에 알려지면서 신영이는 정학을 맞게 되었다는 것이다. 신영이는 폭행에 가담하진 않았지만 같이 있었다는 이유로 정학을 맞았단다. 이 일을 겪으며 신영이는 많은 생각이 들었다고 했다. 자신이 왜 그런 일에 가담을 했는지, 왜 정학을 맞는 불량 학생이 되었는지….

신영이의 부모님은 정학을 맞은 자신을 혼내는 대신, 자신이 하는 이야기를 많이 들어 주셨다고 했다. 부모님께 죄송한 마음이 들어 이제부터라도 바르게 살고 싶다고 했다. 그래서 답답한 마음에 나를 찾아온 것이라고…. 이렇게 힘든 상황에서 나를 찾아와 준 것이 고마웠다. 내가 직접적으로 도움을 줄 순 없지만 신영이의 대화 상대만큼은 되어 줄 수 있는 것 같아 다행이란 생각이 들었다. 그리고 바르게 살고 싶다고 생각한 신영이가 고마웠다.

내가 해줄 수 있는 이야기는 지금부터라도 다시 시작하면 된다는 것이었다. 이천은 아직 고교평준화가 되지 않은 지역이라 성적에 따라 고등학교에 진학을 한다. 그때까지 신영이의 성적으로는 이천 관내에서 고등학교 진학이 어려운 상황이었지만 3학년 성적이 50%의 비중을 차지하기 때문에 2학년 2학기 기말고사부터 성적관리를 한다면 충분히 이천 관내 고등학교에 진학할 수 있었다. 신영이는 나의 이야기를 주의 깊게 들어주었고 그대로 행했다. 결과는, 비록 인문계 고등학교 진학은 힘들었지만 이천 관내에 있는 고등학교에 진학할 수 있었다. 현재 고등학교 2학년에 재학 중인 신영이는 학교에서 전교 1,2등을 다투는 모범생이 되었다.

예전과 다르게 요즘 학생들은 매우 대범한 것 같다. 집까지 찾아가 학생을 구타하는가 하면, 자신들이 폭력을 행사하는 장면을 동영상으로 찍어, 즐기는 행태까지 …. 영화에서나 나올법한 이야기들이 실제로 벌어지고 있는 것이 너무나 안타깝고 두렵다. 또한 자신들이 하고 있는

행동이 얼마나 잘못된 것인지를 깨닫지 못하는 것 같아 걱정이 되기도
한다.

전에 한 번 학생들에게 가장 어려운 과목이 뭐냐고 물어본 적이 있
었다. 학생들마다 다 다르겠지만 대부분의 학생들이 '도덕'이라고 대답
을 했다. 난 당연히 '영어'나 '수학'이라고 할 줄 알았는데 '도덕'이라니
정말 의아했다. '영어'나 '수학'은 워낙 어려서부터 해서 어렵진 않은데
'도덕'은 그렇지 않다는 것이었다. 난 그 말에 '도덕'은 바르고 도덕적인
답만 고르면 된다고 했더니, 아이들은 "바르고 도덕적인 게 뭔지 모르
겠다."고 대답했다. 처음엔 이해가 가지 않았지만 생각해 보니 지금의
아이들에겐 도덕이 어려울 수도 있겠다 싶었다. 요즘 대부분의 부모님
들은 도덕이나 인성교육 같은 것에는 관심이 없고 오로지 학교 성적을
올릴 수 있는 '영어', '수학' 등 주요 과목에만 초점을 맞춰 교육을 시키
니 당연한 결과였다.

점점 대범해지는 학생들의 행태에 심각성을 느낀 정부는 최근 각 학
교에 청원 경찰을 배치하기도 하고, 다양한 교육을 실시하기도 하는
등 학교폭력을 줄이기 위해 발빠르게 움직이고 있다. 그러나 이러한
조치들이 과연 도움이 될까?

나는 근본적인 해결책이 되지 않는다고 생각한다. 폭력을 일삼는 아
이들에게 필요한 것이 무엇일까 다시 한번 생각해 봐야 하는 때가 아닌
가 한다. 신영이가 더 나빠지지 않고 바른 길을 찾을 수 있었던 것은
부모님의 관심과 배려였다. 혼내기보다는 신영이 입장에서 이해해 주
시고, 신영이의 생각을 들어주신 부모님이 계셨기 때문에 긴 시간 헤매
지 않고 자신의 길을 찾아 간 것이다.

폭력을 일삼는 아이들의 환경을 살펴보면 부모님과의 대화 시간이 없는 아이들이 많다. 심지어 부모님과 밥을 먹는 시간조차도 없다고 한다. 또한 아이들이 무엇에 빠져 허우적대고 있는지도 알지 못한다. 아무리 정부나 학교에서 폭력을 없애기 위해 노력한다지만 학생 스스로가 바뀌지 않는 이상 폭력이 근절될 수는 없다고 생각한다. 무슨 일이든 자신이 뉘우치고 스스로 깨달아야 변화가 생기는 것이다.

바쁜 현대 생활 속에서 자녀들과 대화 시간을 갖는다는 것은 어려운 일일 것이다. 하지만 생각이 어린 자녀를 바른 길로 이끌기 위한 시간인데, 무엇을 포기한들 아깝겠는가? 내 자녀가 폭력을 일삼는 학생이 되지 않도록 대화를 나누어야 할 때이다.

›폭력 예방의 본질을 생각하며_오현민　　◂ ◂ ◂

학교폭력 관련 공문 40여개 ….

3월부터 5월까지 약 2개월 가량 생활인권부장으로서 처리한 학교폭력 관련 공문의 수이다. 학교폭력 관련 전수조사, 학교폭력 예방 전담기구 조직, 학교폭력 설문조사 정기 실시, 문자신고 117 관련 사안, 학교폭력 예방 관련 밥상머리 교육 홍보, 학교폭력 예방 관련 학부모 교육 기부단 구성, 학생 자치 법정 실시, 학교폭력 개정 법률안 홍보, 학교폭력 사안 처리 절차 안내, 학교폭력 예방 플래카드 작성 등등. 밀려드는 폭력 관련 공문 처리로 정작 학생들 곁에서 지켜보며 관심을 가지고 학교폭력을 예방할 수 있는 일들을 하기란 너무나 버겁다.

작년부터 언론에 집중 보도된 학교폭력으로 인해 여기저기서 책임

지우고, 책임 떠넘기기에 급급한 모습을 보며 '본질은 무엇인가?'라는
생각을 숱하게 해 왔다. 마치 이전에는 학교폭력이 존재하지 않았던
것처럼, 학교 현장에 학생들과 교사들 모두를 죄인으로 몰아가는 언론
의 모습을 보며 개그 프로그램을 보는 듯한 느낌을 가졌다. 물론 학교
폭력이라는 것이 학생들의 장난에서 비롯되는 것이 대부분이고 이에
대한 죄의식을 느끼지 못하는 학생들에 의해 자행되는 것이 사실이다.
또한 일부 교사들은 이러한 학교폭력의 성향 때문에 고통 받는 학생의
도움 요청을 간과할 때도 있을 것이다. 이 모든 것들을 다 인정한다
하더라도, 본질은 그것이 아니라는 생각을 해 본다.

　학교폭력의 피해자와 가해자는 모두 불행하다. 피해자는 대부분 가
해자들에 비해 육체적·심리적으로 연약하기에 수모를 당한다. 또한
가해자들은 어려서부터 이러한 환경에 노출될 기회를 자주 가져 왔기
에 크나큰 죄의식을 느끼지 못하고 있다. 이런 면에서 피해자와 가해자
모두는 불행하다. 게다가 학교폭력이 사회의 주된 관심사로 부각된 이
후 이에 대한 일부 학부모들의 잘못된 인식 역시 가해학생과 피해학생
모두를 불행하게 만들고 있다. 가해학생 학부모들은 개정된 법률로 인
해 자녀의 폭력 가해 사실이 생활기록부에 기재되는 것을 어떻게든 막
아보기 위해 가담 사실을 완강히 부인하며, 능력만 된다면 큰돈을 들여
서라도 그 사실을 은폐·축소하기 위해 모든 노력을 다 기울인다. 피해
학생 학부모는 자신의 자녀가 경미한 상해를 입었더라도 과대 피해자
로 확대하여 보다 많은 합의금을 받아내기 위해 노력을 아끼지 않는다.
이 과정에서 우리 학생들은 무엇을 배우고 느끼게 될 것인가? 이 사회
에서 정의란 무엇이며 그것이 어떤 경우에는 아무것도 아닌 것일 수

있음을, 나로 인해 타인이 받은 고통은 나를 위해 무시하고 넘어갈 수 있는 것임을 너무나 일찍, 너무나 잘 배우고 있는 것이다.

우리는 그간, 너를 밟아야지만 내가 잘 될 수 있고, 그래서 잘된 몇몇의 사람들이 이 나라를 이끌어가는 중추가 될 수 있다는 식의 성공제일주의에 사로잡혀 살아왔다. 그래서 모든 것은 경쟁이고 책임을 지우는 것에 급급해 왔다. 우리 아이들도 이런 환경에 익숙해져 약한 친구들을 배려하고 사랑을 베푸는 것을 낯설어 한다. 학교폭력은 어제 오늘의 일이 아니다. 경쟁 붙이기와 책임 지우기가 아닌 자유와 관용, 베풂의 소중함을 몸소 느끼며 함께 잘 될 수 있는 것이 혼자 잘 되는 것보다 정말 보람있고 행복한 것임을 느낄 수 있도록 교사·학부모·지역사회·국가가 합심이 되어 적절한 환경을 만들어 주는 것이 진정 학교폭력을 예방하는 길이 아닐까 한다.

▸ 무거운 입_정미나　　　◂ ◂ ◂

내게는 11살 차이 나는 막내 동생이 있어, 요새 중고등학교 친구들은 무엇을 좋아하고 어떤 문화를 즐기는지 가끔 듣곤 한다. 지난 방학 즈음에는 집에 내려가 우연히 '학교폭력 설문지'라는 것을 보았는데, 당시에 학교폭력에 관한 큰 사건이 있었던 터라 유심히 봤던 기억이 난다.

설문지에는 학교에 소위 '일진'이라는 단체가 있는지 묻고 피해당한 경험이 있는지, 피해당하는 학생이 반에 있는지 묻는 평범한 것이었다. 문제는 그러한 설문방식이 어떻게 이루어져 있느냐 하는 것이었는데, 예전과는 달리 개인이 직접 편지봉투에 봉해서 보호단체로 배송하는 방식으로 되어있는 것 같았다. 내가 학교를 다니던 시절만 하더라도 선생님이 들어와서 대충 눈감고 피해당한 학생이 있으면 손을 들라, 종이에 써 내라 하고 가시고, 그러고 나면 몇몇 용기 있는 학생들은 입막음(?)을 당하기 일쑤였는데, 그런 피해는 더 이상 없겠구나 생각하니 안심되는 부분도 있었다.

그러나 뜻밖에도 내 동생의 설문지는 처음부터 끝까지 모두 '좋음'에 표시되어 있었다. 일진이 존재하지도 않고, 피해당한 학생도 없었다는 것이다. 의아한 마음에 동생에게 "정말로 일진이 없느냐?"라고 물었는데 동생은 "당연히 있다."고 대답했다. "그럼, 있는 걸 있다고 표기해야 되는 거 아냐?"라고 했더니, 동생은 옛날 내가 그랬던 것처럼 "그랬다간 보복당해."라고 말했다. 보호단체에 우편으로 개인이 발송한다 하더라도, 반에서 일진이 선생님에게 불려가고 나면, 결국은 어떻게든 쓴 녀석을 찾아내 나쁜 짓을 하던 과거수법이 여전히 이뤄지고 있는 것이었다. 일순간, 힘이 쫙 빠졌다.

대구중학생 사건이 터졌을 때도 비슷한 느낌이었다. 가장 참담했던 것이 '알면서도 왜 주변에 도와줄만한 사람이 한 명도 없었느냐.'였다. 왜 금방 누구에게든 진상을 일러버리고 툭툭 털어내지 못했을까. 당시에 기사를 읽었을 때도 느꼈지만 그것은 전체 분위기가 만들어내는 일종의 묵인 같아 보였다. 반 학생들 중에 알고 있는 녀석들이 분명 있었을 테지만 친구가 죽을 때까지 아무도 나서서 도와줄 수 없었던 것이다. 혹시라도 도와주면 내가 대타가 되지 않을까 하는 우려 때문에.

알고도 돕지 못하는 현실, 알아도 말할 수 없는 분위기가 아이들을 얼마나 죄고 있는지. 어렸을 적 우리 모두가 그랬던 것처럼 지금의 아이들 역시 똑같은 위협 속에서 살아가고 있다. 그런 것이 단순히 설문지로만 해결이 될지, 현재 상황만을 파악하는 옛날 수법들이 아이들에게 도움이 될지 의문이다. 아이들에게 말하라고 하면 말하는 아이들은 몇이나 될지, 어느 정도의 비밀성이 보장되어야만 아이들의 말문을 열수 있을지 알 수 없는 일이다.

아이들의 말문을 열 수 없다면, 선생님의 입을 열어야 할까. 이것이 바로, 요새 추진되고 있는 담임의 책임감인데 이 역시도 문제는 많다. 담임선생님이라고 실태를 전부 알 수 있을까?. 아이들과의 교감 시간도 턱없이 부족한 실정에 과연 교실 내 분위기가 어떻게 돌아가는지 눈치 채는 세심한 선생님들은 몇이나 될 수 있을까. 그렇다면 가해자 학생들이 입을 열게 하는 건? 이 역시 현재로서는 턱없이 불가능한 일이다.

그렇다면 학교폭력은 어떻게 접근해야 맞는 것일까. 아직 그 해답은 존재하지 않지만, 아이들이 입을 열려면 무엇보다 그들의 생각을 바꾸는 계기가 필요하다. 더 나아가 이는 심층적인 심리학적 연구로부터 출발해야 하지 않을까. 상담과 개인의 생활기록, 그리고 폭력적 사고 전환을 위한 '심리적 기제' 마련을 위해 어른들은 끊임없이 연구해야 하는 것이다.

우리 학교,
이것만은!

제8장 우리 학교, 이것만은!

▶ 종이학의 슬픈 꿈 _권은애

    ◀ ◀ ◀

   내일이 스승의 날이다. 뭐 그리 훌륭하게 스승 노릇을 한 바가 없기에 오히려 스승의 날이라는 말이 어색하기만 하다. 그런데 언젠가부터 이 날이 너무나 불편해졌다. 학부모들이 선물 공세를 하거나 학생들이 나를 세워 놓고 스승의 은혜를 부르는 오그라드는 시간을 견뎌야 해서가 아니다. 요즘은 그런 선물들을 교사들이 부담스러워 한다는 사실을 모두 알기 때문에 손에 선물을 들고 오는 학생이나 학부모를 만나는 일이 드물다. 그렇지만 세상이 보기에 우리는 아직도 고가의 선물을 기다리는 파렴치한들로 보이나 보다. 교장 선생님, 교감 선생님 번갈아 가며 절대로 아무 것도 받지 말라고 누누이 전 교사에게 메시지를 보내신다.

   그리고 나는 아이들을 향해 절대로 아무 것도 가져오지 말고 아무 것도 하지 말라고 몇 번이고 강조한다. 애들은 "안 그래도 아무 것도 안 가지고 올 건데요!" 하는데. 참 사람 우스운 노릇이다.

오늘 아침 출근하자마자 참 요상한 메시지를 확인했다. "공부해야 할 중3에게 종이학을 접게 한다거나, 돈을 걷는 등의 일이 있어서 민원이 들어왔으니 주의해 달라."는 내용이었다. 그리고 얼마 후 또 교감 선생님으로부터 "우리 학교 교사들은 절대 아무 것도 받지 않으니 불미스러운 일이 생기지 않도록 하라."는 내용의 메시지가 날아왔다. 기분이 참으로 요상했다. 선생님을 위해 종이학을 접는 마음이 정말 '불미스러운' 행동이던가? 또 다시 가치관의 혼란이 나를 덮치고 있었다.

그렇게 메시지 내용을 보고 마음이 상해서 수업 몇 시간이 지나고 교무실에 오니, 그 아이가 학년부장 선생님 옆에 앉아 울고 있었다. '종이학' 사건이 어디서 나온 건지 우리는 모두 알고 있었다. 며칠 전부터 중간고사 시험이 끝난 그 반 아이들이 서술형 답안 점수를 확인하고 있을 때, 남학생들까지도 열심히 종이학을 접고 있었기 때문에 부반장인 그 아이가 주도해서 담임선생님께 스승의 날 깜짝 선물로 드리려 한다는 걸 알고 있었다. 요즘 누가 선생님 선물하려고 저렇게 정성껏 종이학을 접고 있단 말인가? 그 예쁜 마음이 기특하고 대견했던 터였다. 그런데 아이는 상처받은 얼굴로 울고 있었다.

항의가 들어왔으니 민원 처리를 해야 하고 입장이 곤란한 담임선생님 대신 학년부장 선생님이 나선 것이었다. 종이학도 원하는 사람만 접었고 돈도 안 낸 사람도 있고, 원하는 사람만 낸 것이며 학 접을 종이 산 거 외에는 파티할 때 자기들 먹을 과자 살 돈이었다고. 그 아이를 누가 탓할 수 있겠는가? 어쨌든 누구 하나라도 불만을 제기한다면 곤란한 일. 돈은 백 원이든, 천 원이든 다시 돌려주기로 했다 한다.

선생님을 위해 기쁜 마음으로 아이들의 소망을 담아 접던 종이학이 순식간에 불미스러운 일이 되어 버렸다. 그리고 아이는 크게 상처를 받았을 것이다. 앞으로 아이는 자신의 순수한 마음이 누군가에게 불합리한 강제로 비춰질 수 있다는 사실에 움츠러들 것이다. 아이가 너무나 가여웠다.

그 누군가는 종이학을 접는 아이들의 어떤 점이 그렇게도 참을 수 없었을까? 잠을 아껴가며 공부해야 하는 아이가 종이학을 접고 있다는 생각에 화가 났을까? 선생님이 아이들에게 어처구니없는 짓을 시키고 있다고 분노를 느꼈을까? 하지만 그는 알고 있을까? 선생님의 기뻐할 얼굴을 기대하며 열심히 학을 접던 한 아이의 마음에 자신이 얼마나 깊은 상처를 남겼을지를.

아이들을 집에 보내고 교실 문단속을 하고 나오다 보니 우리 반 여학생 몇이 복도에 앉아 장미꽃을 접고 있었다. '큰일이다. 중3한테 장미꽃 접게 했다고 나도 항의 받을지도 모른다.' 얼른 집에 가라고 쫓아 버리고 왔다.

세상은 점점 요지경 속이 되어 가고 있다. 시대가 변하니까 가치관도 변해야겠지. 나는 오늘 새로운 걸 배운다. 애들한테는 종이학도 받으면 안 된다. 하지만, 이제 슬픈 꿈이 되어버렸을 그 아이의 종이학을 생각하면 가슴이 아리다.

▶ 두드림(Do Dream)_노성호 ◀ ◀ ◀

사실 지금도 두렵고 떨린다. 갑자기 배가 아파오는 것 같고, 그래서 바로 촌각을 다투며 화장실로 뛰어가야 할 것만 같은 느낌이다. 단지 10분밖에 안 되는 이 쉬는 시간이 결코 끝나지 않았으면 좋겠다. 애석하게도 잠시 후면 다음 수업 시작을 알리는 멜로디가 귓가에 울릴 것이다. 스피커가 망가져서 그 소리라도 들리지 않으면 좋으련만. 이런! 스피커는 왜 이리도 멀쩡하고 성능이 좋은지? 우리 학교 수업이 시작되었음을 전 국민이 다 알지도 모른다. 최대한 시간을 끌어본다. 괜히 아무일도 없으면서 이리저리 왔다갔다 하며 홀로 바쁜 척을 해 댄다. 저만치 다른 교실로 향하는 동료교사들의 뒷모습이 보인다. 그들의 모습이 사라져 갈 즈음 깊은 심호흡을 하며 교무실을 나선다. 하지만 여전히 내 머리 속은 핑계거리를 찾기에 여념이 없다. 최대한 보폭을 좁히며 느긋한 양반처럼 교실로 향한다.

며칠 동안 주어졌던 연휴는 덧없이 짧았다. 게다가 주일과 겹치는 연휴는 왜 그리 많은지? 쉴 수 있는 날과 쉬어야 할 날은 분명히 정해져 있는 법인데, 이 둘이 중복된다고 누구 하나 보상해 주는 사람은 없다. 난 개인적으로 쉬는 날을 그리 좋아하는 사람은 아니었다. 그날보다 지루하고 따분하며 무의미한 날은 없다고 생각하며 살아온 사람들 중에 한 사람이었다(어쩌면 유일한?). 그런데 이상하게도 어느 날부터인가 쉬는 날, 아니 노는 날이 그리워졌고, 기다려졌다. 새 달력을 받아들게 되면 마치 숨은그림 찾기 대회를 하듯, 빛의 속도로 눈과 손을 움직여 가며 달력 속 빨간색 숫자들을 찾기에 급급했다. 월중행사를 안내하는 교무회의 때가 되면, 혹시 수업시간을 모면할 수 있는 날이 들어있나, 들어있다면 며칠이나 들어있나 유심히 스캐닝(scanning)하기를 즐겼다. 당연히 다른 회의 내용들은 한 귀로 들어왔다가 한 귀로 흘러나갔다. 학기 중에 마음이 가장 편안할 때는 아이들이 시험을 볼 때였다. 그때만큼 귀하고 달콤한 연휴는 또 없는 것 같다. 어쨌든 연휴는 잠시 후 끝났다. 그래서 난 또 다시 양반걸음을 하며 교실로 향한다.

주 5일제 수업이 전면적으로 시행된 올해는 연초부터 매우 행복했다. 금요일 오후가 되어 내가 맡은 수업이 모두 끝나면 마치 하늘을 날 듯 했다. 지금도 그렇다. 매 시간 만나지는 못해도 매일 하루도 빠짐없이 학생들을 만날 수 있다는 것이 교직의 보람이며, 인생의 낙이 되리라 여겼는데, 차츰 그런 마음이 식다 못해 이제는 주 5일만 학교를 나와도 된다는 말이 복음(福音)처럼 들린다. 하지만 그에 발맞춰 방학이 짧아졌다. '행복과 불행은 동전의 양면'이라는 말이 또 다시 생각났다. 주말 전부를 쉴 수 있게 되어 좋기는 한데, 치러야 할 대가가 만만치 않다. 쪼개서 노는 것보다는 한꺼번에 몰아서 왕창 쉬는 게 좋은데 말이다. 어쨌든 달콤했던 주말도, 짧다는 생각에 더욱 소중하게 느껴질 방학도 곧 끝이 날 것이다. 그러면 나는 또 다시 양반걸음으로 그곳을 향해 가겠지? 교실로! 지금도 두렵고 떨린다.

시간이 가면 갈수록 아이들이 무섭고 어렵다. 나보다 힘이 세거나 나를 좌지우지 흔들 수 있는 성인들 때문이 아니다. 나와 띠 동갑도 훨씬 넘는, 고모 아들이나 이모 딸처럼 나이 어린 동생 같은 것들 때문에 어려워하고 있다. 그렇다고 그 아이들 각자의 사람됨이 무섭고 어려운 것은 아니다. 개인적으로 한 아이 한 학생을 만날 때면 그렇게 좋은 사람들은 없으니 말이다. 다만 그들의 주관 없는 군중심리에 맞닿을 때 그렇고, 나와 내 과목을 향한 철저한 무관심 앞에서 그러하며, 매일 매 순간마다 카멜레온처럼 변화무쌍하게 옷을 갈아입으며 들쑥날쑥한 마음을 드러내는 야비하고 치사한 모습을 만나게 될 때마다 그렇다. 옳은 것을 가르치기 위해 아주 좋은 말로 타이르듯 잘못을 지적하고 훈계하면, 이유 없는 참견과 간섭으로 받아들이고 마는 그들의 태도 앞에서 그러하고, 그렇게 꾸중을 듣고 나서는 뒷담화를 해 대며 짜증을 풀어내고, 자기들끼리 수군덕거리는 냉소적인 눈빛을 대할 때 그렇다. 부담감을 없애주려는 배려심을 발휘하여 최소한의 것을 요구해 보지만, 그것조차 부담스러워하고 귀찮아하며 미동조차 보이지 않을 때 그렇다. 친근감 있게 다가가 인사를 건네 보지만, 무심하고 차디찬 표정으로 내 곁에 바람만 일으켜 놓고 쌩 지나칠 때 그렇고, 순간의 위기를 모면하고자 체면이나 자존심 따위는 엿 바꿔 먹은 채 비굴해져 버리고 마는 그들의 모습을 볼 때 그렇다. 언제부터였을까? 무엇이 우리 사이에 이렇듯 보이지 않는 벽을 쌓아놓았단 말인가?

이러한 나의 처지는 꼭 바다를 표류하다 구사일생으로 어느 섬에 도착한 '로빈슨 크루소'와 닮은 것 같다. 그도 섬에 남겨진 얼마 동안은 사람들이 그리웠을 것이다. 내가 학생들 없는 세상에서 학생들 만나기를 원하며 그들을 그리워했던 것처럼 말이다. 그는 함께 대화를 나누며 음식을 먹고, 하루 산 이야기를 공유할 수 있는 친구들이 간절했을 것이다. 그래서 그곳에 누가 살고 있는지 기웃기웃 거리며 이곳저곳을 무작정 두드려 봤을 것이다. 혹시라도 사람들이 있을까 하여. 하지만 그곳은 무인도였고, 그때부터 그는 홀로 28년 동안 고독한 인생을 살아가야만 했다. 홀로 허기진 배를 채워가며, 홀로 잠자리를 만들어 그 안에서 태양과 바람과 비를 피해가며, 홀로 그 섬에 갇힌 채 단 한 명의 사람이라도 만나고 싶은 간절한 마음으로 말이다. 나 또한 그러한 심정으로 교사가 되길 준비하며 기다렸다. 학교라는 세상이 어떤 곳인지 제대로 알지도 못하면서 무작정 문을 두드렸고, 이처럼 고독하고 힘겨운 일은 없을 것이라 여기면서 홀로 모진 시간들을 이겨내 왔다. 단지 학생들, 그들만을 만나고 싶은 간절한 마음으로 말이다.

그러던 어느 날, 로빈슨 크루소는 우연히 섬에서 발자국들을 발견하게 된다. 아주 또렷하고 선명한 사람의 발자국을 말이다. 그런데 그때 그에게 제일 먼저 든 감정은 반가움이 아니었다. 바로 두려움! 홀로 살아온 세상에 낯선 발자국이라니! 만일 그 발자국이 사람의 것이 아니라 동물이나 다른 짐승의 것이었다면 어땠을까? 그는 그때도 불안감에 휩싸였을까? 그렇지 않았을 것이다. 그동안은 모든 것이 안정적이었고 평온하게 유지되어 왔는데, 하루아침에 자신을 둘러 싼 세상이 혼란스럽게 뒤바뀌어버리고, 온갖 혼돈과 아비규환의 소용돌이가 밀어닥친 듯 어지럽게 흩어지게 된 것이다. 공포와 현기증이 밀려온다.

'로빈슨 크루소' 이야기를 처음 들었을 때는 이해할 수 없었지만, 이제는 이해할 수 있다. 자신과 똑같은 사람의 발자국 하나를 보고서도 공포감을 느끼게 되다니! 그렇게 간절히 만나길 원했고, 그래서 동분서주 찾아다녔던 사람인데, 막상 사람의 흔적을 발견하고 나니까 설레고 반갑고 누구일까 기대되기보다는 오히려 두렵고 떨리고 초조해지고 마는 아이러니한 마음을 공감할 수 있다. 사람이 사람을 무서워하고 기피하면서 멀리할 수밖에 없는 현실은 분명히 존재하는 법이니까. 나 또한 그렇다. 학생들이 좋았고, 가르치는 것에 보람을 느끼며 살아온 내가 막상 교사가 되어 학교에 들어와 살아보니 너무 달랐다. 학교 밖에서 살아가며 갖고 있었던 이상과는 사뭇 다른 현실의 벽이 너무도 높아 시시때때로 부딪힐 때가 굉장히 많았다. 그동안 학생들을 향해 가지고 있었던 생각과 마음을 그대로 표현하면서 보람찬 교직생활을 하고 싶었지만, 가면 갈수록 학생들을 어려워하고, 심지어 그들을 만나야 하는 현실을 두려워하고 있는 내 자신을 발견하게 된 것이다.

우여곡절 끝에 로빈슨 크루소는 28년 후 무인도를 탈출했다. 그리고는 또 다시 사람들과 얽히고 섥혀 가며 삶을 살아갔다. 인생은 그렇게 살아가는 것이 아닌가 싶기도 하다. 기대하며 기다리고, 그날을 위해 설레는 마음으로 준비하며 노력하다가도 좌절하며 고개를 숙이게 되고, 무엇에 설레며 마음 떨려하다가도 아무렇지도 않은 듯 냉정을 가장하며 살아가야 할 때가 있는 듯하다. 그래도 계속 두드려 보긴 해야 한다. 또 다른 것을 기대하며 기다리고, 내일의 태양은 오늘의 것과 다를 것이라는 희망 속에 마지막 남은 힘까지 다해 노력하고 열정을 키워 간다면, 분명 길은 있을 것이라 확신한다. 다만 그때까지 두려워하는 일은 없었으면 좋겠다. 나 같은 경우는 수업 종이 울리는 것을 두려워하지 않았으면 좋겠고, 교실을 향해 나아가는 발걸음이 더 이상 팔자걸음이 되지 않았으면 좋겠고, 아이들이 기다리고 있는 교실 문을 두드리는 일이 더 이상은 부담스럽지 않았으면 좋겠다. 그래서 아이들을 두려워하고 어려워하는 교사가 아니라 일초라도 빨리 만나보려고 안달하는 교사가 되었으면 좋겠다. 서로가 서로를 두려워하지 않는 꿈을 꾸어본다(Do Dream). 그러한 마음을 간직할 수 있도록 내 마음의 문을 두드린다. 두드림!

▸ 길을 잃은 아이들 _정미나   ◂ ◂ ◂

'까불기는 해도 모난 학생은 없다.' 그게 교생 실습 나간 학교에서 느낀 바였고, 지도 선생님이 내게 해준 말이기도 했다. 비록 아이들이 수업시간에 장난을 치고 당황스러운 말을 할지언정 정말로 못된 마음에서 하는 행동은 없다는 것. 그렇게 학교를 다니는 동안 선생님의 말이 무엇인지 깨달아가면서, 신문에서 일어나는 일들은 도대체 어느 학교 애들의 일인지, 그저 태평하게만 지내왔다.

그러다가 우연히 선생님과 이런저런 이야기를 할 기회가 생겨, 평소 궁금해 했던 학생에 대해 질문하기도 하고 선생님의 자질을 이야기하기도 하다가, 문득 신문에 나올만한 일들은 없는 동네라는 감상까지 나왔다. 선생님은 손사래를 치며 바로 얼마 전, 옆 학교에서 여학생이 50대 여선생님의 뺨을 때린 일이 있었다고 말하는 것이었다. 충격이었다. 자세한 내막은 알 수 없었으나, 선생님과 제자 간의 불화가 생겨 화가 난 여학생이 선생님의 뺨을 때렸다고 했다. 게다가 학교는 이런 사실이 외부에 유출될까 봐 쉬쉬 하느라 학생도 선생님도 서로 그 일을 모르는 척하고 지낸다는 것이다.

학생이야 징계받기 무서워서 그러려니 쳐도, 선생님까지 있던 일을 없던 일로 행동해야 할 정도로 분위기가 안 좋은 걸까. 30살 넘게 차이 나는 학생에게 뺨을 얻어맞고도 아무렇지 않게 수업을 해야 할 정도가 되었을까 학교는. 그런 원망이 들면서 이러한 사태가 과연 무엇 때문일까 하는 생각이 들었다. 지도 선생님은 수능 위주의 학습체제 때문이 아니냐고 말씀하셨고 나는 아이들의 공감 능력이 현저하게 떨어지기 때문이라 말했다. 어떤 게 원인이든 있을 수 없는 일이, 학교에서 일어나고 있는 것이다.

그 대화 후 집에 오면서 나는, 과연 학교를 제대로 보고 있긴 하는 건가 하는 무력감이 밀려왔다. 내가 단지 '우물 안 개구리'였다면, 학교는 지금 어떻게 되어가고 있는 것일까. 아이들은 어디로 흘러가고 있고, 그 현장 속에 선생님들은 어떤 모습으로 남아 있는가. 지도 선생님 말대로 학생들의 행동이 수능 위주의 학습 때문이라면. 그래서 공교육은 무너지고 능력 있는 학생만을 뽑으려는 대학과 공부 잘하는 학생만을 배출하려는 학교, 결국 이 모든 사슬로 아이들의 인성 교육은 무너지고 있다면. 이런 것을 보고 듣는 모두는 대체 무엇을 하고 있는 것일까. 교과시간을 통합하고 수준별 교육을 시행하며 사회와 도덕을 묶어 버리는 교과부 역시 학생들의 움직임이 보이지 않는 것일까.

내가 초등학교 시절에는 인성교육, 인간교육이라는 것이 신설되어 열린 학습장을 채우려고 무던히 노력했었다. 부모님 발 씻겨오기가 숙제인 날이 있었고, 가족이 좋아하는 것 조사해오기가 일과인 날이 있었다. 지금 초등학생은 학교 마치면 국영수 학원 가랴, 취미생활로 영어 회화학원 가랴, 나머지 시간은 자격증을 따기 위해 컴퓨터학원에 앉아 있다. 하루에도 몇 번이나 학원생활을 하는 아이들은 또래 친구들과 친해질 시간도 없어 홀로 컴퓨터 앞에 앉아 시간을 보내야 한다.

어렸을 적 인성교육의 열린 학습장은 어디로 갔으며 아이들의 정서는 이제 어디서 찾아야 할까. 선생님의 뺨을 때리고 아무렇지 않은 척하는 아이와, 학원을 5~6개씩 뛰는 기계, 공부는 잘하지만 정서는 메마른 아이들 속에서 우리는 무엇을 떠올릴 수 있을까. 교과부에 바라는 게 있다면, 그것은 하나다. 아이들을 제발 사람답게, 사람다운 사람으

로 살 수 있게 해줬으면 하는 것이다. 사람을 제발 사람다운 이로 키울
수 있는 교육을 진땀나게 고민해준다면, 이 시대 아이들은 더 나은 미
래를 만들어 갈 수 있을 것이다.

▸참을 수 없는, 지울 수 없는_채희령

　나는 학창시절에 줄곧 반장과 부반장을 해왔다. 담임선생님의 지시
를 학급 친구들에게 전달하고, 매 수업 시간 "차렷! 경례!"만 하면 되는
'즐거운 대표'였던 기억이 강하게 남아있다. 하지만! 늘 즐겁기만 한 대
표는 아니었다. 억지로 되새기는 것도 아닌데 때때로 떠오르는, 머리
에, 가슴에 콕 박혀 있는 아픔이 있다.

　중학교 3학년 때의 일이다. 2학기 첫 학급회의 시간이었고 반장선거
가 시작되었다. 나는 반 친구들의 추천을 받아 자의반 타의반 반장 후
보가 되었다. 워낙 나서는 걸 좋아하고 반 친구들과도 잘 어울려 학급
임원에는 늘 욕심이 있었는데, 나는 100% 당당하게 나서지 못하고 어
딘지 조금 자신감이 없었다. 부모님께서 자영업 맞벌이를 하셔서 주말
하루 빼고는 아버지 어머니 두 분 모두 종일 너무도 바쁘셨기 때문이
다. 초등학교 때부터 나는 자연스럽게 웬만한 가정통신문은 내가 읽고
도장을 찍어서 냈고, 녹색어머니나 학부모회의 같은 것은 어머니께 말
씀드린 적이 단 한 번도 없었다. 부모님에 대한 배려라는 생각에 스스
로 철든 것처럼 행동을 해왔다. 반장후보 연설 차례가 되어 교탁에 나
가서 이렇게 말했던 기억이 난다. "저희 어머니께서 많이 바쁘셔서 학
교에 자주 못 나오시더라도 제가 더 부지런히 움직여서 반의 일을 돕겠

습니다. 뽑아주시면 성실한 반장이 되겠습니다." 내가 불쌍했는지 믿음
이 갔는지 어쨌든 그렇게 나는 반장이 되었다.

　10년 전만 해도 중학교에서는 어머니들의 역할이 참 컸다. 환경미화
때는 화분 사다 주시고, 장학사 오시는 날엔 청소 도와주러 오시고, 종
종 급식 당번 도와주러 오시고, 수시로 선생님 뵙고 등등. 이런 것들을
너무도 잘 알고 있었기 때문에, 뽑아 달라는 연설에서도 어머니 얘기를
했던 것 같다. 또 반장과 부반장은 선출이 되고 나면 '한 턱 쏘는' 전통
이 있었다. 역시나 부반장·아이의 집 전화번호를 받아다가 어머니께
갖다 드리고, 주문이며 배달은 부반장 어머니가 다 해주셨고, 나는 어
머니가 주신 봉투만 부반장 어머니께 전달해드렸다. 소풍 갈 때에도
나는 집 앞에 단골 김밥집에 가서 어머니께서 미리 부탁해놓으신 3단
찬합을 선생님 도시락으로 가져다 드렸고, 부반장의 어머니는 직접 학
교에 배웅 나오셔서 선생님의 간식거리를 챙겨주셨다. 어린 마음에 그
런 것들이 조금 부럽기는 했지만, 그냥 그 정도였다.

　그런데 이상하게 담임선생님께서는 반장인 나보다 부반장인 아이를
더 자주 부르시고 더 예뻐하셨다. 수업이 끝나고 책가방 챙기고 있으면
언제 교무실에 다녀왔는지 부반장인 A가 "얘들아~. 선생님이 뭐뭐 하
라고 하셨어~."하면서 전달 사항을 얘기하기도 했고, 선생님도 "A야~.
A야~." 하시면서 부반장 아이를 나보다 더 자주 찾으셨다. 우리 엄마가
학교에 못 나오시고 선생님과 학급에 신경을 못 쓰셔서 편애하시나?
그런 순간마다 서운하고 서러웠다.

　12월이 되어 학교에서는 장애인들이 만든 크리스마스 씰을 판매하
고, 불우이웃돕기 성금도 걷었는데, 전교 21반 중에 우리 반이 유일하

게 씰을 다 판매하고 성금도 가장 많이 걷었었다. 모금 기간이 이틀인가 남아서 꽤 많은 액수를 내가 보관했어야 했고, 체육 수업이 있어서 돈 봉투를 사물함 깊숙하게 책 사이에 넣어놓고 수업을 다녀왔다. 지금 생각해보니 너무 어리석은 행동이었는데, 당시의 나는 참 순진하고 멍청했다. 수업을 다녀오니 영화처럼 돈 봉투는 사라지고 없었다. 배가 아프다며 교실에 남겠다는 아이들이 2~3명 있었는데 무턱대고 의심을 할 순 없었고, 또 그 큰 금액을 간수를 제대로 못한 내 잘못이니 무조건 책임을 져야겠다 싶어서 아버지께 울면서 전화를 드렸다. 자초지종을 들으신 아버지는 바보같이 질질 짜냐고, 네 실수인 거 알았으면 됐고 돈 액수 맞춰서 내일 주신다며 다독여주셨다.

이렇게 겉으로는 해결이 되었지만, 그래도 학급에서 일어난 일이니 담임선생님께는 알려야겠다는 생각에 교무실로 가서 말씀을 드렸더니 "선생님한테 맡기고 수업 가지 그랬니." 혹은 "그렇게 큰 돈 관리 허술하게 한 네 탓이다." 혹은 "범인을 잡아보자."라는 훈계나 위로 한 마디 없이 내일까지 책임지고 액수 맞춰놓으라고만 하셨다. 다음 날, 아버지가 채워주신 돈 봉투를 들고 등교했는데, 반 친구들이 천원 이천원씩 모아서 원래 모였던 금액의 1/3 가량을 주었다. 네가 훔친 거 아닌데 왜 다 책임을 지냐고 도둑은 왜 안 잡냐고 하면서 말이다. 전날 내가 울고불고 속상해 했던 것을 본 친구들이 조금씩 다시 모아보자고 의견을 모았던 것이다. 어린 마음에 진한 감동을 받은 채, 신나서 봉투 두 개를 들고 선생님께 드렸다. 선생님은 갑자기 봉투에서 돈을 꺼내시더니 내 머리 쪽으로 던지시고는 "쪼끄만게 이중장부 쓰네." 하셨다. 二중장부? 異중장부? 이게 무슨 말이지? 멍해져서 서 있는데 당장 돈 줍지 않고 뭐하냐고, 네가 잃어버려 놓고 애들한테 또 돈을 걷는 못된 행동은 어디서 배워먹었냐고 소리를 치셨다. 눈물을 뚝뚝 흘리며 떨어진 지폐와 동전을 줍는데, 그 때 처음 '억울함'과 '비참함'이라는 감정을 느꼈던 것 같다. 그리고 무서운 눈빛으로 소리 지르시는 선생님께 "제가 훔친 거 아니고, 제가 다시 걷은 거 아녜요."라면서 변명을 할 수조차 없었다.

그렇게 교실로 돌아와 하루 종일 고민했다. 부모님께 전화를 드릴까, 집으로 그냥 가버릴까, 교장실에 가서 고자질을 할까. 별별 생각을 다 하며 하루 일과를 보냈다. 종례 시간에 A가 선생님께서 나를 부르신다고 전달해주기에 담임선생님이 계시는 체육실로 갔더니, 갑자기 내 손을 잡으시며 "아침부터 많이 속상했니? 널 오해한 거 미안하다."고 하셨다. 순간 무슨 감정인지 가슴이 복받쳐서 아이처럼 울음이 팡 하고 터졌다. '이제야 내 마음을 알아주시는구나' 하고 있는데, 곧바로 "점심시간에 A가 와서 다 설명해주고 갔다. A 아니었으면 모를 뻔 했다."라고 하시는 거다.

한창 예민한 '사춘기' 시절, 내가 참 좋아했던 '학교'에서 겪은 아픈 사건이다. 선생님과 나는 왜 1:1의 관계가 될 수 없었는지. 왜 나를 인정하고 예뻐해주지 않으셨는지. 꼭 A를 통해야만 소통이 가능했던 것인지. 그 전에 내가 A를 질투했던 감정이 자격지심이 되어서 스스로 꼬여 있었던 것은 아닌지. 지금 생각해도 가슴이 저리다.

중학교 졸업 후, 고등학교 교복을 입은 채로 동네에서 선생님을 뵌 적이 있다. 선생님과 나는 횡단보도를 사이에 두고 신호를 기다리고 있었는데, 파란불로 바뀌자마자 활짝 웃으며 내 쪽으로 걸어오시는 선

생님을, 나는 눈만 깜빡이며 멀뚱멀뚱 보다가 지나쳐버렸다. 선생님을
어떻게 대해야 할지. 반갑지도 무섭지도 않은 감정을 어떻게 감추고
인사를 드려야 할지 고민하는 찰나에 그대로 지나쳐버렸다.

10년 전 일이라, 확실히 학교 분위기나 교사들의 마인드가 많이 바
뀌었다. 촌지나 선물을 대놓고 좋아하거나, 한 아이들 드러내놓고 편애
하는 교사는 아마도 없을 것이다. 그래도 혹시라도 작은 선입견이나
오해 때문에 한 아이에겐 평생 잊을 수 없는 상처를 줄 수 있기 때문에
교사는 언행을 늘 경계하고, 신중해야 한다. 여러 선생님들의 장점만
뽑아서 배우고 따라하려고 하기보다는, 내가 받았던 상처를 행여나 누
군가에게 되돌림해주지 않도록 노력하는 것이 훨씬 중요한 것 같다.

▸ 어른들의 숙제 : 교생실습을 마치며_박윤임   ◂ ◂ ◂

늦은 나이에 시작한 공부라 교생 실습은 마음의 부담이었다. 나보다
나이 적은 선생님이 지도 선생님이 된다면 그것도 참 어색한 광경일
것이고. 아이들을 가르치면 잘할 수 있을까 하는 두려움이 현실로 다가
오는 건 긴장감과 함께 늦은 나이에 낸 용기를 주눅 들게 만들었다.
업친 데 덮친 격일까. 출신 모교는 출퇴근이 가능한 거리가 아니라 용
인에 사는 나는, 용인시에 있는 모든 중·고등학교에 전화를 걸어 교생
을 받느냐고 물었지만, 교생을 받아준다는 학교는 한 학교도 없었다.
모교 출신이 아니면 받아줄 수 없다는 얘기와 함께 수화기에서 들려오
는 아주 차가웠던 목소리는 일하기 힘들 정도로 전화가 많이 온다며
짜증내기 일쑤였다. 사실 이런 푸대접에 놀라기도 했고, '교생실습이

학교에 도움이 되는 것이 아니구나!'라는 사실을 그제서야 알았다. 선생님들은 수업 외에 업무도 많다고 들었지만 다들 교생실습을 않고선 선생님이 되진 못할 텐데 하는 생각을 하다보니 참 씁쓸하고 아쉬운 현실이었다.

그렇게 난 국어교육 전공인데도 일반 고등학교는 가지 못하고, 분당에 있는 특성화 고등학교에 가게 되었다. 받아주는 곳은 없고 난 교생실습을 이수해야 했기 때문에 이곳도 감사할 따름이었다.

학교는 항상 왜 이렇게 추운지 4월의 눈만큼이나 어색했던 아이들과의 만남이었다. 여자애들이 4명, 남자 아이들이 26명이었던 로봇과 1-3반의 교생이 되었다.

덩치가 큰 아이들 중에는 힐끔힐끔 누구냐고 쳐다보는 아이도 있었다. 낯선 눈길과 거친 말투는 두려움과 긴장감에 휩싸여 있던 내게 다소 무섭게 느껴졌다. 어색한 소개와 함께 교생실습이 시작됐다. 풋풋한 대학생이 와야 하는데 늙은 대학원생이 왔으니 너희도 얼마나 당황스러웠을까. 2주간은 담임선생님과 다른 국어 선생님의 수업을 따라 다니며 수업을 참관하였다. 이 학교는 일반 고등학교보다는 수준이 낮았다. 물론 등급을 잘 따기 위해 전략적으로 이 학교에 진학한 아이들도 있었지만 수준차가 많이 나고 못하는 아이들도 많다며 답답함을 호소하는 선생님들도 많았다. 학교에서는 학업 분위기를 위해 고1 중에서 문제가 되는 아이들 30여 명을 퇴학시킨다고 한다. 그래야 고2부터는 안정이 된다고 하였다.

어색했던 동선 속에 시연했던 수업들, 많이 졸려 하던 아이들도 내가 신기했는지, 서서히 내 동선에 시선을 맞추었고 참 어색했던 눈빛들 속에 시간은 흘러갔다. 그만큼 가까워진 듯 마음이 열릴 때, 눈빛 속에 몰래 감춰놨던 비밀들을 살짝살짝 들추어 보여주는 아이들이 있었다.

4월 초부터 시작한 교생실습은 4주째에 이르러 수업 연구가 있었고, 그 다음주 5월에 들어서면서 시험이 이어졌다. 고등학교에서 처음 보게 되는 중간고사라 잘 보고 싶어하는 학생들의 눈빛에는 긴장감이 역력했다.

시험을 코앞에 두고 이루어진 나의 수업 연구는 시험범위가 아니라 참 부담됐을 텐데도 학생들은 교생 성적 잘 나와야 한다며 열심히 도와주었다. 보도물을 작성해 주고, 자신감에 찬 모습으로 발표해 주던 기자들, 리더십을 발휘해 주던 아이들, 나의 수업 내내 뒤에 서 지켜 보시던 참관 선생님들 생각해보면 모두가 고맙다.

이런 짧고 아름다운 동화를 고이 접어 간다. 힘들 때마다 펼쳐 보며 이 동화를 기억할 것 같다. 그리고 마음 속에 숙제 하나를 간직한 채 교생실습을 마친다. 이렇게 따뜻했던 아이들이 학교 이름만 듣고도 왜 문제가 된다고 낙인이 찍히는지. 좋은 대학에 많이 진학하지 못하기 때문에? 교생은 학업 스트레스를 주지 않기 때문에 아이들과 쉽게 소통할 수 있었던 것일까. 짧은 기간 때문에 어떻게 그런 에너지가 가능했던 것일까. 어쩔 수 없는 현실에 대한 아쉬움은 교사가 되려는 나에게 큰 숙제를 남겼다.

▶ 교과부에 바란다_서정호   ◀ ◀ ◀

학교는 사람답게 사는 사회를 만들어갈 교육의 터전이다. 그러나 우리 사회의 교육은 아이들을 병들게 하고 그 절규가 죽음이라는 극단적인 선택으로 나타나게 만들고 있다. 교육과학기술부 장관과 교육감들이 대구 중학생의 집단 따돌림으로 인한 자살 사건에 대한 긴급 대책회의를 하던 지난해 12월 29일, 광주와 청주에서 14세의 어린 중학생들이 또 생을 마감하였다. 사후약방문격으로 국회와 교육행정기관마다 연이어 대책을 발표하고 있지만, 그 순간에도 아이들은 죽어가고 있는 것이다. 청소년 중에 자살을 생각해본 학생들이 다섯 명 중에 한 명에 이르고, 2009년 한 해에만 202명의 아이들이 자살하고 있는 현실을 일시에 해결하는 묘책은 결코 쉽게 마련되지 않는다. 전국 최상위의 성적을 강요하면서 체벌을 가하는 어머니를 살해하는 극단적인 사건이 벌어졌지만 우리 사회는 여전히 입시 경쟁 교육을 멈추지 않고 있다.

돈과 직업으로 사람의 순서를 정하는 천민자본주의와 학벌 학력사회의 비인간적인 사회체제는 학교라는 공간에서도 힘센 자와 약한 자간의 자리매김을 구조화시키고 있다. 힘센 아이들의 그룹이 만들어낸 폭력적인 구조 속에서 고통을 받으면서도 아이들은 교사와 부모에게 그 아픔을 드러내지 못하고 있다. 학교에서 매달 실시하는 학교 폭력 설문조사에 아무리 익명성을 보장한다는 설명이 덧붙어도 아이들의 현실을 담아내지 못하고 있다.

학교폭력 문제를 해결하기 위해서는 이 지난하고 고통스러운 현실을 직시하는 데에서부터 출발하여야 한다. 또한 이제까지 경쟁과 석차 매기기를 중심으로 해온 교육에서 벗어나 협력과 나눔을 배우고 일구는 교육으로 전환하기 위한 길고 긴 노력이 기울여져야 한다. 교과부는 2012 업무보고에서 창의와 인성을 기르는 것을 국정의 목표로 제시하고 있다. 하지만 학업성취도 평가 결과를 순위로 만들어 학교장이 교사들을 채근하는 상황에서는 일제고사에 대비하는 문제풀이 교육에 매달릴 수밖에 없다. 창의 인성이라는 거창한 목표 이전에 아이들을 살리기 위해서는 진정한 전인교육이 이루어지도록 해야 한다. 교육적 효과도 검증되지 않은 전자교과서를 만드는데 돈을 쏟아 부을게 아니라 법정 정원에도 미치지 못하는 교원을 늘려 교사가 아이들 속에서 함께 살아갈 수 있도록 해야 한다. 교사들이 교육활동에 전념할 수 있는 교육 여건과 교육 철학을 갖춘 혁신학교와 대안학교가 다른 일반 학교에 비해 학교폭력이 일어날 가능성이 적은 것은, 존중과 배려, 배움과 나눔의 가치를 구현하기 위해 학교 구성원들이 서로 노력하기 때문이다.

학교폭력과 입시 교육으로 희생된 아이들을 위한 우리들의 결의와 실천은 바로 교육다운 교육, 사람을 위한 교육이 학교와 이 사회에서 이루어지도록 하는 것이다.

그래도 우리에게 희망은 있다

› 자두맛 캔디를 먹으면
집에 갈 수 있다_김소라

1987년 광주광역시의 한 초등학교 3학년 교실, 학교가 파한 후에도 아이들은 꼼짝없이 제자리에 앉아 칠판 가득 판서를 하시는 선생님의 손길을 바라보고 있다. 오늘 수업시간에 배운 내용으로 만든 쪽지시험 문제 …. 오늘도 어김없이 찾아온 저 관문을 통과해야만 우리는 집에 갈 수 있다.

선생님이 나눠준 백지에 시험문제의 번호와 정답을 적고 빨리 푼 순서대로 선생님 책상에 가서 채점을 한다. 100점을 맞으면 자두맛 캔디를 받고 그제서야 비로소 집에 갈 수 있게 된다. 그러나 한 문제라도 틀리면 다시 자리에 들어가 틀린 문제를 다시 풀고 또 채점. 이 과정이 무한히 반복된다. 물론 한번에 100점을 맞는 경우는 대단히 드물다. 적어도 4~5번의 이 과정을 거친 후에 우리는 자두맛 캔디를 받을 수 있다.

사실 4~5번에라도 문제를 다 맞혀 집에 갈 수 있는 건 3분의 2정도이다. 소위 공부 못하는 아이들, 3학년이 되도록 코를 흘리고 숙제나 준비물을 제대로 챙겨오지 않으며 학교에 엄마가 찾아오지도 않는 그런 아이들은 집에 갈 날이 아득할 뿐이다.

자두맛 캔디는 해방을 의미했다. 저 지긋지긋한 시험으로부터, 호랑이 같고 독사 같은 담임선생님으로부터, 하나라도 번호에 빗금이 그어지면 또다시 자리에 돌아가 문제를 풀어야 하는 그 순간의 절망으로부터….

초·중·고·대학을 졸업하고 늦은 나이에 다시 대학원에 진학한 후에도 가끔 초등학교 3학년 선생님을 떠올릴 때가 있다. 매일 반복되는 시험은 선생님에게도 힘든 일이었을 것이다. 문제를 내고 반복해서 채점을 하고, 매일 캔디를 준비해야 했고, 방과 후에도 퇴근하지 못하고 늦게까지 남아야 했기 때문이다. 선생님은 그날 배운 '지식'을 우리가 모두 빠짐없이 습득해야만 한다고 생각하셨나보다. 그래서 그런 시험을 고안해내셨고, 매일 반복해서 시행되는 그 과정을 본인 스스로 '교사로서의 열정'으로 이해하셨을지도 모르겠다. 그리고 그 시험이 우리에게 매우 유익한 것이라고 확신하셨을 것이며, 항상 전체 반평균 1등을 유지한 우리반 성적은 선생님의 확신을 더욱 굳게 만들었을 것이다.

그러나 우리에게 필요한 건 그날 배운 지식의 암기가 아니었다. 학교가 파한 후에도 100점을 향해 무한 반복되는 쪽지시험과 100점 맞은 순서대로 집에 갈 수 있는, 그래서 친구랑 같이 떡볶이도 사먹고, 뽑기도 하며 집에 갈 기회를 앗아간 잔인한 제도에 불과하였다. 우리는 겨우 초등학교 3학년, 마음껏 소리 지르며 달리고 웃고 노래하고 싶었다. 광합성의 3요소를 외워서 동그라미를 맞는 것보다 분꽃을 따서 귀걸이를 만들고 봉숭아 잎을 찧어서 손톱에 물들이는 것이 훨씬 즐겁고 행복했다.

선생님은 어른의 입장에서 우리가 하나의 지식이라도 더 습득하고 좋은 점수를 맞고, 중·고등학교에 가서도 모범생으로 커 나가길 바라는 마음이셨을 것이다. 어른의 눈에서, 선생님의 눈에서 우리에게 좋은 것을 주신 것이다. 그러나 초등학교 3학년 교과서에서 배우는 지식이란 것이, 꼭 매일 학교에 남아 100점을 맞을 때까지 외워야 할 만큼 절대적인 것일까? 솔직히 나는 초등학교 3학년 지식을 초등학교 6학년에 가서야 비로소 이해하고 생활에 적용할 수 있다고 해도 큰 문제가 되지 않는다고 생각한다. 교육이란 것이 '지식의 습득'만을 의미하는 것은 아니다. 아이들이 밝고 명랑하게 자라며, 친구들과 원만하게 지내며 사회성을 기르고, 감성과 이성을 고루 발전시키면서 결국 자기가 하고 싶은 일을 찾게 만들어주는 것이 교육이다.

선생님의 가치관, 사고에서는 제아무리 학생에게 최상의 것이라고 생각되는 것일지라도 학생들에게는 독이 될 수도 있다. 내가 지나온 초·중·고 시절에서 최상의 가치는 지식을 암기하고 그것을 문제에 적용하여 1점이라도 더 좋은 점수를 만들어내는 것이었다. 우리는 점수의 노예나 다름없었다. 단 한 분의 선생님이라도 우리 각자가 진정으로 원하는 일, 하고 싶은 일이 무엇인지 물어봐주고, 그것에 대답할 수 있는 충분한 시간을 주셨더라면 어땠을까 생각해본다.

가끔 과외하는 아이들에게 '뭐 하고 싶냐'고, '어떤 일을 할 때 행복하냐'고 물어볼 때가 있다. 잘 모르겠다는 아이들이 대다수지만 가끔 수줍게 자신이 갖고 있는 희망을 이야기하는 아이들이 있다. 때로는 그 꿈이 너무 소박해서, 때로는 지금 가진 것에 비해 꿈이 너무 커서 놀랄 때도 있다. 하지만 자신이 뭘 할 때 행복한지 아는 아이들은 삶의 의지가 있고 미래에 대해 긍정적이다. 많은 지식을 쌓아야만, 명문대학에 진학하고 남들이 알아주는 직업을 가져야만 행복하다는 어른들의 말이 거짓이라는 것을 이제 어른이 되니 알겠다. 내가 가르치는 아이들은 자신이 행복한 길을 찾고 스스로 자기 삶의 주인이 되어 당당하게 자기 두 발로 세상을 걸어나가는 아이들이 되었으면 좋겠다. 그러기 위해서 내가 먼저 그런 사람이 되도록 매일 나 자신을 닦아나가야겠다. 아이들을 가르치는 일은 참 행복한 일이라는 생각이 문득 든다.

▸ Dream Factory_노성호　　◂ ◂ ◂

어릴 적 추억 한 가지를 정성스레 꺼내본다. 추운 겨울, 친구들과 늦게까지 놀던 나는 해가 기울고 시장기가 느껴지면 그때야 집에 들어가곤 했다. 그러면 어머니는 검은 콩이 들어 있는 쌀밥과 뜨끈뜨끈한 콩나물국을 김치와 함께 미리 차려 놓고 나를 기다리고 계셨다. 이 세상 그 무엇과도 견줄 수 없는 내 어머니만의 소담스런 밥상! 나는 손을 씻는 둥 마는 둥 배가 고파 군침을 삼켜가며, 무작정 방바닥에 앉아 어머니 표 밥상을 받고 성대한 잔치를 즐겼다. 그때마다 김이 모락모락 피어오르는 국 사발을 바라보곤 했는데, 지금 생각해도 그 광경은 참으로 정겹고 따스하게 느껴진다. 그런데 그때 어머니께서 끓여주시던 콩나물국은 콩나물을 시장에서 사다가 끓이는 여느 국과는 전혀 다른 것이었다. 왜냐하면 그 국은 우리 집 안방 아랫목 시루 속에서 자란 콩나물로 끓인 것이었기 때문이다.

어머니는 아침마다 안방에 들어가셔서 시루에 물을 부으셨다. 점심에도 그렇게 한참동안 물을 부으셨고, 저녁에도 같은 일을 반복하다 나가셨다. 그때마다 나는 시루 아래쪽으로 쪼르륵쪼르륵 흘러내리는 물을 보면서 "에휴, 에휴" 거리기만 했다. 아무런 변화도 없는 저 콩에다 왜 매일같이 그리 공을 들이시는지 이해할 수 없었다. 어머니께서는 "콩이 물을 마시고 있는 거야."라고 말씀하셨지만, 나는 콩이 물을 마시기는커녕 오히려 마셨던 물까지 뱉어버리고 마는 것 같았다. 어머니께서 그 말씀을 하시는 동안에도 물은 계속해서 시루 밖으로 빠져나오고 있었으니 말이다. 이 무모해 보이고, 아무짝에도 쓸모없어 보이는 일을 어머니께서는 왜 계속 반복하셨을까? 그 이유를 깨닫기까지는 많은 시간이 필요했다.

오랜 시간이 흐른 뒤 시루 속의 모습은 굳이 부연하지 않아도 어떻게 되었을지 알 것이다. 하지만 어릴 적 그때는 왜 그리 신기하던지. 매일 하루도 거르지 않고 속을 들여다봤을 때는 전혀 변화를 느낄 수 없었는데, 신기하게도 며칠 잊고 있다가 시루 안을 들여다보았을 때의 놀라움은 이만저만 큰 것이 아니었다. 싹이 나 어느새 키가 큰 콩나물들로 가득 차 있었던 콩나물시루. 이것을 위해 어머니는 늘 그렇게 물을 부으셨던 것이다. 매일 정성을 다해 물을 부어주면 콩들이 알아서 물을 마시고 자라나서 콩나물이 될 것이라는 기대와 믿음으로 그렇게 물을 붓고 또 부으셨던 것이다. 철 모르는 내 눈에는 시루 밑으로 하염 없이 빠져나가는 물만 보였을 뿐인데, 콩들은 이미 어머니의 말씀처럼 물을 마시고 있었던 것이다. 괜히 물만 낭비하는 것이라면서 헛되이 여겼다. 결국은 아무런 보람도 없을 것이라 생각했다. 저 콩들이 무슨 대단한 변화를 일으킬까 의아해 했다. 하지만 콩들은 그렇게 변화했고, 계속 성장하면서 새로운 모습으로 재탄생했다.

이제 나는 '학교'라는 거대한 시루 속을 바라보고 있다. 심한 충격을 가해도 깨지지 않을 정도로 아주 튼튼하고 배수가 잘 되는 시루다. 그 안에는 콩나물 콩들과 같은 약 1200명 정도의 학생들이 들어있는데, 다들 다양한 모습으로 각자의 싹을 틔워가면서 완전한 콩나물로 거듭 나기를 준비하고 있다. 다만 한 가지 달라진 점이 있다면, 그것은 콩들 에게 물을 주는 사람이 어머니에서 나로 바뀌었다는 것이다. 아침부터 저녁까지 틈틈이 물을 부어주시면서 콩들이 콩나물로 성장해 가는 과 정을 지켜보셨던 어머니처럼, 나 또한 '가르침'이라는 물주기를 하면서 그 학생들이 어른으로 자라가는 과정을 곁에서 지켜보고 있다.

하지만 나는 여전히 물을 주면서도 예전과 똑같이 "에휴, 에휴" 거리 고 있을 때가 많다. 쉽게 지루해 하며 금방 잠들어 버리고 마는 콩들을 보면서, 잡담과 딴 짓들에 정신이 팔려 내가 하는 말에는 관심도 없는 콩들 앞에서, 교과서보다는 휴대폰이 주는 재미에 혹해서 이름을 불러 도 대답 없이 고도의 집중력을 과시할 뿐인 콩들 곁에서 나는 한숨만 늘어가고 있는 것 같다. 어릴 적에 어머니께서는 시루에 물을 부으시면 서 "어서 자라라!" 하고 귀가 없는 콩들에게 격려의 말씀을 하셨던 것 같은데, 나는 늘 푸념만 늘어놓으며 귀가 있는 아이들에게 "너희들 오늘은 또 왜 그러니?" 하면서 핀잔만 주었던 것 같다. 그래서 시루 밑바닥에 숭숭 뚫려 있는 구멍들을 통해 물이 빠져나가는 모습을 보면서 물주는 일을 하찮게 여겼던 것처럼 나의 가르침 또한 가르치고 또 가르쳐봤자 '쇠귀의 경 읽기'처럼 결국 학생들 머릿속에 남는 지식과 내용은 하나도 없을 것이라는 회의적인 생각을 품기도 했다. 그래서 또 하나 깨달았다. 물은 아무나 함부로 주는 것이 아닌가 보다고.

하지만 지금 이 순간에도 우리의 콩들은 쑥쑥 자라나고 있다. 그 자라남의 정도를 육안으로 확인하기 어려워서 조바심을 느낄 때도 많지만, 어쨌든 그들은 모두 나름대로 가르침의 물을 스스로 빨아들이면서 성장해 가고 있다. 지난 3월 입학식 때 봤던 녀석들은 여전히 중학생 같이 어려만 보였는데, 이제는 제법 성숙한 모습으로 학교생활을 해나가고 있다. 많이들 컸다. 매일매일 시루 속을 쳐다봤을 때 '저 콩들이 언제 다 자라서 콩나물이 되려나?' 했던 걱정이 오랜만에 그 속을 보게 되었을 때의 놀라움으로 변했듯이 나의 제자들도 내가 알아차리지 못한 그 순간에 계속 성장하여 오늘에 이르게 된 것이다. 그래서 지금도 계속 희망을 노래하면서 내일을 기약해 볼 수 있을 것 같다. 물론 나의 가르침은 여전히 무모하게 느껴지고, 아이들은 계속 귀를 닫고 있는 것처럼 보일지도 모른다. 허나 그들은 오늘도 학교라는 Dream Factory 속에서 튼실하게 영글어가고 있다. 이를 확신하며, 장차 우리 아이들이 세상에 보여 줄 변화와 또 다른 성장을 기대하며 건투를 빌어주련다. 그리고 오늘도 Dream Factory 시루에 가르침의 물을 잔뜩 부어보련다.

▶ 희망의 시각_박윤임 ◀ ◀ ◀

"엄마, 우리 선생님 29일 생일이야."

"선생님이 그래?"

"아니 달력에 동그라미 쳐 있었어. 그리고 그 밑에 우리 선생님 이름
이 있었어. 그러니까 맞겠지? 편지 써야지. 아, 선물도 하고 싶다."

며칠 전 7살 딸아이와의 대화였다. 생일 전날 가방에 편지를 챙기기
에 몰래 편지를 꺼내 보았다. 편지지에는 선생님은 얼굴이 제일 예쁘시
고 노래도 잘 가르쳐 주셔서 감사하다는 얘기, 피아노 치는 모습이 멋
지시다는 글과 함께 공주 옷을 입은 선생님과 자기가 손을 잡고 있는
모습이 그려져 있었다.

편지를 가방에 다시 넣으며 딸과 했던 대화 속 내 물음이 참 잘못
됐다는 생각이 들었다. '선생님이 그래?'는 유치원 담임선생님이 최고인
아이한테 어떻게 생각될지? 미안한 마음과 함께 한살 한살 더 나이가 먹
어도 이렇게 선생님에 대한 존경심이 변하지 않았으면 하는 생각을 해
본다.

80~90년대 학창시절을 보냈던 나에게 요즘 뉴스나 영화에 나오는
학교 모습은 괴리감이 크다. 물론 나에게도 사춘기가 있었고 좋은 선생
님 싫은 선생님이 없었던 건 아니다. 그러나 소위 말하는 '학원물' 장르
에서처럼 말끝마다 욕을 하는 선생님, 모든 것이 성적이 먼저인 선생
님, 감성보다 이성만이 존재하는 경영마인드로 학교의 이름 떨치기에
만 급급한 선생님들은 진짜일까 하는 의구심마저 든다. 캐릭터를 위해
창조한 모습인 줄 알면서도, 가끔 뉴스에 나오는 학교 모습은 과장만은

아닌 것 같아 씁쓸한 생각마저 든다.

7살 때 스승은 분명 최고였을 텐데, 어떤 연유로 이처럼 마음이 변하게 된 것일까. 여러 학원에 다니고 학습지를 많이 하다 보니 넘쳐나는 스승으로 인해 도리어 하찮게 느껴져 그 속에 진정한 스승은 빛을 잃은 것일까. 고학력 시대로 다들 너무 많이 배웠기 때문에 존경심이 없는 걸까. 아니면 내 학창시절의 선생님들은 교직자로서의 참 모습을 보여주지 못했던 것일까.

아이는 어른의 뒷모습을 본다고 한다. 생일을 생일로 축하해 주지 못하고, 뭘 바라고 우리 아이한테 얘기한 건 아닐까 하는 나의 얄팍했던 마음을 딸이 눈치 채지 않았으면 좋겠다.

나부터 스승님께 감사한 마음을 갖지 못한다면 이것 또한 보이지 않는 유전자처럼 자리잡아 문화처럼 이어지는 것은 아닌지, 내가 먼저 성찰해 보아야 할 것 같다.

▸ 교육, 희망을 노래하자_박종훈   ◂ ◂ ◂

푸르른 6월! 아침 신문에서 "청와대 정원에서 이명박 대통령과 부인 김윤옥 여사는 청와대 어린이 신문 '푸른 누리' 기자단과 전국 어린이 인터넷 신문인 '에듀넷 어린이 신문' 기자단, 교사 및 학부모 등 총 8000여명과 함께 했다"는 기사를 읽었다. 이 대통령은 '푸른 누리 뉴스쇼! 고민을 말해봐' 코너에서 가장 많은 어린이가 고민으로 꼽은 '해야 할 공부가 너무 많다'는 데 대해, "손자, 손녀를 키워 보니까 지금은 자기가 하고 싶은 것을 하고, 놀고 싶은 대로 놀아야지 책상에만 앉아 있는 것은 좋은 게 아니다."라고 말했다. 이어 자리를 함께 한 이주호 교육과학기술부 장관에게 "학생에게 숙제를 덜 내게 해 달라."고 주문 했고, 이주호 장관은 "그렇게 하겠다."고 하여 어린이들로부터 큰 박수 를 받았다.

그 날 이후 대통령의 특명(?)을 받은 이주호 장관은 아이들의 가장 큰 고민인 숙제를 덜어주는 방법과 대책을 진지하게 고민했는지 무척 궁금하다. 가정이나 학교·사회는 더 늦기 전에 진정으로 아이들의 행복을 고민해 보아야 하는 시기가 된 것 같다. 연일 보도되는 학교폭력과 자살, 그리고 교권이 무너지는 소리들…. 교육 당국은 계속해서 많은 정책을 쏟아내고 있지만 현실에서의 긍정적 변화는 쉽게 찾아보기 어렵다.

흔히 사람들은 문제를 해결하기 위해서는 변화와 혁신이 필요하다고 이야기한다. 진정 변화하고 혁신해야 할 교육 문제는 무엇인가?

우리 문화의 교육 전통은 태교에서부터 시작된다. 인간 생명에 대한 경외심과 정성이 극진했던 민족이다. 그리고 교육의 목적은 바른 인성을 가진 인간을 길러내는 데 있었다. 더러운 오명이 후세에 전해지는 것을 큰 수치로 여기며 살아왔다. 우리의 전통이 모두 아름답고 훌륭한 것이라 생각하지는 않는다. 그러나 전통적으로 교육자는 사명감을 가지고 사회의 모범으로 자리를 지켰다.

우리 근대사 100년은 격동의 역사였다. 가치관이 바뀔만한 굵직한 일들이 너무도 많이 있었다. 전쟁의 폐허와 가난 속에서 눈부시게 성장한 이야기는 자랑스러운 일이다. 그러나 이젠 경제성장 속에서 우리가 놓치고 있었던 가치를 생각해보아야 할 때가 된 것 같다. 눈부신 경제

성장을 이룩했음에도 불구하고 삶의 질은 점점 나빠지고 있다는 통계가 우리를 혼란스럽게 만들기 때문이다. 정부도 교육당국도 급속한 사회 변화 속에서 경쟁을 부추기지는 않았는지, 교육의 본질을 외면하고 시대 흐름에 영합하는 정책을 강요하지는 않았는지 반성해 보아야 할 것이다.

사람들은 누구나 세상이 아름다워지려면 자신이든 타인이든 변해야 한다고 말한다. 변화를 전제로 희망을 말할 수 있기 때문이다.

얼마 전 시청자들의 관심과 호응 속에 방송되었던 EBS 다큐프라임 '선생님이 달라졌어요.'를 기억할 것이다. 학교 현장에서 선생님들이 겪는 어려움과 문제점을 찾고, 그 해결을 위한 방향을 제시했다는 점에서 많은 격려와 호평을 받은 바 있다. 프로그램의 내용은 "선생님의 행복이 곧 교실의 행복이다."와 "교사가 변해야 학생이 변한다."로 압축된다.

한 가정에서 누가 변화했을 때 가장 큰 효과를 볼 수 있을까? 교실과 학교에서는 누가 변화를 이끌어야 혁신이 이루어질까? 가정에서는 부모가, 학교에서는 교사가, 정부에서는 대통령과 책임자들이 먼저 바뀌어야 한다. 교육만큼은 자기 이익을 고집하지 말자. 교육만큼은 싸우지 말자. 교육만큼은 손잡고 고민하자. 교육만큼은 서로의 힘이 되자. 교육만큼은 기본으로 돌아가자. 교육만큼은 정신 차리자.

학생들이 졸업할 때 흔히 하는 말이 있다. "선생님 세월이 참 빠르네요." 그렇다. 시간은 속절없이 흐른다. 때를 놓치지 말자. 이것이 어디 미룰 일인가. 교육만큼은 우리 모두가 희망을 노래하자.

▶그래도 우리에게는 희망이 있다!_성창국 ◀ ◀ ◀

일진, 대학 입시, 선취업 후진학, 학교폭력, 교권 침해, 학생 인권, 자살, 왕따 …. 오늘날 우리 교육계에 일파만파 퍼져나가는 문제점들이다. 그러나 우리에게는 희망이 있다.

나날이 늘어만 가는 교육계의 여러 문제점들에 대해 일각에선 많은 말들이 오가고 있다. 심지어는 '학교가 무너졌다.', '이제 곧 학교가 쓸모없는 곳이 될 것이다.'라는 '학교무용론'까지 심심치 않게 들리곤 한다. 과연 무엇이 문제일까? 여기에는 여러 요인들이 관여했을 것이다. 늘 화제가 되고 있는 건 폭력이다. 교사에 의한 체벌, 학생 간의 학교폭력, 따돌림, 성적 비관 자살까지 기존의 학교에서 역할을 해주었어야 할 많은 부분들이 그 기능을 제대로 못하기에 이와 같이 학교에 대한 회의적인 얘기가 나오는 것이다.

무엇이 문제일까? 학교가 제 역할을 못하게 된 이유가 정확히 무엇일까? 만일, 간단히 문제가 발견된다면 우리가 이렇게까지 심각한 수준으로 인식하지 않아도 되지 않겠는가? 하지만 그렇게 쉽게 볼 문제는 아닌 듯싶다. 여기에는 학교 교육과정에 대한 구조적 문제, 지역사회의 역할 부재, 특히, 가정에서의 기본적인 돌봄이 이루어지지 않고, 이 모든 부분들의 유기적인 연결과 협력이 제대로 이루어지지 않아 우리 학교가 점점 문제화 되고 있지는 않을까?

교직생활 16년 만에 교사로서의 내 모습을 되돌아보면 그때 그때를 생각할 때마다 부끄럽고 후회스러운 일들로 머리가 무겁다. 무엇이 문제였는가? 자문해 보기도 하지만 이에 따른 구체적인 반성적 실천은 잘 뒤따르지가 않았다. 정말 부끄러운 일이다. 아이들은 변하는데 교사들은 변화에 둔감하였다. 결국 교사들이 먼저 변화해야 함에도 불구하고 선뜻 나서기가 겁이 난다. 물론, 전국의 20만에 가까운 중등교사들이 다 그러한 것은 아니겠으나 실제 교단에서 학생들을 가르치는 사람의 한 사람으로서 이러한 현실을 결코 부인할 수가 없다.

모든 문제의 해결은 학교에서 먼저 시작되어야 한다. 어느 누구보다도 교사의 노력이 절실하다. 사교육이 못해주는, 미처 가정의 돌봄이 미치지 못하는 경우에도 교사가 따뜻한 말 한마디와 눈높이 사고로 학생들에게 비전을 제시해 준다면 우리 학생들은 학교에서 크고 작은 변화를 경험할 수 있을 것이며, 나아가 이 사회 전반에서도 변화의 물결이 일어나리라!

우리에게는 아직 희망이 있다! '역경'을 거꾸로 하면 '경력'이 되듯이 현재의 문제를 단순히 문제로만 여기지 말고 더 나은 미래를 위한 잠재된 힘의 발로라 생각하며 다함께 노력한다면 반드시 우리 교육의 밝은 모습을 맞이할 수 있을 것이다.

‣ 우린 모두 꽃이다_성희영 ◂ ◂ ◂

3년 동안 근무하고 있는 이 학교의 학생들. "30대는 육아휴직을 생각하게 만들고, 4~50대는 명예퇴직을 고려하게 만드는 아이들이다."라는 동료 교사의 말이 요즘 아이들의 상태를 잘 나타내준다. 질풍노도의 시기에 걸맞게 천방지축인 아이들이 대부분이고, 일명 엄친아라 불릴 만한 아이들은 손가락으로 꼽을 만하고, 나머지는 무기력한데다 자기가 하고 싶은 것이 무엇인지도 모르는 아이들이 대부분이다. 또한 가정 내에서 돌봄이 부족한 아이들이 많아서, 요즘 세상에 드물게 가정 형편이 어려워서 학교 다닌다는 것 자체를 버거워하는 아이, 수업시간에는 자고 점심시간과 쉬는 시간에만 깨어 있는 아이, "전 꿈이란 게 없는데요?"라고 당당히 말하는 아이, 따돌림을 당하는 아이, 자신의 티끌은 보지 못하고 친구의 약점을 들춰서 큰 소리로 놀리는 아이, 선생님 앞에서 거침없이 욕설을 하는 아이, 기싸움 수준을 넘어서 선생님을 자신의 적으로 생각하고 싸우려고 드는 아이들을 대할 때면 허탈감과 자괴감마저 느끼게 된다. '이 길이 맞는 걸까.'하고 말이다.

흔들리지 않고 피는 꽃이 어디 있으랴
이 세상 그 어떤 아름다운 꽃들도
다 흔들리며 피었나니
흔들리면서 줄기를 곧게 세웠나니
흔들리지 않고 가는 사랑이 어디 있으랴

젖지 않고 피는 꽃이 어디 있으랴
이 세상 그 어떤 빛나는 꽃들도
다 젖으며 젖으며 피었나니
바람과 비에 젖으며 꽃잎 따뜻하게 피웠나니
젖지 않고 가는 삶이 어디 있으랴   - 도종환, 〈흔들리며 피는 꽃〉

내가 근무하는 학교에서는 현재 NTTP 배움과 실천 공동체 연수를 실시하고 있다. 강사 선생님께서 매달 연수가 끝날 때면 이 시를 읽어

주셨다. 그럴 때면 울컥울컥 올라오는 수많은 감정을 추스르기 위해 먼 곳을 바라보며 흐르는 눈물을 애써 참았다. 아이들과 함께 보낸 시간과 이야기들이, 자신에 대한 자책감과 실망들, 힘겨움과 안타까움들, 이런 마음들이 오가면서 나를 깊이 돌아보게 만들고, 또 다독이고 어루만져 주었다. 아이들에게는 말하지 못하지만, 나도 아이들의 불량한 눈빛과 거친 말들로 인해 상처 받을 수 있는 한 '인간'이다. 나도 내가 가는 길 위에서 이 길이 맞는 길일까를 고민하고 갈팡질팡하는 '사람'이다. 그럴 때마다 이 시가 상처 난 나를 안아주고 위로해준다. 그 위로로 인하여 오늘도 험난한 이 길을 걸어가고 있는 것이다.

나는 늘 교사를 그만 두면 무얼 할 수 있을까를 생각하고 입버릇처럼 주변 사람들한테 "나 학교 그만 두면 뭘 하지?"라고 물어 본다. 그러나 '배운 게 도둑질'이라고 내가 잘할 수 있는 것이 '가르치는 일'과 '아이들과 놀아주는 것'이라고 스스로를 위안하며 오늘도 맘을 다잡고 다시 시작한다.

지금은 우리 아이들이 거센 폭풍 속에서 흔들리며 비에 젖어 있지만 사랑의 물과 햇빛을 담뿍 주면 줄기를 곧게 세우고 꽃잎을 따뜻하게 피우는, 빛나는 꽃들이 되리라 믿는다. 나 또한 조그만 바람에도 흔들리고 또 흔들리는 연약한 꽃이지만 많은 과정들을 이기고 나면 언젠가는 눈부신 꽃이 되어 있을 것이라 믿는다. 그 빛나는 꽃을 피우기 위해 오늘도 나는 자신을 돌아보며, 아이들을 보살핀다.

▸ 아이들의 마지막 저지선, 선생님_장소형   ◂ ◂ ◂

지난 5월, 교생 실습을 위해 학교에 가서 가장 먼저 놀랐던 것은 내가 학교를 다녔던 그 시절과 너무나도 달라졌다는 것이었다. 물론 실습을 가기 전에 '요즘 아이들'에 대한 많은 풍문과 뉴스를 들어왔고, 그 때문에 마음을 굳게 먹고 왔다. 그럼에도 불구하고 그 '요즘 아이들'은 나를 깜짝깜짝 놀라게 만들었다. 무의식적으로 내뱉는 욕설, 심각한 개인주의, "선생님, 주말에 술 한 잔 해요!" 하며 장난스럽게 던지는 말들…. 더욱 놀라웠던 것은 아이들은 이런 것들에 대해 전혀 악의가 없다는 것이다. 악의가 없으므로 그것이 잘못된 행동이라는 의식도 없다. 지적받지 않으면 잘못이라고 생각하질 않는다. 기분이 나쁘면 기분이 나쁜 대로, 좋으면 좋은 대로, 그저 즉각즉각 반응할 뿐이었다. 소위 말하는 '노는' 아이들만의 문제가 아니라 학생 대부분이 그런 모습이었다.

아이들이 이렇게 바뀐 것은 그들만의 잘못은 아닐 것이다. 내가 대학의 울타리에서 시간을 보내는 동안 시대는 그렇게 빠르게 변하고, 아이들도 변한 것이 아닐까 싶다. 사회 전반적으로 만연한 이기주의, 인스턴트식의 감정 소모, 폭력과 분노에 대한 인내심 결여. 이런 것들을 어찌 아이들만의 잘못이라고 말할 수 있을까. 아이들은 어른들이 만들어 놓은 일그러진 모습을 그대로 보여주고 있는 것인지도 모른다.

세상이 바뀐 탓일까. 사람이 변한 탓일까. 한 달여를 학교에서 지내는 동안 아이들의 부모님이 학교에 방문하시는 것을 보면서 학부형들의 인식도 너무나도 많이 변했다는 것을 알 수 있었다. 학교가 싫다며 자퇴를 요구하는 자녀를 그저 받아주는 부모, 자녀를 방관하는 부모

등. 물론 모든 부모가 그렇진 않겠지만, 이런 환경에 노출된 아이들을 지킬 수 있는 마지막 저지선은 바로 교사라고 생각한다. 교사는 숙명적으로 아이들을 도덕적·인성적으로 교육시키고, 그들의 비행을 저지해야 하는 임무를 맡는다. 아이들을 지키는 마지막 저지선은 분명 선생님이라고 생각한다.

교생 실습 초반, 교감 선생님께서 하셨던 말씀이 특히 기억에 남는 것은 당연한 일인지도 모른다.

"학원 강사와 학교 교사의 가장 큰 차이점은 아이들의 생활지도와 인성교육에 중점을 두는지의 여부입니다. 지식 전달의 측면에서는 어쩌면 차라리 학원 강사가 더 전문적일지도 모르지요. 하지만 학교는 아이들에게 지식만을 가르치는 곳이 아닙니다."

그렇다. 교사의 길을 선택한 사람은 아이들에게 배움 그 이상의 것을 가르쳐야 하는 의무가 있는 사람들인 것이다.

지난 학기, 어떤 교수님이 이런 말씀을 하셨다.

"교사라는 직업만큼 매너리즘에 빠지기 쉬운 직업이 없습니다. 매일 같은 내용의 수업을 하고, 매일 비슷한 아이들을 만나고, 그것을 몇 십 년씩 반복하다보면 권태로움이 찾아오기 쉽죠."

아마도 그것은 이제 막 교직의 길을 걸으려고 하는 후배들에게 건네는 선배의 조언이었으리라. 학교라는 곳은 어떻게 보면 정말 정체되어 있는 곳 같을 수도 있을 것이다.

하지만 항상 똑같아 보이는 그 곳에서 하루하루 아이들은 변하고 있을 것이고, 그 안에선 각양각색의 알맹이들이 영글어갈 것이다. 봄에 틔울 새싹을 위해 겨울을 견뎌내는 나무처럼 아이들도 각자의 싹을 틔우기 위해 준비하고 있겠지. 그런 아이들이 있는 곳이 학교이고, 그렇기 때문에 학교엔 분명히 희망이 있다. 아이들의 웃음소리가 있는 곳, 나는 그 웃음의 희망을 믿으며 하루하루 길을 닦는 사람이 되고자 한다.

▸ 그래도 아직 희망은 있다!_정미나   ◂ ◂ ◂

어렸을 때 수없이 들어왔었다. '넌 왜 이렇게 눈을 동그랗게 뜨고 쳐다봐?' 본의 아니게 그것이 상대방의 심기를 불편하게 했는지, 혹은 자신의 말에 집중해줬던 것이 고마운지 상대방은 내가 알아차릴 틈도 없이 그렇게 묻곤 했었다. 눈을 동그랗게 뜨고 쳐다보는 건 무엇일까. 이는 아마도 어릴 적 내 눈이 또래에 비해 조금은 크기도 하거니와 크게 뜨는 버릇 때문이기도 했을 것이다. 눈을 크게 뜬다는 사실을 나 스스로는 짐작하기 어려웠으나 한 가지는 분명했다. 나는 부단히도 남을 관찰하는 습관을 가지고 있었다.

그렇게 오랜 시간 동안 상대방을 관찰하는 버릇을 가지고 있다 보니, 지하철에서도 길에서도 교실에서도 사적인 자리에서도 이런 행동은 어김 없이 튀어나오곤 했다. 그러면 나는 그 사람이 물을 때까지 줄곧 상대가 어떤 감정을 느끼는지, 말은 이렇지만 사실은 어떤 생각인지 곰곰이 생각해보곤 하는 것이었다. 그렇게 내 안목은 다른 사람들과 다르다는 자부심을 만들기도 했다.

　그러나 세상은 녹록치가 않아서, 믿었던 친구에게 배신감이 들기도 하고 존경했던 누군가가 삽시간에 형편없는 인물로 전락하기도 했다. 내가 누군가를 열심히 관찰해왔던들 그 사람 속내는 끝까지 알 수 없는 것이었고, 사람들은 흉악하기 그지없었다. 그렇게 사람들을 관찰하는 것을 조금씩 놓쳐가며 세상을 배우고, 흉흉한 사회면 기사를 보면서 때로는 절망에 빠지기도 했다. 이제는 사람들을 볼 때 좋아할 점보다는 싫어할 점을 먼저 보았고, 믿기보다는 경계부터 했다. 그렇게 살면 적어도 손해 볼 일은 없겠다 생각하게 된 것이다.

　그래서인지 어느 순간부터 예상과 다른 일들을 맞닥뜨리면 굉장히 의아스럽게 여겨졌다. 잔인할 거라고 생각했던 학생들에게서 배웠던 사랑, 그리고 교육봉사활동을 갈 때마다 안기는 꼬맹이들, 아무런 의심 없이 은행창고 일을 내게 맡기는 아주머니 같은, 나와 달리 경계 없는 누군가를 만날 때마다 나는 마치 곤경에 빠진 듯한 느낌이 들곤 했다. 게다가 어느 날엔, 길에서 신기한 현수막까지 보게 된 것이다.

　그 현수막은 서울 한복판 사람들이 가장 많이 지나다니는 사거리에 걸려 있었는데, 제목은 '목격자를 찾습니다'였다. 목격자를 찾는다니, 보나마나 사건이 곤경에 빠져 증인을 찾는 일이겠거니 하고 지나치려 했는데, 글은 뜻밖이었다. 보이지 않은 선행을 한 누군가를 기어이 찾아 사례를 하겠다는 글이었다. 글의 내용은 이랬다. 얼마 전 중년의 여성이 곤경에 빠졌는데 그때 용기 있게 뛰어들어 구해준 젊은 청년을 찾아서 꼭 사례하고 싶다는 것. 그 글은 멋지게도 청년의 용기에 박수를 보내고 싶을 뿐 아니라, 그 청년을 찾아 꼭 사례하고 싶다는 용기 있는 마음에도 찬사를 보내고 싶어졌다. 이런 것이다. 인간 세상에서 정말 간단하지만 각자의 마음을 따뜻하게 해주는 것은.

버스 정류장에서 강아지를 찾는 글을 보았다. 귀여운 강아지를 찾아주면 준다는 사례금은 무려 50만원. 결코 작은 돈이 아닌, 애타는 마음으로 적힌 글과 사진을 보면서 이런 정도의 마음씨라면 더 이상 유기견은 생겨나지 않을 거라 생각되었다. 범죄는 날로 흉악해져 가고 사람들은 점점 각박해져 가지만 그래도 누군가는 감사했던 분을 찾아 기어이 사례하고, 사랑했던 누군가를 위해 서슴없이 돈을 내놓으려 하고 있다. 사례금, 돈이 중요한 것이 아니다. 자본주의 사회가 아니었다면 그들은 곡식이나 과일 같은 작은 선물로나마 보답하려 했을 것이다. 그런 마음이, 무언가를 아끼고 감사하고 사랑하는 마음이 이 세상을 변화시키고 있는 것이다. 더 이상 뜻밖의 선량함에 놀라지 않게 되는 날이 하루 빨리 오기를 손꼽아 기다린다.

필자소개

권은애
1972년 경상남도 경주 출생
계명대학교 국어국문학과 졸업
분당중학교 교사

김소라
1978년 서울 출생
이화여자대학교 국어국문학과 졸업
단국대학교 교육대학원 재학

노성호
1979년 경기도 안성 출생
가톨릭대학교 신학과 졸업
동 대학원 신학과 졸업
효명고등학교 교사

박다희
1982년 서울 출생
단국대학교 문예창작과 졸업
단국대학교 교육대학원 재학

박미경
1970년 서울 출생
단국대학교 교육대학원 재학
시사일본어학원 및 일본인기업체 출강

박연심정(朴研尋亭)
1963년 경상남도 경주 출생
동국대학교 한문학과 졸업
동 대학원 한문교육과 졸업
단국대학교 교육대학원 재학

박윤임
1973년 서울 출생
단국대학교 교육대학원 재학

박종훈
1967년 강원도 평창 출생
청주대학교 한문교육과 졸업
태원고등학교 교사

서정호
1981년 전라북도 전주 출생
전주대학교 한문교육과 졸업
성남 성일중학교 교사

성창국
1971년 서울 출생
경기대학교 회계학과 졸업
서울 동산정보산업고등학교 교사

성희영
1976년 서울 출생
상명대학교 국어교육학과 졸업
성남 도촌중학교 교사

신선영
1980년 경기도 이천 출생
한국방송통신대학교 국어국문학과 졸업
단국대학교 교육대학원 재학

오현민
1976년 전라북도 정읍 출생
성균관대학교 교육학과 졸업
보정고등학교 교사

장소형
1985년 경기도 평택 출생
단국대학교 국어국문학과 졸업
단국대학교 교육대학원 재학

정미나
1987년 경상남도 거제 출생
단국대학교 국어국문학과 졸업
단국대학교 교육대학원 재학

채희령
1988년 서울 출생
단국대학교 국어국문학과 졸업
단국대학교 교육대학원 재학

선생님의 수첩

초판인쇄 2012년 10월 20일
초판발행 2012년 10월 30일

저 자 권은애·노성호·박종훈·오현민·정미나·채희령 외
발 행 인 윤석현
발 행 처 박문사
책임편집 이신
배본영업 권석동
등록번호 제2009-11호

주 소 서울시 도봉구 창동 624-1 북한산 현대홈시티 102-1206
전 화 (02)992-3253(대)
전 송 (02)991-1285
전자우편 bakmunsa@daum.net
홈페이지 http://www.jncbms.co.kr

ISBN 978−89−94024−98−1 03800   **정가** 16,000원